The Midnight Guardians

隐形守护者

[英] 罗斯 · 蒙哥马利　著　胡雪婷　译

中信出版集团 | 北京

图书在版编目（CIP）数据

隐形守护者 /（英）罗斯·蒙哥马利著；胡雪婷译
. -- 北京：中信出版社，2023.6（2023.12重印）
书名原文：The Midnight Guardians
ISBN 978-7-5217-5352-3

Ⅰ. ①隐… Ⅱ. ①罗… ②胡… Ⅲ. ①儿童小说—幻想小说—英国—现代 Ⅳ. ① I561.84

中国国家版本馆 CIP 数据核字（2023）第 026479 号

隐形守护者

著　　者：［英］罗斯·蒙哥马利
译　　者：胡雪婷
出版发行：中信出版集团股份有限公司
（北京市朝阳区东三环北路27号嘉铭中心　邮编　100020）
承 印 者：嘉业印刷（天津）有限公司

开　　本：880mm × 1230mm　1/32　　印　　张：10.5　　字　　数：220千字
版　　次：2023年6月第1版　　印　　次：2023年12月第2次印刷
京权图字：01-2023-0980
书　　号：ISBN 978-7-5217-5352-3
定　　价：39.00元

服务热线：400-600-8099
网上订购：zxcbs.tmall.com
投稿邮箱：author@citicpub.com

献给娜恩、约翰、姬蒂、艾伦，
以及所有闪电战中的孩子们；

献给伊芙、薇拉、艾尔莎，
以及所有儿童转移计划[1]的孩子们。

感谢你们的故事。

① 儿童转移计划（Kindertransport）是在二战期间的 1938 年至 1940 年，帮助数千名犹太儿童从德国、奥地利、波兰和捷克斯洛伐克逃离至英国的一项行动。根据最初的法案，英国政府允许未满十八岁的少年儿童在没有成年人陪伴的情况下进入英国。这些儿童大多都在战争中幸存了下来，但很少有人与自己的父母再次团聚，因为他们往往是整个家庭唯一的幸存者。

1940年12月21日

或将从空中入侵

尽管纳粹的轰炸已经持续了三个月，但是许多英国人似乎对圣诞节产生了一种虚假的安全感。

纳粹德国的军队与我们仅隔二十二英里的水域。越来越多的证据表明，希特勒或将在圣诞节期间发动新一轮的进攻。入侵的威胁依然真实存在。

今晚是一年中最黑暗的夜晚。

天太黑了，几乎看不清面前的石头小屋。它是山谷里唯一的建筑。一条小径穿过田野，径直通往一扇红色的门。门框被玫瑰丛的干枯枝条所围绕。夏天，白日漫长而温暖的时候，玫瑰竞相盛放。然而现在正是深冬，正是深夜，玫瑰已经没有了，门被荆棘所包围。

小屋里很黑，比外面还要黑。窗户上挂着厚厚的窗帘，没有一丝光线可以逃出去，也没有一丝光线可以溜进来。角落里有一个壁炉，已经很久没被点燃了。小屋里冰冷刺骨，从内到外都冻得硬邦邦的，就连石头地板上都结了一层霜。这里寂静，漆黑，死气沉沉。

但并不完全如此。

阁楼上的某个地方，闪着亮光。

光亮来自放在地板中央的一根蜡烛。一摞废品高高地堆到了房椽上：破箱子、旧地毯，还有家具。它们全被遗弃了，遗忘了，却被蜡烛照得闪闪发光。烛光虽然很小，但却很强——如果它拼尽全力，似乎可以把整个屋子都照亮。

三个身影围坐在蜡烛周围。他们已经等了一段时间了。

"这太傻了。"第一个身影说道。

那是一个身穿闪亮盔甲的骑士。他比你想象的要小得多——不比一个儿童高大多少。烛光在他的胸甲上闪闪发光，照着他长剑的利刃。一撮胡须从他的面罩里戳了出来，在他说话时上下飞舞。

"他不会来了！我们会惹上一大堆麻烦，而且这都是为了……"

"安静点儿，罗格。"

骑士转向他旁边的身影——一只獾。这可不是一只普通的獾。他正抽着烟斗呢。他穿着粗花呢马甲，手里拿着一根棍子。而且，他还会说话。

"我告诉过你，不要这样叫我。"骑士说道。

獾勃然大怒："噢！你的名字！我现在都不能叫你的名字了？"

"不是罗格，"骑士说道，"是罗格王。我都跟你说了一千遍了！我就不会叫你'诺克斯'，对吧？我叫你'诺克斯先生'，因为那是他给你取的名字……"

"安静点儿，你们两个。"

骑士和獾转向第三个身影——一头快要顶到房顶的孟加拉虎。她的脑袋消失在天花板的阴影之中，她的胡须勾住了屋檐下的蜘蛛网。

"科尔会来的。"她说道，"也许不是今晚，也许不是明天，但他一定会来的。我们只是得不停地继续呼唤他，仅此而已。"她变换了一下坐姿，"现在，如果你们不介意的话，我可不想一边呼唤科尔，一边听你们俩像两个老太婆似的吵来吵去。”

獾咕哝着放下棍子。骑士叹了口气。

“噢，彭德尔伯里……你怎么这么肯定科尔会来？”

老虎给了他一个眼神，起初看上去似乎是愤怒。但那不是愤怒，而是恐惧。她非常非常地害怕。

“因为，”她说道，“他是我们唯一的希望。”

1940 年 12 月 22 日

伦敦人回家过圣诞

尽管交通部发出了“就地过节”的呼吁，但是成千上万的撤离者在本周末回到了伦敦，准备过圣诞节。

昨日，进出伦敦各大车站的列车都人满为患，尤斯顿火车站的站台上也挤满了旅客。

不能回家过圣诞节的儿童撤离者也将举办派对。

在贝德福德，将会有一场免费的童话剧。迪韦齐斯的士兵们将举办一场娱乐活动，而麦克尔斯菲尔德的士兵们承诺，将为撤离到那里的所有人举办一场“精彩派对”。

自战争开始以来，已经有 2100 名儿童沦为无家可归的孤儿。

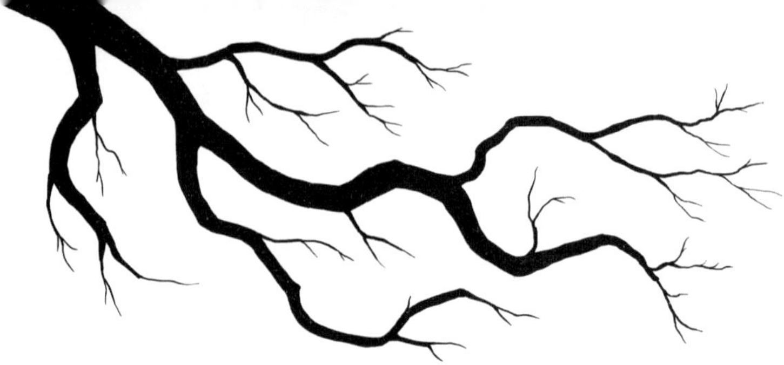

撤离者

科尔的脑海中又出现了这些声音。

你在吗，科尔？

你能听见我们说话吗，科尔少爷？

你必须回小屋来，科尔！

科尔叹了口气。这些天来，每当他走神时，就会听到这些声音。太奇怪了，他已经好几个月没想起过守护者们了，而现在他似乎无法把他们从脑袋里驱逐出去。

可是他无暇顾及幻想中的朋友们——现在不行。

罗丝还在等着他呢。

他在空旷的大街上狂奔，跳过沙袋，拐过街角。灯火管制就要开始了，巴克斯顿空无一人。最后一批圣诞购物者已经回家了，现在只有防空队员还待在外面。他们裹着围巾，坐在帆布折叠椅上瑟瑟发抖。商店橱窗全都一团漆黑，上面贴满了牛皮纸，以防玻璃被轰炸震碎。

并不是说炸弹会落在这里——巴克斯顿是一个隐藏在峰区山谷里的乡村小镇。这里是英国最安全的地方，至少每个人都是这么说的。在这里，唯一能看到的敌机是前去轰炸利物浦或者曼彻斯特这种大城市的。这就是科尔当初被送来的原因。巴克斯顿很安全，起码比伦敦安全。

科尔面露愠色。他很安全，没错，安全而痛苦。六个月以来，他待在离家一百五十英里的地方，远离他所熟知的一切。在这里度过的每一分钟都让他心生厌恶。而跟克莱尔姑妈一起生活的日子，是他这辈子最黑暗、最孤独、最悲伤的时候。

但是这一切终于要改变了。他的姐姐来了，她终于来了。等他回到克莱尔姑妈家时，罗丝就会在那里等着他了。科尔拐过最后一个街角，看见克莱尔姑妈家的门底逸出了一丝光亮，遮光帘没有遮住那里。他的心怦怦直跳。经过了几个月的分离，他终于又回到了家人身边——他真正的家人。他猛地推开院门……

然后停下。花园的黑暗之中，有什么东西在等着他。一个蹲伏着的身影，安静地呼出热腾腾的白气……

科尔摇了摇头。他只是在自己吓自己，就像往常一样。

“埃文斯夫人？”

“什么事，亲爱的？”

“您在花丛里做什么？”

埃文斯夫人从头盔下面瞪着他：“你管我在做什么！这是一个自由的国家。你要知道，希特勒还没来呢。”

在巴克斯顿，没人知道埃文斯太太是怎么当上防空队员的。她是一个“古怪的人”，一个“有趣的人”，或是一个“语无伦次的疯子”，这取决于你问谁。她很老了——没人知道她到底有多老——但是她的精力旺盛得如同一个年轻得多的疯子。因此，从来没有人敢开她玩笑，怕被她用拐杖敲打。她经常去小镇广场给大树系上领带，在凌晨四点和花园里的鼹鼠争吵，或是像现在这样，在灯火管制时，蹲在克莱尔姑妈家的天竺葵花丛里。

“我戳的是谁？”她用拐杖戳了他一下，问道，“大声点儿，年轻人！”

“是科尔，埃文斯夫人。隔壁的科尔。”

她点了点头：“啊，对！那个孤儿。”

科尔心里一凉。之前从未有人用这个词形容过他——但确实如此，不是吗？

“你穿成这样，我都没认出来。”埃文斯夫人说道，“你看起来就像只在葬礼上表演的猴子。”

科尔的脸红了。他穿着蓝色短裤和蓝色上衣，系着亮棕色腰带，还戴着一顶有颏带的平顶小圆帽。

“这是我的制服。”他嘀咕道，“我加入了少年军。”

“少年军？”

“有点儿像童子军。露营啊，生火啊什么的。克莱尔姑妈觉得这能帮我交到朋友。”

“那你交到朋友了吗？”

“没有。”

过去的六个月，科尔大部分时间都躲在卧室里。他一直是个独来独往的人，况且灯火管制开始得那么早，结束得那么晚，他觉得做什么事都没有意义。科尔从未经历过如此多的黑暗。

他瞥了一眼门底逸出的光亮。他没有时间说这些了——罗丝在等着他呢。

“我能帮上什么忙吗，埃文斯夫人？我还是不明白您为什么会在我们的花丛里。”

埃文斯夫人啧了一声：“如果你一定要知道的话，科尔，我正在给那些小家伙撒盐呢。”

科尔皱起了眉头：“小家伙？”

“精灵！仙子！骑兵。他们此刻遍布乡间。隆冬之王正在掌权，你知道吗？他派了幻灵世界的精灵去寻找绿人的下落。还好我撒了这么多盐！”

“噢。他们喜欢盐吗？”

“不！他们一点儿都受不了。每一粒盐他们都得停下来数。这应该能让那些小不点儿离我的黄油远一点儿了。”她打了个哆嗦，“你肯定已经注意到天气的变化了吧，孩子？这都是他干的。他一天比一天强大了。”

科尔根本不知道埃文斯夫人在说些什么，但是关于天气，她说得没错。巴克斯顿很冷——铁一般的酷寒持续钻出地面，抓挠着人的脚踝。没有人经历过这样的冬天，而且全国各地都是如此。白天，英国被大雨侵袭，被浓雾笼罩，火车停运，旅客滞留。到了夜间，气温骤降，冻裂马桶，冻住羊圈里的羊，雪堆将数百座房屋与外界隔绝。应急服务部门——已经因为夜间空袭濒临崩溃——被迫离开城市，在雪中开路，以帮助被隔绝的村庄。

这是最糟糕的部分了。尽管天气不好，空袭却仍在继续。人们竭力保持乐观，振作精神，但是情况越来越危急。配给越来越差，食物供应越来越少，而敌人就在家门口。人们说，如果美国决定参战的话，那么还有一丝希望。但随着时间一天天过去，这种可能性似乎越来越小。末日似乎从未如此接近。

科尔凝视着天空。今晚好像将比以往更加糟糕。起风了，天空漆黑、晴朗，如同一片薄冰。月亮是一弯锋利的残月，亮得几乎让人无法直视。在这样明亮、无云的夜晚，空袭总是很糟，因为敌机能看清身下的地面。人们开始称之为“轰炸机之月”……

科尔猛地回过神来。埃文斯夫人又在用拐杖戳他。

“天哪！你傻了也聋了吗？我刚才问你，圣诞节有什么计划吗？”

科尔立刻振奋了起来。他刚刚分了心，全然忘了那个计划。

“有的！”他说道，“我的姐姐罗丝要来。她之前留在伦敦，做应急服务的志愿者。这是六个月以来，我们第一次见到对方！”科尔一脸骄傲，“她是一名通信员。空袭的时候，她骑车四处奔波，为消防部门传递信息。罗丝一直都这么勇敢。”

那一瞬间，寒冷和黑暗消失了——每当他想起罗丝时，就会这样。埃文斯夫人皱起了眉头。

“真的吗？你姑妈没意见吗？”

科尔苦笑了一下：“她，呃……不知道我们的计划。”

科尔和罗丝被迫将他们的计划保密了好几个月——理由充分。巴克斯顿的每个人都知道，罗丝和克莱尔姑妈合不来。他的姑妈一有机会就说他姐姐的坏话：“她才十七岁，就以为自己什么都懂！”这就是罗丝一次都没来过的原因。除此之外，火车是为运输士兵和军需品服务的，车票非常昂贵，再加上恶劣的天气……

但是，今晚——终于——所有的难题都被克服了。罗丝已经来了，克莱尔姑妈对此也无能为力。他们将一起度过一个完美圣诞，就像往常一样。装饰品、礼物、美食……还有那栋小屋。

“我们会待在暗井角。”科尔的眼睛闪闪发亮，“那里是我爸爸长大的地方，是世界上最神奇的地方！从这里坐火车过去只要半小时。它位于乡间，有森林、田野和溪流。我们每年圣诞都去那儿过，以前……”

科尔停下了。他还是不知道该怎么把这句话说完。他的最后半句话悬在了他俩之间的空气中，如同被掐灭的蜡烛冒出的烟。

“我该走了。”他嘀咕道，“罗丝还在等我呢。她的火车一小时前就到了。圣诞快乐，埃文斯夫人。”

埃文斯夫人点点头：“圣诞快乐，科尔！千万别让王的密探发现你。”

科尔皱起了眉头：“什么王？”

但埃文斯夫人没有回答——她只是待在原地，手里不停摆弄着盐巴，嘴里低声哼唱着圣诞颂歌。科尔想给她拿条毯子，但还是决定算了。他已经迟到太久了。罗丝现在应该正在向克莱尔姑妈解释一切——她需要他的帮助。

他转向房屋，心花怒放。在经历了如此可怕的一年之后，难以想象还有什么会好起来。这场战争让一切都变得如此凄凉。他和罗丝已经失去了太多太多。但是现在，他们的苦难被丢在了身后。在一段短暂的时间里，世界不再重要了……

马上就是圣诞节了……他的家人回到了他身边。

他打开门，踏入光明。

信

门厅里的亮光如海水一般刺痛了他的眼睛。黑暗消失了，风也停了。刚从外面进来，屋里的温暖几乎要把他烫伤。他仿佛从一个世界步入了另一个世界。

“科尔！我说过多少次了？进来的时候把门关好！”

他眨了眨眼睛。克莱尔姑妈双臂交叉站在门厅里。她看起来疲倦而烦躁，但她一向如此。科尔向四周扫了一眼。没有罗丝的踪迹——她肯定在其他房间。他关上门。

“对不起，我回来晚了。”他说道，“少年军的集会超时了，而且——”

“风这么大！”克莱尔姑妈打断了他，“你还穿着短裤！不冷吗？”

“很冷。”科尔承认道。

“好吧，不必抱怨，这对你有好处。”她将一把铲子塞进他手里，“去外面铲点儿煤进来！今晚有暴风雪——据说是迄今为止最大的暴风雪。我们需要足够多的煤！”

科尔一脸困惑。姑妈没有提及罗丝——甚至没有迹象表明她到了。没有旅行包，没有外套，什么都没有。她在哪儿？

“但是……”

“别争了，科尔，我没那个心情！”克莱尔姑妈一边说，一边把他推向门口，“我今天在肉店排了一个小时的队，然后我想出了怎么用醋替代鸡蛋来做圣诞布丁，我还在花园里被埃文斯夫人绊了一跤……”

科尔的大脑飞速运转。罗丝怎么不在这里？发生了什么事？她的火车应该至少在一小时前就抵达了巴克斯顿……

他突然想到了——暴风雪。罗丝的火车肯定遇上了暴风雪——火车困在了铁轨上，或者改道去了另一个车站。她可能独自一人被滞留在荒郊野外，周围天寒地冻，一片漆黑。

“等等！”科尔叫道，“克莱尔姑妈，听着……”

但是克莱尔姑妈没有听——她很少倾听。她继续把他往门外推，每当他想说话的时候，就打断他。科尔必须做点儿什么，罗丝还指望着他呢。他闭上眼睛，稳住身体，像个准备举起重物的人。

“不！”

克莱尔姑妈很震惊——科尔从不回嘴。他从来都没有机会。但是现在，他必须勇敢。他转过身面对姑妈，咽了口唾沫。

“我们必须去火车站。罗丝从伦敦过来了。我们……我们要一起过圣诞。”他交叉双臂，“没错。我们要去暗井角，就像以前一样。我们知道你会试图阻止我们，所以就没告诉你。我们已经计划了好几周了。你也可以来，如果你想的话。呃……就是这样。”

他像举盾牌一样举起铲子，准备应对最重的一次拧耳朵的惩罚。但惩罚却没有到来。他抬起头，克莱尔姑妈并没有生气，也没有很惊讶。她看上去……为他感到抱歉。她深深地叹了一口气。

“噢，科尔。好吧。你最好现在就看看这封信。”

她从围裙里掏出一封信，递了过去。科尔皱起了眉头。他知道这是罗丝写的，从她在信封上画的美丽图案就能看出来。

“但是……”

“看吧。”

科尔不再感到勇敢了。他感到事情起了变化——仿佛窗帘被拉开，露出了房间的真实形状。他打开信，默默地看了起来。

亲爱的科尔：

很抱歉我做出了这样的决定。

克莱尔姑妈现在应该已经把这个坏消息告诉你了。我知道你会很生气。我也知道我承诺过你，要一起过圣诞。其实，我早就想把真相告诉你了。但是你太兴奋了，我不知道该怎么跟你坦白。

伦敦的情况一直很严重——比我说的要严重得多，也比报纸上报道的要严重得多。无情的轰炸持续不断，恶劣的天气让情况变得更糟。我白天在护士站帮忙，晚上当通信员传递信息。这里有许多人迫切地需要帮助，就在圣诞节前，空袭让他们失去了一切——他们的房子和家人。自从爸爸出事以后，大家都对我很好。我现在不能离开他们。

我打算留在伦敦过圣诞节，而你要待在巴克斯顿。我知道这会让你很难过——我知道你跟克莱尔姑妈一起生活有多不开心，这让我的心都碎了。但是你的安全对我来说意义重大。我保证我们很快就会见面的。现在，我们都必须勇敢，并尽我们所能去帮助别人——这也是爸爸所希望的。

别担心，我会把你的礼物寄过去的！

罗丝

科尔盯着这封信看了一会儿，感觉就像有一袋冷水在他肺里爆开。克莱尔姑妈站在那儿，不停地摆弄她的围裙，试图让双手忙活起来。

“对不起，科尔。她前几天写的信，向我求助。”她轻声说，“那个傻姑娘——马上圣诞节了，让你空欢喜一场。”她摇了摇头，“说实话，科尔，你们俩究竟在想什么呢？现在上这儿来？在当前这种情况下？天气还这么恶劣！”

科尔告诉自己要勇敢，告诉自己他不会哭，然而却是徒劳。眼泪从他的脸颊滚落，掉在了他的衣服上。

“但是……她承诺过我了。这是我们第一个没有他的圣诞节。没有爸爸。”

克莱尔姑妈痛苦地皱起脸，就像被什么东西蜇了一下。她过了好一会儿才回答。她伸出一只手，搭在科尔肩上。科尔差点儿惊呆了——这是她第一次触碰他。

“我知道，科尔。这对我们所有人来说，都将是一个艰难的圣诞节。”她咽了口唾沫，说道，“我们都发现日子很艰难，自从……那次事故之后。”

事故。科尔讨厌这个词。而报纸总是用这个词。炸弹爆炸是一起事故；避难所坍塌，压住了一家人是一起事故。发生在爸爸身上的事不是灾难，也不是悲剧，只是六个月前的一起事故，是每天都在变长的清单上的又一项记录。克莱尔姑妈迅速把手从他肩膀上挪开，拉起围裙擦干眼泪。

“我知道这很煎熬，但是外面正在打仗。你要知道，有些人失去了所有家人。罗丝说得没错：你的父亲会想让你待在这里，待在安全的地方。你只是需要去适应罢了。”

他的心中突然蹿起一股无名火。他举起那封信。

“不——我知道你在做什么。这封信是假的！你一直讨厌罗丝，现在又想把我们俩分开！你肯定把真正的信藏起来了……”

他的声音弱了下去。他知道这毫无道理，他只是无法接受事实。克莱尔姑妈翻了个白眼。

“科尔，很抱歉让你感到沮丧，但这太荒谬了。你应该要长大了，应该开始生活在现实世界了。这场战争对所有人都很残酷，不只是你。你已经十二岁了，不再是个小男孩了。你不能继续把自己关在房间里编故事。你需要试着在现有的情况下尽力而为，就像我们其他人一样。”

科尔握紧铲子，怒火中烧：“我从来都不想来这儿。”

“好吧，真倒霉！”克莱尔姑妈说道，“我从来也没要求成为你的监护人，不是吗？但你听到我抱怨了吗？”

说完，克莱尔姑妈就气呼呼地冲出门厅，把刀叉咣当扔在厨房的桌子上。突然，一阵风砰的一声吹开他身后的门，寒冷的空气瞬间灌满了走廊。

“我刚才怎么说的？把门关好！”

科尔转过身。门大大地开着，撞击着墙壁。外面仿佛是远离这一切的另一个世界。在他面前，一道漆黑的入口延伸至虚无之中。

他的脑袋里又响起了那些声音。

到小屋来，科尔！

我们需要你，科尔……

事关生死！

“科尔！你听见我说的话了吗？把门关上！”

科尔把铲子扔在地毯上。风裹挟着他，两只冻僵的手拉着他往前走。

“科尔？科尔！”

他小心翼翼地关上了身后的门，走进了暴风雪中。

小屋

科尔气喘吁吁地站在山谷中。

一切都太简单了。当然，跟他和罗丝之前的计划完全不同——但是那个计划已经不重要了。

巴克斯顿一片漆黑，他径直跑到了火车站都没被发现。谢天谢地，火车还在运行，列车员手持火把站在站台上。科尔设法混在一群喝醉的士兵里溜了过去，爬上了火车。由于灯火管制，车厢里所有的灯都熄灭了，因此藏身于行李架中，再在正确的车站溜下车相当容易。

就这样，科尔来到了暗井角。

科尔打了个寒战，他的膝盖哆嗦着撞在一起。这里比巴克斯顿还要冷得多，但一切都和他记忆中的一模一样。一样的田野，一样的树木，一样的溪流。一样的小径通往一样的小屋。

一栋古老的石头小屋，一扇红色的门，门框上环绕着干枯的玫瑰枝条。

科尔的心唱起了歌。世界上的其他地方或许变了，但暗井角没有变。这栋小屋仿佛一直被安全地放在口袋里，战争仿佛从未发生。

爸爸仿佛还在这里。

科尔知道这不是真的。他知道来这里根本毫无意义。等克莱尔姑妈逮到他，他的麻烦就大了，大到让他的人生不值得一活。事情再也不可能回到从前的样子。

但就这一晚，他想假装一切如故。

你在哪里，科尔？

你必须回到我们身边！

请不要把我们拒之门外，科尔少爷！

科尔苦涩地笑了。他们又来了——他幻想中的朋友。他所谓的“守护者”。每当他害怕时，就会向他们求助。这就是为什么他最近一直听见他们的声音。在他内心深处，他知道这个计划会失败，而这让他感到害怕。

他什么时候才能不再害怕呢？

他的想象力总是很丰富——也许有人会说过于丰富了——而他太害羞了，不敢交朋友。于是，他自然而然地幻想出了自己的朋友。自他记事起，这些守护者就一直是他最亲密的伙伴。首先是彭德尔伯里，一头勇敢、高贵、可以随意变换大小的老虎。弹指间，它就能高过最高的大树，或是钻进最小的老鼠洞。接着是诺克斯先生，一只善良并有着惊人嗅觉的老獾——仅凭鼻子，它就能找到埋藏的宝藏，或是追踪隐藏的敌人。最后是罗格王，一位勇敢的骑士。他个头儿比科尔还小，但却非常勇敢，能够一口气击退一百条龙。

科尔已经记不清他们一起经历了多少次探险和冒险：打败食人魔，保卫暗井角周围的城堡或者老家伦敦赫恩希尔区的后街。但是这些守护者不仅仅是幻想的朋友。他们帮助他克服了对黑暗的恐惧。他们在他睡觉时守护他。每当他感到害怕时，他们就在他身边，给予他勇气。

但那已经是很久以前的事了。那时，他面临的最大问题是藏在床底的夜魔。现在，世界完全变了。他的生活中出现了真正的恐惧，现实生活的恐惧，而科尔必须亲自应对。

现在这些守护者能有什么用呢？

狂风呼啸，科尔猛地转过身来。他能感觉到暴风雪越来越近了。气温骤降，天空变得如石头般昏暗阴沉。他连件外套都没有，再不快点儿进屋的话，就会被冻死。他慌忙跑到门口，在一块松动的砖块后面，找到了一直藏在那里的钥匙。他打开门，走了进去。

科尔砰的一声关上门，等待眼睛适应黑暗。小屋里很安静，他只能听见自己的心跳声和烟囱里的风声。当房间终于从一片漆黑中显现出来时，他立刻意识到自己错了。小屋变了。寒冷不知怎的渗进了石头里。家具上覆盖着旧床单和灰尘。这里已经很久没人来过了。死气沉沉，漆黑简陋。

然而屋子里好像并不是空荡荡的，这里似乎还有别人。

他们似乎一直在等待着。

科尔打了个寒战。他像往常一样，在吓唬自己——他需要火，而且要快。风吹得窗玻璃咯咯作响，他摸索着走到壁炉前。他在煤斗里找到几块煤，还有一些用来引火的枯枝，但却没有用来生火的东西。没有干草，没有纸……

科尔的心揪了一下。他有几张纸。

他从口袋里掏出罗丝的信。他不需要再读一遍——信里的每一个字他都牢记于心。

爸爸所希望的。

那么，她对他撒了谎。六个月前，他离开伦敦时，罗丝向他承诺——向他承诺——他们会在圣诞节相聚。无论他有多么想念爸爸，无论他感到多么孤单，无论他多么讨厌巴克斯顿，圣诞节都将如往常一样。几个月来，科尔一直紧紧地抓住这个承诺，就像沉船的幸存者紧紧地抓住船舶残骸一样。而现在，一切都消失在了一封信里。在他们经历了这么多之后，罗丝认为其他人比他更重要。为了帮助陌生人，她抛弃了他。

她怎么可以这样？

他把信揉成一团扔进壁炉里，然后从口袋里掏出打火石——少年军的所有成员都会随身携带打火石。他刮擦出火星，直到纸被点燃。他把枯枝放在上面，搭成一个小金字塔。他吹着纸团，直到冒出一缕烟，纸团和枯枝呼的一声燃烧起来。他看着那封信烧成灰烬，化为乌有，被他埋进煤块里。

他和罗丝一直亲密无间——他们必须如此。科尔的母亲在他刚出生后就离开了。六个月后，她寄来一封信，说她搬去了澳大利亚，再也不回来了。爸爸为了维持生计，必须在店里长时间地工作。于是，操持家务的重担就落在了科尔和罗丝身上。他们一起在放学后做饭、打扫、买生活必需品。

圣诞节是唯一一个他们全家一起欢聚的节日，所以他们要充分享用这段时光。他们会带上礼物和足够养活一支军队的食物，在尤斯顿站挤上火车，长途跋涉来到暗井角。到这儿以后，爸爸会去森林里找一棵树。科尔和罗丝则会一边咯咯笑着，一边互相推搡着，把圣诞装饰挂满小屋。这些装饰他们每年都用，早有了破损。小屋既没有电，也没有热水。天黑以后，科尔会生起一堆火，罗丝则会用蜡烛将每一处点亮，直到小屋亮堂得如同教堂一般。

“我觉得够了。”爸爸会说。

“拜托。”罗丝会翻着白眼回复道，“蜡烛再多都不嫌多。”

而这就是他们所需要的一切。十二天的时间里，他们只是……待在一起。圣诞当天，他们会用一台老式的无线电收音机收听圣诞颂歌，晚上听爸爸的最爱——《儿童时光》。罗丝会整日画油画或是素描——她一直是名了不起的艺术家。科尔白天会去暗井角的山谷里探索，晚上会躺在火边，把他白天的冒险编成故事说给他们听。

“我和守护者们去森林里探险啦！诺克斯先生在树底下发现了一条秘密通道，罗格王打败了守卫通道的妖精。彭德尔伯里把自己缩小钻进去，发现了一条通往地下宫殿的河！”

而爸爸就静静听着。

爸爸。

科尔的眼睛一阵刺痛。他感觉自己现在好像能看见他——爸爸就像往常一样，在扶手椅上昏昏欲睡。他的胡子，他稀薄的头发，他疲惫而温柔的眼睛。他会穿着一件罗丝给他做的衣服。衣服被染成了橙色或紫色，或是——罗丝最喜欢的——这两种颜色的混合。罗丝碰过的东西都是这样。“谁想要无聊的纯白色啊？”她会一边说，一边又糟蹋起一张好桌布。

其他的爸爸不是这样的。其他的爸爸会告诉科尔别再编故事了，或是让罗丝熨衬衫而不是染衬衫。但他们的爸爸就是这样。他不太爱说话，也无法随心所欲地花很多时间陪伴孩子。他表达爱的方式就是为他们提供一切，确保他们能过得快乐。他拼命工作，毫无怨言。这样科尔才能在幻想中肆意驰骋，而罗丝才能将触碰到的一切都染得五彩斑斓。每次节礼日[①]，克莱尔姑妈来看他们时，都会不满地咂嘴，说爸爸把他们宠坏了。但这没有关系，他们很快乐。现在回想起来，科尔简直不敢相信他们曾经那么快乐过。

接着，事故发生了。

事故发生得太快，科尔几乎跟不上。一个晚上——一瞬间。救护车，葬礼，罗丝和克莱尔姑妈的争吵……突然间，科尔就

① 节礼日（boxing day）：圣诞节次日（12 月 26 日）或是圣诞节后的第一个工作日，是在英国等地庆祝的节日。——译者注

站在了尤斯顿火车站，打包好的行李就在旁边，他的姐姐正在拥抱他，而他无力阻止这一切。

“你必须勇敢，科尔。只是一小段时间。我每天都会给你写信。再说，圣诞节我们就会见面了，不是吗？”

看着姐姐消失在车窗外，他第一次意识到，他真的得靠自己了。他失去了妈妈，失去了爸爸，现在他又失去了罗丝。他要去到英国的另一边，和一个他几乎不认识的亲戚一起生活。他还有守护者们——但他们现在有什么用呢？爸爸出事后，他们没能保护他免遭这件事的影响。他们没能保护他免遭这一切的影响。他们完完全全地让他失望了。

于是就这样，他不再理睬他们。他封住了幻想世界的大门，把仅有的朋友拒之门外，他选择了孤独。

但在他失去了一切之后，这又有什么关系呢？

科尔环视着小屋。火终于开始发挥它的魔力了：柴火烧得噼啪作响，火光再次为砖块注入了活力。大风刮着墙壁，片片雪花落在玻璃窗上。但是没有关系，小屋里感觉很安全。

“科尔，拜托！”

“你能听见我们说话吗？”

“我们快没时间了！”

科尔叹了口气——果然，他们又来了。他的守护者们。他们为什么就不能放过他呢？他们为什么——？

“如果你在的话，我的王……好了，别说了！他没在听。”

科尔顿住了。这次的声音听起来不太一样，不再像是他脑袋里的声音了。

听起来，似乎是从小屋里传来的。

科尔回头望去，然后僵住了。一道细细的光线从楼梯上照了下来。这道光来自通向阁楼的木门。

“我们必须面对现实——他不会来了！”

“他就在附近，我发誓我可以闻到他的气味……”

科尔的胃里一阵翻涌。他的感觉是对的：这栋小屋并不是空荡荡的。阁楼上有人。他能听见三个人在他头顶上的房间里争吵。但是谁会躲在这荒郊野外呢？躲避暴风雪的流浪汉？藏匿赃物的黑市强盗？纳粹间谍？

但是他们听起来不像上面的任何一种人。事实上，他们听起来就像……

科尔摇了摇头。不，这不可能。又是他的幻想在作祟。一定是风声扭曲了他们的声音——这就是为什么这些人也没听见他进来。

他站起身来，蹑手蹑脚地往前门移动，同时祈祷风声能盖过他的脚步声。现在正是灯火管制时，暴风雪也快来了，他不知道如何在这种情况下回到巴克斯顿，但是无论发生了什么——

“我们完蛋了！他已经把我们忘了！我们不如现在就放弃吧！”

“如果他再不停止发牢骚的话，彭德尔伯里，我就把他揍扁。”

科尔停住了。

“什么？你敢！”

“就在脑袋上轻轻敲一下——求求你。只是为了让他闭嘴。”

“诺克斯先生，你不能这么做！”

“没办法，谁让我天生好口才……”

“够了，罗格！”

“罗——格——王！”

科尔一动不动地站在原地。他没有听错。一模一样的名字。完全相同的声音。不可能只是巧合。

“这不是真的。”他告诉自己，“我是在做梦。”

但他没有做梦。寒冷让他的嘴唇和手指不停哆嗦。他的心在胸口剧烈地跳动。他的呼吸在寒风中如羽毛般散开。他醒着，还活着，这一切真的发生了。

但怎么会？

科尔转向阁楼的门。黑暗中，门闪闪发光。门后的争吵现在变得热火朝天起来。

“罗——格——王！超过两个音节的词，你就记不住吗？”

“好了，我要揍他了。”

“诺克斯先生，不要这样！”

科尔走到楼梯口，爬上通往阁楼的台阶。

“让我们瞧瞧，他不穿盔甲还能有多勇敢。”

“放开我，蠢货！”

“诺克斯先生，把他放下！”

科尔把手贴在木门上。门背后的声音越来越大。他能听见有人在地板上奔跑，椅子被推开，花瓶被打翻。

“白痴！”

“唠叨鬼！”

“无赖！”

“停！”

科尔推开门，注视着光亮处。

阁楼跟他记忆中的一模一样。灰尘的气味，古老的家具，以及百年来的杂乱无章。一切都没有变。

除了躺在地板中央，互相掐着脖子的骑士和獾。

他俩同时回过头来，看见了科尔。

“科，科尔少爷！”獾大叫道。

骑士一跃而起:“他来了！彭德尔伯里，他——”

“来得正是时候。”一个声音从他们上方传来。

科尔抬起头。一个巨大的身躯倚着房椽，塞满了整个阁楼。那是一头孟加拉虎。

“噢，科尔。”彭德尔伯里说道，“我就知道你会回来找我们的。”

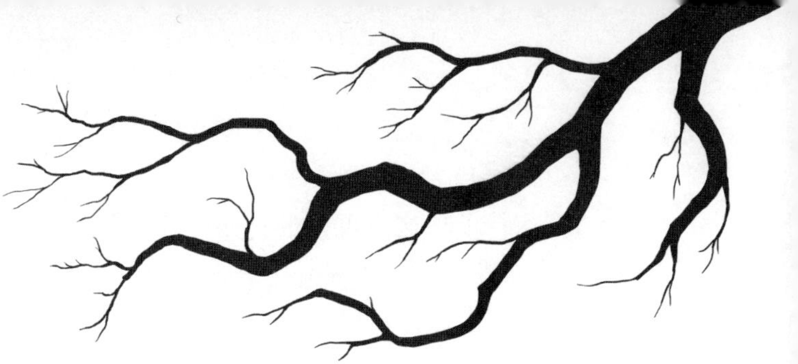

守护者归来

科尔凝视着他的幻想朋友。

守护者们跟他幻想中的一模一样。彭德尔伯里身形优雅，神秘莫测，仿佛由星星和午夜缔造而成。诺克斯先生蓬头垢面，身材魁梧，就像乡村酒吧里和蔼可亲的老头儿。罗格王鼓睛暴眼，四肢摇摇晃晃，看起来更像是个木偶而不是人。

但现在他们不再是幻想，他们是真实的。他们像真人一样在他面前说话、走动。还有他们的颜色。自从战争开始以来，世界一直都是配给簿上的灰色和黑色，像没味儿的茶和烤焦的吐司。冬天吸干了世间万物的生命。然而守护者们却是那么明亮，那么生动，仿佛在空气中闪闪发光。科尔一句话都说不出来。

罗格王突然一头扑倒在他面前的地板上，那声音听上去就像是一摞罐头被扔下了楼梯。

“我的王！我从没怀疑过你会来！”他低下头，额头贴在剑上，“我们，你忠诚的守护者，已经回到了诞生之地，来履行我们神圣的职责和——”

诺克斯先生把他挤到一边。

“哎，行了！这个可怜的孩子根本听不懂你在说什么。”他站在科尔面前，毛茸茸的脸上绽开笑容，“终于见到你本人了，科尔少爷！真是太荣幸了。你已经变成一位绅士了。瞧瞧你，穿着一身精致得体的猴子礼服！”

彭德尔伯里从房椽上俯下身。

“伙计们，别闹了！给科尔一点儿空间。这对他来说，一定很难接受——毕竟他从没见过我们这个样子。对吗，科尔？”

科尔忽然惊叫一声。老虎的尾巴不知什么时候绕到了他身后，此时正挠得他脸颊痒痒的。

“怎么回事？”他喊道，“发生了什么事？”

守护者们的笑容消失了。

“他……害怕了吗？”罗格王说道。

“他好像不是很高兴见到我们。”诺克斯先生说道。

科尔摇摇头，就像一只试图甩干毛发的小狗。这一切都让人难以应对。不可能，他幻想中的朋友不可能站在他面前，站在他的阁楼里。

“这一切都没有发生——这不是真的！我会闭上眼睛，等我睁开眼睛时，你们就会消失！”

他闭上眼睛，数到五，然后再次睁开。他的守护者们依然站在他面前，他们看上去更加困惑了。

“啊——！”科尔叫道。

“他确实害怕了。”诺克斯先生说道。

“他当然害怕！”罗格王没好气地说，“你离他的脸蛋就两英寸，而她大得像条龙！看在老天的分儿上，彭德尔伯里，变得让人容易接受一点儿。”

老虎扬了扬眉毛。骑士倒抽了一口气。

“呃……我是说，如果你不介意的话。”他补充道。

随着一声如缝线被扯开般短而尖锐的声音，彭德尔伯里缩小成一头普通老虎的大小，没人知道她究竟是如何做到的。

“好点儿没？”她说道。

“或许再小一点儿。”罗格王建议道。

“不要。”彭德尔伯里说道。

科尔惊愕地注视着老虎。他能看见她的每一缕毛发在烛光下晃动、摇摆。毋庸置疑，她和他一样真实。她转过来看着他的脸，开口说道：

“别害怕，科尔。是我们，你的守护者——你终身的朋友和保护者。我们违反了所有的法则来到你的世界，要把危急的消息带给你。有很多事情可能会让你感到震惊，有很多事情你可能难以相信，但是你必须相信，科尔。如果你不信……那么一切都完了。”

她昂首挺立，眼睛如紫水晶般闪烁。

“你准备好了吗，科尔？准备好要听你人生中最重要的消息了吗？准备好要知道我们为什么从另一个世界来找你了吗？”

守护者们满怀期待地等着他回答。阁楼上安静极了，都能听见雪花落在屋顶上的声音。

“不，并没有。”科尔说道。

接下来是长久的沉默。彭德尔伯里挪了挪爪子。

“对不起——你刚才是说没有吗？”她问道。

科尔满怀歉意地叹了口气。“听着，我今天已经听到了太多的坏消息。我不确定我还能承受多少。特别是——无意冒犯——来自我幻想中的朋友。你们都活了过来。”他伸出手，“你们能理解的，对吗？一下子要接受的东西太多了。我不明白你们怎么会出现在我面前，更不用说为什么了。我有些不知所措。”他不安地挪动着双脚，“对不起。”

守护者们面面相觑。

“他从来没有这么难搞过。”诺克斯先生嘀咕道。

“我告诉过你，他会这样的。”罗格王说道。

彭德尔伯里有些泄气。“呃……我想，要接受的东西的确太多了。但我们有很多事情要解释，科尔，而且我们的时间……有点儿不够了。”她恳求地望着他，“你怎样才能听我们解释呢？有什么我们可以做的吗？”

科尔把茶壶放在桌子上。

“没有牛奶。也没有糖。对不起。”

守护者们围坐在餐桌旁，科尔倒着茶。一切都相当文明。他从橱柜里拿出了最好的茶杯，甚至还铺上了桌布。

“这太荒唐了！”罗格王没好气地说，“每一秒都性命攸关，我们却还在这儿开茶话会，好像——”

“嘘！”彭德尔伯里说道，“我们是科尔的守护者，无论他要求什么，我们都要照做。”

科尔的脸红了：“对不起。我只是觉得做点儿正常的事可能会有所帮助。”

习惯使然。一直以来，当爸爸和罗丝需要解决他们的问题时，科尔的工作就是泡茶。这是他们家的规矩：无论什么危机，是大是小，都要把水烧上，然后大家一起详细讨论。

科尔坐下来，抿了一小口茶。这茶几乎放了一年，不新鲜了，味道就像锯末一样，但它立刻就起了作用。他疲倦地叹了口气。

“好吧。让我们从头开始。”他倾身向前，“你们不是幻想中的——你们是真实的。怎么会呢？”

彭德尔伯里眨了眨眼睛：“什么意思？”

“你们已经不在我的脑袋里，做着我编造的事了。”科尔说道，“你们就在我面前，做着我意想不到的事，比如——”

诺克斯先生像喷泉一样喷出一口茶。

“天哪，好烫！嗷——！”他的爪子在舌头上乱抓，“哎哟！大家最好把茶凉一凉……”

他的声音弱了下去。桌旁的其他人都在盯着他看。茶水从他脸上滴下来，他对着爪子咳嗽了几声：“请继续。”

彭德尔伯里抖了抖身子，又转向科尔。

“我们一直都是真实存在的。科尔，是你创造了我们。你用爱和意义创造了我们，给予我们思想和情感。当你创造出这样的东西时，你就赋予了它生命。”

“我们只是不生活在这个世界里而已。”诺克斯先生吹了吹茶，说道。

科尔大吃一惊：“等等——我真的创造了你们？你们真的住在某个地方？”

“幻灵世界！”罗格王说道，“所有像我们一样的幻想中的生灵都生活在那里。妖怪、巨人、仙子……一百万年来的魔法、历史和传说，全在同一个地方。”

科尔试图理解这一切，却失败了：“我，我不明白。”

彭德尔伯里叹了口气，拿起茶杯。茶水在烛光下打着旋，闪着光。

“看看这杯茶。你只能看见表面。但在这表面之下，还有很多，非常多。你们的世界也是如此。另一个世界就在下面，仅有毫发之隔，而你的眼睛却看不见。那是所有幻想中的生灵都必须去的地方，那是所有无法在你的世界里生存的生灵的专属领地——幻灵世界。”

她把茶杯放回原处。

“曾经有段时间，各种幻想的生灵都可以穿过两个世界之间的关卡……但现在不行了。你们的世界里的魔法远没有以前那么多了。我们这类幻灵在这里生存不了多久。这就是为什么我们要到暗井角来等你。只有靠近你，我们三个才能在你的世界里存活。这间小屋里满是你的回忆，你就是在这里创造了我们。”

她用爪子抚过桌面。几年前，科尔曾用叉子在桌面上刻下了自己的名字。

科尔惊讶地看着她。“过去几天我一直在脑海里听见你们的声音，就是因为这个吗？”他问道。

彭德尔伯里点点头。“我们四个之间有着牢不可破的纽带，科尔。你是我们存在的原因。在你的冒险之旅中，我们或许没有伴你左右。但每当你想起我们的时候，我们就会在幻灵世界听到。我们已经呼唤你好几天，试图把你唤回暗井角。”她咽了口唾沫，说道，“你来得刚刚好——再过几个小时，这栋小屋的魔力就不足以保护我们了。”

科尔眨了眨眼：“保护你们？”

狂风呼啸，烛光闪烁，仿佛有影子从餐桌上掠过。当彭德尔伯里继续讲话时，她的声音小了许多。

“我们本来不应该出现在这里的，科尔。”她说道，“为了能像这样跟你说话，我们闯过关卡，把自己置于可怕的危险之中。但是我们必须来警告你，哪怕这意味着违抗……他。”

科尔看着他的守护者们。他们害怕极了。

“谁？”他问道，“你们说的是谁？”

彭德尔伯里看着其他守护者——他们点了点头。她清了清嗓子，转向科尔。

“隆冬之王。”她说道，“他再次掌权了——但是这一次，一切都变了。他把绿人赶出了幻灵世界，然后——”

“等一下。”科尔难以置信地盯着她，他突然意识到，他以前在哪儿听人提到过幻灵世界，“隆冬之王、绿人。这都是埃文斯夫人说的那些。”

彭德尔伯里严肃地点点头：“他们俩是现有的最强大的存在，科尔。他们的一举一动决定着我们的整个世界——还有你们的世界。”

她坐直了身子，蜡烛将她的影子投射在她身后的墙上。

“隆冬之王是一切黑暗的主宰，是暗夜的王。每年有一半的时间，他都统治着幻灵世界。在他的统治之下，生命凋亡，冬天被带到你的世界。我们两个世界紧密相连，科尔——一个世界里发生的事会影响另一个世界。”

她凝视着摇曳的烛光，笑了。

“六个月后，绿人会卷土重来，将他击败。绿人是生命的主宰，是光明的使者。平衡恢复了，春天被带到你的世界。自万物伊始，这个循环就不停重复。”

“直到现在。”诺克斯先生轻声说道。

彭德尔伯里转过身来，面对着科尔。

“你们的战争打破了平衡，科尔。你们的世界里从未有过如此多的黑暗，如此多的威胁、恐惧和危险。隆冬之王从黑暗中得到滋养，这让他比以往都更加强大。自万物伊始，他每年都把绿人关押起来，直至春天。而今年，他不仅囚禁了绿人，还打算彻底摧毁他，让他不复存在，并将幻灵世界彻底据为己有。”彭德尔伯里打了个寒战，“幸好他没有成功。绿人受了重伤，十分虚弱。他现在逃到你们的世界里藏了起来。隆冬之王想把他找出来拖回幻灵世界，于是在这里处处都安插了密探。

仙子、妖精、山精……”

“而且不仅仅是他惯用的幻灵。”诺克斯先生一脸厌恶地说道，“现在所有的幻灵都开始纷纷倒戈，为隆冬之王效力，就连魔法树也宣誓效忠于他！”

“当然，橡树除外。”罗格王说道，“还有巨人，他们像往常一样，忙着自相残杀呢。”

彭德尔伯里点了点头：“隆冬之王正在用他新获得的力量粉碎所有抵抗，并恐吓幻灵世界的其他幻灵，让他们转而效忠于他。他封锁了两个世界之间的所有关卡，这样绿人的盟友们就不能过来帮助他。绿人日益虚弱，而隆冬之王却日益强大。现在，他甚至开始看见未来的幻象，他还利用它们来……”

她停住了。科尔没有在听她说话了，他把头靠在桌子上。

他在哈哈大笑。

彭德尔伯里皱起了眉头：“这……好笑吗？我觉得我没说什么好笑的话啊。”

“我觉得你从来没说过什么好笑的话。”罗格王说道。

科尔坐起身来，擦了擦眼睛。“让我确认一下我没听错。你是说埃文斯夫人告诉我的——关于绿人和仙子的一切，都是真的。”他望着守护者们，“埃文斯夫人，那个认为自己的蜂巢可以拦截纳粹信息的人。”

彭德尔伯里感到很诧异：“科尔，与隆冬之王的战争是真的！这件事比你想象的要重要得多！如果绿人不复存在……”

“当然，”科尔讥讽道，“我猜，我是唯一能阻止他的人？

我——一个十二岁的男孩。这就像我以前的一次冒险一样。”他摇了摇头，向后靠去。终于，一切都突然明晰了。“我现在明白了。你们全都不在这里——这全是我脑袋里的幻想！罗丝的消息对我的打击远超我的想象，我已经完全崩溃了！”

科尔如释重负地叹了口气。他有点儿担心自己崩溃了，但这也比彭德尔伯里说的话更合理。毕竟，绿人和隆冬之王跟他究竟有什么关系？

他转向彭德尔伯里，却被眼前所见惊呆了。她的眼睛闭上了。她的仪态，她的勇敢……全都消失了。当她再次睁开眼睛时，他一眼就能看出来，这是自他回来以后，她一直在担心的时刻。

“这样不行。”她说道，“我们必须给他看。”

守护者们的反应就像触了电一般。罗格王一跃而起。

“不！不行！我们本来就不应该在这里的！如果有人发现了我们在做什么……”

“没有其他办法了。”彭德尔伯里摇摇头，说道，“科尔必须看见。他必须明白什么是当务之急。”

科尔瞪大眼睛：“看什么？你们在说些什么？”

诺克斯先生叹了口气：“她说得没错，罗格。我们走了这么远，可不是为了现在让他失望的。”

彭德尔伯里伸出两只爪子。诺克斯先生握住一只。罗格王丧气地垂下肩膀，握住了另一只。

“握住。”诺克斯先生向科尔伸出一只爪子，说道，“你必须跟我们组成一个圆圈才能看见。”

“但是记住了，孩子。”诺克斯先生说道，“我们这么做并不是为了伤害你。”

他声音中的善意比任何东西都更让科尔感到害怕。他心里有一部分不想知道他们在说什么。但他只要看看彭德尔伯里的表情，就知道这件事有多重要。他一只手握住了诺克斯先生温暖的毛爪，另一只手握住了罗格王冰冷的金属手套。他们四个围着桌子，组成了一个圆圈。守护者们闭上眼睛，垂下脑袋。整个房间都静了下来。

什么都没有发生。

科尔咽了口唾沫：“我们在等什——？”

画面一下子涌进他脑海，如同一道瀑布从岩石上喷涌而出。

他飞翔在夜空中，低头凝视着伦敦。在他身下，整个城市仿佛一个由屋顶、河流、桥梁和楼房构成的巨大挂毯，一直延伸到目之所及的远方。

一切都在燃烧。

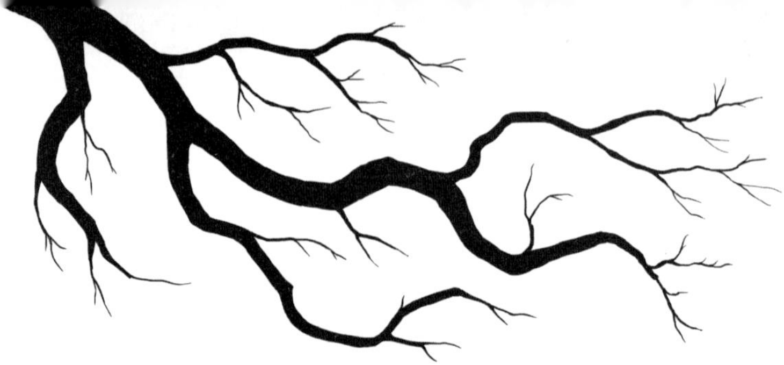

幻象

伦敦城是狂暴的火焰，
是无月之夜下的剪影。
白绿相间的“吊灯”照亮夜空，
骤然坠落，
摔碎在屋顶，
蔓延成一片火海。
滋养、壮大，
越烧越旺，
愈演愈烈，
直到
一切
都
……
化作尘埃。
化为乌有。
那一堆瓦砾是曾经的城市，

如秋叶般排列在寂静的街道两旁……

“不！”

科尔从圆圈中挣脱出来，回到了厨房。守护者们瞪大眼睛坐在他面前。屋外狂风怒号，蜡烛的火苗在餐桌上摇曳晃动。

“听见了吗？”罗格王大叫道，“是他！他肯定发现我们了！哎，我们就不该给科尔看，我们就不该给他看！”

“我们必须给他看！”彭德尔伯里大叫道，“科尔必须看见！他必须相信我们！”

科尔头晕目眩。他不愿相信刚才看见的一切，但那幻象清晰得就像电影胶片。伦敦着火了——整座城市都被摧毁了。任何人都无法幸存。彭德尔伯里拉住他，稳稳地抓着他的肩膀。

“科尔，听我说，幻象没有骗你。伦敦将会经历一场十分可怕的空袭——是迄今为止最严重的空袭。它会把城市夷为平地，让这片土地充满前所未有的恐惧、痛苦和绝望。而这将给隆冬之王带来他所需要的全部力量，让他能找到并消灭绿人。这就是为什么他向整个幻灵世界展示了这个幻象：证明对抗他是徒劳的。”

科尔不敢相信。她的话像冰水一样冲上了他的脊梁骨。

“但……但罗丝怎么办？”他低声说道，“她现在就在伦敦！”

彭德尔伯里点了点头：“是的，科尔。她的处境非常非常危险。”

科尔感到一阵晕眩。空袭时罗丝可能正骑车外出，炸弹落下时她可能正在传递消息。她不可能在他刚才看到的那种情况下幸存。突然间，他只能看到她的身体躺在马路上，或被困在燃烧的大楼里，或被压在她的自行车旁，火光从天而降，将她包围……

“我们还有多，多久？”他问道，“这一切还有多久会发生？”

彭德尔伯里转向厨房的窗户。它现在几乎已经完全被雪覆盖了……但是仍能依稀看见残月穿过头顶的云层，如同一把镰刀高悬在群星之中。她的声音平静得诡异。“在幻象里，”她说道，“天空中没有月亮。这就是我们所拥有的时间，直到下一轮新月出现之前。”

科尔心里一沉：“但那就是……”

彭德尔伯里点点头：“六天。最多七天。”

科尔惊恐地看着他的守护者们：“那我们还在这儿干什么？我们必须告诉所有人接下来会发生的事！我们必须阻止这一切！”

他飞快跑到厨房门口，但是诺克斯先生拉住了他的胳膊。

“科尔少爷，你还不明白吗？如果你把空袭的事情告诉别人，隆冬之王就会发现并阻拦你！我们唯一的希望就是他不知道我们在这里！”

科尔不可置信地盯着他：“那就这样了？你们就任由这一切发生？”

罗格王向他走去：“我的王，我们无力阻止这次空袭。我们发誓要保护你……”

“有点儿晚了，不是吗？”

守护者们沉默了。

科尔苦笑了一声。“我是说真的。如果你们想保护我，那爸爸死的时候你们在哪儿？你们为什么不活过来，提前警告我？”科尔以为早已哭干的泪水，现在又溢满了眼眶，眼睛刺痛不已。“现在罗丝也要死了……而你们对此却无能为力？”这句话从他口中喷涌而出，“不！我不会让她死的！如果你们不打算阻止空袭，那我就自己去！”

他挣脱出胳膊，奔出厨房，猛地打开前门。

“科尔，等等！”

迎面扑来的寒风就像长了牙齿的怪物，径直咬进他的骨头。他连忙用双臂挡住脸。暴风雪已经来了，比他以前见过的任何暴风雪都要强大。世界被染成了白色，到处都是明亮刺眼的白雪吹积而成的雪堆。科尔连通往暗井角的小径都看不见了。田野、树木、溪流……全都被完全覆盖。现在火车不可能运行，电话线路也不可能正常工作。这就像是另一个世界。

“瞧，他的力量更强大了。”彭德尔伯里在他身后说道，她的声音里充满了恐惧，“还没到午夜，他就已经带来了这些。”

科尔惊恐地环顾四周：“暴风雪？这都是他干的？”

诺克斯先生点点头：“而且一切只会变得更糟，孩子。一旦隆冬之王彻底消灭了绿人，就会一直如此。冬天永远不会结束。

黑暗直到世界末日才会终结。”

这一领悟对科尔来说如同一记重拳打在肚子上。在这种情况下，他根本没法去找罗丝。他被困在了荒郊野外，而天气只会越来越恶劣。即使他真的找到了什么人，并把他刚刚听到的一切都告诉他们……人们怎么可能相信他呢？

于是，就这样了。罗丝要死了，而他什么都做不了。六天后，他将失去他最后一个真正的家人。科尔跪倒在雪地里。

“不，不。我不能连她都失去。我不能失去罗丝……”

他感到一只爪子搭在他的肩头。他转过身，看到了诺克斯先生温暖的棕色眼眸。

“不，科尔少爷。”他温柔地说道，“你不会失去她的。只要这件事跟我们有关，就不会。”

罗格王走到他身边：“这就是为什么我们会来到你的世界，科尔。在你父亲的遭遇之后，我们互相发誓，绝不会再让你独自面对那样的事，无论要冒多大风险。”

“没错。”彭德尔伯里说道，“我们不能阻止空袭，我们不能阻止隆冬之王。但是我们可以救罗丝。我们要带你去伦敦，在空袭前带她出城。”

科尔难以置信地盯着他的守护者们。他们不是在开玩笑。他摇了摇头。

“但是……你们没有看看四周吗？”他转向肆虐的暴风雪，“我们被困住了！伦敦在一百五十英里之外。火车停运了。路上也没有车。我不知道该怎么去到那里！即使天气正常，要在六天里走上一百五十英里……”

一个声音响了起来，听上去好像缝线被扯开了一般。世界安静下来。原本寒冷的地方暖和起来，原本风暴肆虐的地方平静下来。科尔转过身，惊愕得差点儿向后跌倒。彭德尔伯里已经长到了二十英尺高，最后一抹月光如同闪烁的光环一般围绕着她。她低头冲他笑了笑。

“谁说要走路了？”

罗格王拍了拍科尔的肩膀：“你不明白吗，我的王？我们要骑虎而行！两倍的速度，两倍的力量！你让彭德尔伯里成为两个世界中最好的领航员——她很快就能找到去伦敦的路。”

科尔本想反驳，但却停住了。罗格王说得没错。在他们的每一次幻想探险中，彭德尔伯里总是知道该走哪条路。

“但是我们不能骑着一头巨虎四处跑啊，”他抗议道，“会被人看见的！”

“不是所有人都能看见，科尔少爷。”诺克斯先生说道，“有些人能看见魔法，有些人不能。你以为绿人是如何在你们的世界里藏了那么久？有人可能就站在光明与生命之王面前，却不知道！”他拍了拍自己的鼻子，“再说了，你知道我的。我能嗅到附近方圆百里的人！”

科尔感觉一阵兴奋。诺克斯先生总能嗅到即将来临的麻烦——这是他的特殊能力。“但，但万一隆冬之王的密探看见我们了怎么办？你们说他们遍布乡间。况且，你们不该出现在这里！”

“哈！”罗格王激动地挥舞着剑说道，“谁敢阻止我们，我就把他剁成肉泥！”

彭德尔伯里点点头：“这就是你创造我们的目的，科尔，驮着你，保护你，为你而战。而且没有你在身边，我们一步都踏不出这栋小屋。如果你想救罗丝，我们必须一起去。”

“没错！”罗格王说道，“老守护者们，再次相聚，踏上最伟大的冒险之旅！你意下如何啊，我的王？”

科尔的心开始怦怦直跳，仿佛一根希望的蜡烛在他的内心深处被点燃。有那么一瞬间——仅仅是一瞬间——不可能的事好像都变得可能。或许他们可以做到。或许他们能够冒着百年不遇的暴风雪，去到英国的另一边，把罗丝从两场战争和黑暗之神的手中营救出来……

蜡烛燃得快，灭得也快。他只是个男孩，拥有幻想中的朋友。他转向暴风雪。黑暗茫茫，难以逾越，势不可挡。他们又能有多少机会呢？

“我们做不到。这不可能。我们怎么可能打败那么……”

他的声音弱了下去。彭德尔伯里用嘴把他叼了起来，放在自己的后背上。她皮毛的温暖简直不可思议：科尔双腿的冰冷瞬间融化了。直到那一刻，他才意识到自己有多冷。

“科尔，”她说道，“我觉得是时候发挥你的想象力了。”

科尔从她的肩膀上望去。他立刻就看见了真相。从这里看，世界大不相同。暴风雪虽然广阔，却有边界，黑暗在某处终结。好几个月以来，科尔都在巴克斯顿的卧室里，遥望着屋外的黑暗，听着轰炸机嗡嗡飞过屋顶。他一生中从未感到如此渺小，如此软弱，如此无力。

他现在依然害怕。事实上，害怕极了。但是这么长时间以来，他第一次可以做点儿什么了。他无法阻止战争，他永远也无法让爸爸回来。但是他可以为所爱之人而战。他可以救罗丝。

“我们行动吧。”他说道，“我们回家去。”

守护者们欢呼起来。罗格王以一个优雅的后空翻落在科尔背后，然后举起他的剑。

“向着冒险——前进！”

“向着伦敦——前进！”诺克斯先生说着爬到他身边。

“向着赫恩希尔——前进！”彭德尔伯里纠正道。

“向着罗丝——前进！”科尔说道。

他们越过山谷里的积雪，离开暗井角，前往月光透过云缝照亮的地方。

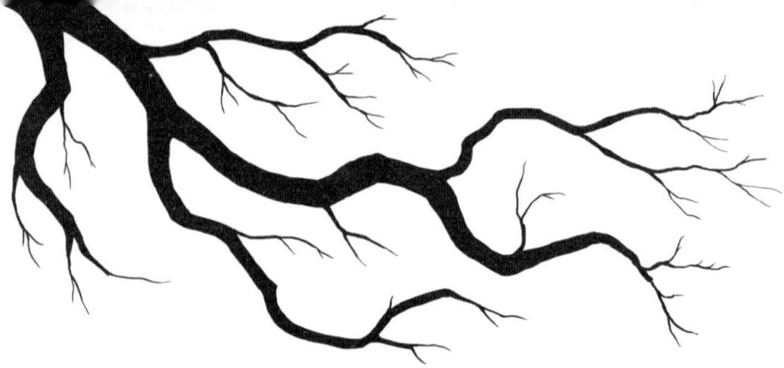

焦黑的王座

森林方圆数里都是一片死寂。

树死了，它们立足的土地也死了。自人们有记忆以来，这里已经许久寸草不生。有人认为，几个世纪前，这里发生过一起可怕的罪行，让这片土地受到了诅咒。他们说，这就是这里寸草不生的原因。

有人说情况比这更糟。他们说森林里住着一头怪兽。他们说，这就是为什么当你行走在枯死的树木之间时，你的心底会涌起阵阵恐惧。还有人说，这些都是无稽之谈，不过是编出来吓唬人的故事罢了。但人们对这些故事深信不疑，以至于故事就好像真的一样。这就是为什么你一想到森林，心里就泛起一阵恶心。

他们都错了。

如果他们能设法透过森林，看到下面仅毫发之隔的另一个世界，那么他们就会明白。

他们会看见树木移动，消失，取而代之的是一个焦黑而荒芜的悬崖，从黑暗世界升起数百英尺高。他们会看见巨大而荒凉的王座破石而出，如同一种憎恶，向天空蔓延。他们会看见坐在王座里的那个人。

称呼他为人是错误的。只有他在的地方，和他不在的地方。

隆冬之王睁开眼睛。

那不是真正的眼睛。它们能看见的不止眼前的事物。它们能看透心思，看穿墙壁，还能看到石头之下。隆冬之王从王座上就能搜寻他每一个臣民的思想——包括那些被他派去另一个世界寻找绿人的臣民。

隆冬之王从未拥有过这般力量。他对幻灵世界的控制前所未有。他给另一个世界带去了他制造的最恶劣的暴风雪。随着时间的推移，他的力量越来越强，似乎没有什么能够阻止……

直到现在。

隆冬之王感觉到了。那感觉就像有一股冷风从门底钻了进来。另一个世界发生了一些变化。变化虽然细小——几乎微不足道——但他已经感觉到了。他的命运发生了最细微的变化。隆冬之王顿了顿，凝视着下面的黑暗世界。他的头脑冷静地运转着。

“犬魔[①]！”他喊道。

在他的召唤下，一条狗出现在王座旁的阴影之中。她的身上满是伤痕，不少都是新伤。这几天，她经常搏斗。

“陛下。”他的将军说道。她不需要行礼，她弯曲如蛇的脊柱已经将她的脑袋推近地面。

① 犬魔（Barghest）：英国民间传说中的犬状妖怪。——译者注

隆冬之王没有转身面对她："你是否按我的吩咐，封锁了幻灵世界的关卡？"

这不是一个普通的声音。它冲进你的脑袋并停留在那儿，如同洞穴里的水一般冰冷。犬魔在某种程度上已经习惯了。

"是的，陛下。任何幻灵都无法闯过关卡，去另一个世界帮助绿人。"

"当真如此？"隆冬之王说道。

沉默如黑石般落下。犬魔意识到自己误入圈套，不悦地点点头。

隆冬之王继续凝视着前方："我刚刚感觉到了另一个世界的变化。有人试图搅乱我的计划，改变幻象中将要发生的事。"

犬魔很震惊："是绿人吗？"

隆冬之王摇摇头："不是神的行为。比那要小得多。我刚才数了数幻灵世界的人数……跟我上一次统计相比，少了三个。"

犬魔一脸惊恐："但这不可能，陛下……"

她停住了。她感到有什么东西进入了她的体内。一只冰冷的手，伸进了她的肚子里。隆冬之王转身面对她——她终于看见了他的眼睛。称呼它们为眼睛是错误的。它们就像两颗垂死的星星，来自他身后遥远的地方。

"你告诉我再没有幻灵能够逃走。你告诉我你已经封锁了关卡。你告诉我我所有的敌人都被关进了监牢。但却有三个幻灵违抗了我的命令，闯进了另一个世界。我现在甚至找不到他们。你还有什么话可说？"

犬魔咽了口唾沫。她知道对陛下撒谎是没有意义的：他总是知道你什么时候在说谎，什么时候没有。这就是为什么他的其他将军都没能坚持多久。她试图无视那只冰冷的如绞索般在她体内收紧的手。

“我……我封锁关卡花了一些时间，陛下。可能有一些依然忠于绿人的幻灵在我们完成封锁之前，就闯了出去。但他们不可能有机会——”

“你在对我说谎吗，犬魔？”

她倒抽了一口气。那只握紧的手在她的五脏六腑中移动。她能感觉到冰冷的卷须不声不响地钻进她的大脑，在她的思想间游走，在她的大脑里搜寻谎言。犬魔任由这一切发生。抵抗只会让情况变得更糟。

“你说的是实话。”片刻之后，隆冬之王说道，“至少你仍然效忠于我。”

卷须松开了，犬魔如释重负。隆冬之王坐回王座，他最糟糕的脾气已经平息了。

“关卡沿途的守卫加倍，确保没有其他幻灵逃跑。我将向我在另一个世界里的密探传话，让他们留意三个幻灵。那些幻灵会带我们找到绿人。”

她深深地鞠了一躬：“好，好极了，陛下。”

“犬魔……”

她战战兢兢地迎着他的目光，仿佛被一根铁柱钉在了石头上。

“别再让我失望。”

她迅速地鞠了一躬，转身走进了阴影中。

隆冬之王转回向幻灵世界。现在这里的每一处都在他的掌控之中。黑暗笼罩着每一个角落。然而，仍有一些幻灵准备奋起反抗。而最糟糕的是，每当他试图搜寻他们的思想时……却怎么也找不到。他们就像绿人一样，隐藏在他的视野之外。

但是没关系。他的密探很快就能找到这三个可怜的幻灵，并把他们又踢又叫地带回幻灵世界。隆冬之王会逼迫他们供出绿人的藏身之处，接着他就能将这个生命之神彻底消灭。即便他的密探没有找到他们，幻象中的空袭也会很快到来，而这将使他比以往任何时候都更加强大。

这就是他的计划的美妙之处。现在正值隆冬时节，正是他的季节。另一个世界从未如此黑暗，如此可悲，而且一天比一天更黑暗。无论发生什么，他的力量只会越来越大，越来越强。现在没有人能够阻止他。

隆冬之王坐在王座之上，等待着。

1940 年 12 月 23 日

接收无人陪伴儿童的户主须知

当您把无人陪伴的儿童接回家中后，您要像对待自己的孩子一样管教和照顾他们。

接收一名儿童，您每周将收到十先令六便士。如果接收的儿童超过一名，那么每名儿童您每周将收到八先令六便士。这些补贴能覆盖所有食宿，但是不包括衣服或医疗费用。

如果您能抽出时间，我们强烈建议您参加任何现有的家庭护理或儿童福利讲座。

不要忘记，在陌生的环境中，儿童可能会想家。因此，请您务必密切留意他们。

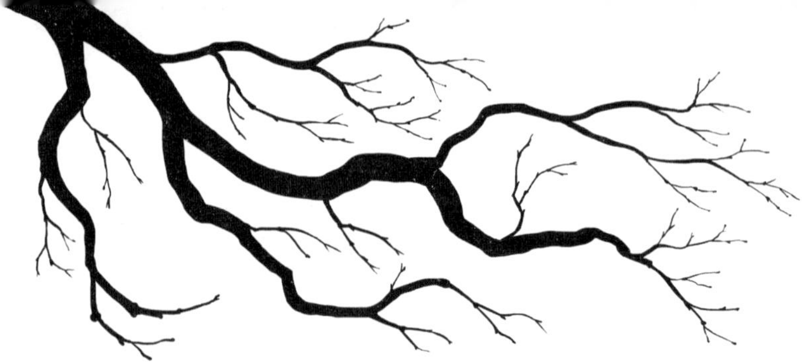

魔法森林

黎明到来，最猛烈的暴风雪终于过去了。晨曦点缀着地平线，将雪堆变成了闪闪发光的碎玻璃堆。科尔环视着森林：真是太美了。空气中回荡着稀疏的冬日鸟鸣，四周的树木伸展着肢体，渐渐苏醒。他再次怀疑自己是否在做梦。

一团湿雪落在他的后颈上，提醒他这不是梦，他真的骑着一头巨虎，在暴风雪中飞奔了一整夜。为了从即将摧毁伦敦的空袭中救出他的姐姐，他和他幻想中的朋友真的在与时间赛跑。科尔整个晚上都吓得喘不过气来，时刻担心他们会不会被隆冬之王的密探发现。他的脑海里全是对罗丝的担忧……

然而，他无法阻止自己的心跳得怦怦响。他一生中从未如此激动过。他最伟大的幻想变成了现实。他和他的守护者们正在进行真正的探险，就像他一直幻想的那样。

算是吧。

“尝尝这招！还有这招！”

“闭嘴！”

科尔叹了口气。守护者们已经争吵了一个小时。在恶劣的天气里骑行了一整夜，他们却一点儿都不累。罗格王在雪中翻筋斗，用他的剑在树林里刺来刺去，彭德尔伯里正嚷嚷着要他停下来。

“停！”她第一百次吼道，“你会暴露我们的！这片森林里可能有很多隆冬之王的密探！”

“没错！”罗格王转动着他的剑说道，“而我想要在他们出现的时候做好准备。我才是要和他们战斗的人，不是吗？除非你想要把他们烦死，或者——”

眨眼间，他就被一个巨大的爪子按在了雪地上。

“我肯定是听错了，”彭德尔伯里俯下身子，对他淡然一笑，“你刚才说我能把人烦死，请再重复一遍。”

“噢，看在老天的分儿上，这是个玩笑！一个笑话！”罗格王无力地挣扎着说，“如果你觉得受到了侮辱，那是因为你不知道什么是笑话。”

彭德尔伯里皱起了眉头：“不，我知道。”

“哈！那你讲一个。”

科尔痛苦地呻吟了一声。与守护者们一起待在现实生活中的情景跟他幻想中的截然不同。事实证明，他们非常喜欢争吵。而这是他最不想要的。在为罗丝担心而整夜未眠后，他的神经已经到了极度紧张的程度。“或许我们应该……”

“安静！”诺克斯先生喊道，“科尔少爷有话要说！”

争吵立刻停止了，守护者们热切地注视着他。

“怎么了，我的王？”

“嘘，让少爷说话！”

科尔咬紧牙关。他曾一直以为拥有对他言听计从的朋友简直就是美梦成真。但事实证明，这其实是相当烦人的。

“或许我们应该……停一停，”他平静地说，“我觉得我们都可以休息一下。”

彭德尔伯里瞥了诺克斯先生一眼：“安全吗？”

诺克斯先生嗅了嗅空气：“哼，除了树木什么都没闻到。不过，还是有些不太对劲。”

科尔手臂上的汗毛竖了起来。他也注意到了，有什么东西在看着他们。这片森林与暗井角周围的森林全然不同，但也正常，他们现在至少已经走了十英里。这里的树木扭曲而衰老，树干像桅杆一样在风中嘎吱作响。

诺克斯先生又嗅了嗅空气，抽了抽胡须……然后耸了耸肩：“没有！我没有发现密探。没有仙子，没有水怪，没有夜魔……”

科尔的血液凝固了。

“夜，夜魔？藏在床底下的那种怪物？他们真的存在？”

“没错！”罗格王说道，“而且他们现在站在了隆冬之王那边。”他打了个寒战，“相信我，我们不会想撞见他们当中的任何一个。”

科尔的脸色变得苍白。他们可能会碰见他童年噩梦中的怪物，这个消息丝毫没有缓解他的紧张。“我又想了一下，或许我们还是继续走吧——我们今天还有很多路要赶……”

“咳咳。”

诺克斯先生的脸红了。一只獾的脸能有多红，他的脸就有多红。

“我可能需要……停一下。”

彭德尔伯里抱怨道：“又来？”

“我都跟你说了，不要喝那么多茶。”罗格王说道。

刺啦——

这种感觉很奇妙。前一秒，科尔还高高地坐在彭德尔伯里的背上，透过树林向外凝望；下一秒，他就站在了齐膝深的雪地里。他不知道这是如何发生的，只知道他的胃向后翻腾，而彭德尔伯里现在和头普通老虎一样大。诺克斯先生跳下她的背，然后迅速蹿到最近的一棵树后面。

“别走太远！”彭德尔伯里大喊道，“记住，如果我们不想被隆冬之王发现，就必须一直待在科尔身边。”

科尔打了个寒战。他的守护者们或许很需要关注，又很爱争吵，但他很感激他们必须待在他身边。“只要靠近我，隆冬之王就真的看不见你们了吗？”

彭德尔伯里点了点头：“他和他所有的臣民都有联结——如同我们和你有联结一样。但是靠近你，他就发现不了我们。我们就像被装进了一个爱的口袋。”

她深情地看着科尔。科尔尴尬地别过头去。当下，他觉得自己没有能力保护任何东西，尤其是保护他们不受黑暗之神的伤害。此外，所有这些依恋都开始变得让人有些难以承受。彭德尔伯里见他没有理她，便哼了一声，显然有些生气。

“光明也能帮我们躲藏。白天我们会很安全。但是到了夜晚，我们需要确保跟前有火。隆冬之王的力量总是在午夜最强——毕竟，他是黑暗之神。”她清了清嗓子，“事实上，与其说他是冬之王，不如说他是……黑蜘蛛。”

巨大而空旷的沉默充满了整个森林。科尔茫然地望着彭德尔伯里。她看上去对自己相当满意。

“瞧见没？”她说道，“我跟你说了，我会讲笑话。”

“那是个笑话？”罗格王说道。

彭德尔伯里皱起了眉头：“当然是啊！‘冬之王’指的是隆冬之王，那么……”

“请你不要解释了。”罗格王乞求道，“你越解释越糟。”

“而‘黑蜘蛛’说的是黑暗之主……”

“别说了，我受不了了……”罗格王一边大喊，一边在地上打滚。

诺克斯先生终于从树后面出来了。科尔满怀感激地转向他，迫切地想要在另一场争吵开始之前赶紧出发……然而，他皱起了眉头。獾的身后，就在他肩膀后面，有什么东西在空气中盘旋，看起来像是两张蜘蛛网并排飘浮在半空中。

“那是什么？”科尔指着半空说。

诺克斯先生看着蜘蛛网，蜘蛛网看了回来，眨了一眨。

它们不是蜘蛛网，是眼睛。

诺克斯先生转过身来：“是树！快跑！”

他刚要跑，突然一根树枝不知从哪儿抽了过来，把他捆在了树干上，另一根树枝则把罗格王按倒在地。另外五根树枝抓住了彭德尔伯里，缠住她的腿和脖子，把她吊在半空中。每当她想要改变体形时，树枝就会缠得更紧。科尔刚惊呼了一声，就被什么东西抓住脚踝，吊上二十英尺高的空中。

他倒挂在林地之上，挥舞双臂，四处寻找袭击者……然而，一个人都没有，他身下的林地是空的。

“干得好，伙计们！一下子抓了四个！”

那个声音低沉而嘶哑，仿佛一栋房子在风中摇晃——声音是从身后传来的。科尔扭过头，倒吸了口气。抓住他的那棵树是活的。树枝间的蜘蛛网是它的眼睛，树干上的节孔是它的嘴巴，说话时还会动。

“好样的，基思！”

“时机也不错，那个‘黑蜘蛛’的笑话简直糟糕透了。”

“大家都看见了吗？那只獾刚刚在我身上撒尿！”

科尔一句话也说不出来。林间空地上所有的树都是活的。他们有常春藤做的胡须，以及人们在树干上刻下的爱心文身，看上去就像一群衣衫褴褛的木头海盗。

“这是片魔法森林！”诺克斯先生呻吟道，“唉，我早该知道……”

“哈！可你不知道，对吗？”那棵叫基思的树说道，“没人怀疑树木！我们等待着合适的时机，然后——嘭！就抓到你们啦！”

“我们在几英里之外就听见你们过来了，”另一棵树说道，“你们这些家伙真是太吵了。”

基思用树枝晃荡着科尔，就像吊着一条大鱼一样：“现在，你们是我们的囚犯啦！看上去我们抓到了一头老虎、一只獾、一个骑士和一个……呃……杂耍猴子什么的。”

科尔呻吟了一声。他们没有时间了——每浪费一分钟，就离失去罗丝的时刻近了一分钟。他们不能让任何事情拖慢脚步。“不好意思，你能把我放下来吗，拜托？我是人，不是猴子……”

“你当然是猴子，”基思不相信地说，“隆冬之王让我们留意任何游荡在这个世界的反叛幻灵。他说一共有三个。想象一下，如果我们给他带回去四个，他该对我们有多么满意啊！”

科尔心头一沉：“隆……隆冬之王？”

“没错！”基思说道，“他把你们的情况告诉了所有的密探。现在你们要带我们去找绿人！”

科尔绝望地转向他的守护者们。然而他们脸上的表情已经说明了一切。他们被隆冬之王抓住了——他们的探险之旅还没开始就已经结束。他不能让这种事发生——他不能任由罗丝死去。他必须让树木们明白。

“求求你，放我们走吧！我们不想和幻灵世界的战斗扯上任何关系。我们根本不在乎绿人！”

但是基思没有理他：“好了，伙计们，我们的大好时机到了——从现在起，我们这些魔法树将成为隆冬之王军队的骄傲！”

罗格王愤怒地拉扯着捆住他的树枝：“你们应该为自己感到羞耻！在绿人最需要你们的时候，你们却背叛了他！你——你们这些背信弃义的树墩！”

一片树叶捂住了骑士的嘴，不让他说话。

“别说那个词！”基思大喊道。

科尔皱了皱眉头：“什么？树墩吗？”

树木好像被一阵风猛抽了一下，突然向一侧倾斜，树叶纷纷落到地上。

“住嘴！”基思尖叫道，“难道你们不知道那个词是什么意思吗？巴里最好的朋友现在成了个树墩！”

“都是人类对树木做的好事。”名叫巴里的树抽泣道。

“我今天已经看到五棵树被砍倒了。噢，人类！”

树木们流出了浓稠多汁的眼泪。科尔惊讶极了：这些树或许看上去很强悍，但实际上却出奇的敏感。他们或许在为隆冬之王而战，但是只要想到一棵树被砍倒就足以吓得他们浑身发颤。

他的脑袋里突然有了个主意。

“对不起！”他说道，“我们不会再提任何不愉快的事情了。比如……伐木工。”

树木们尖叫起来。

“啊——！”

“在哪里？”

“现在这里没有吧，对吗？”

科尔笑了："或者……啄木鸟？"

"哎呀！"

"哦，那些可怕的小嘴儿……"

这招很管用。树木们畏畏缩缩，以至于紧抓着守护者的树枝慢慢松懈下来。彭德尔伯里捕捉到科尔的目光——她已经明白他在做什么了。

"那……篝火呢？"她补充道。

"不——！"

"树屋？"诺克斯先生也懂了，说道。

"住嘴！"

"榆树枯萎病？"罗格王在树叶后面口齿不清地说道。

"住嘴！"基思大喊道，"住嘴，住嘴，住嘴！"

这一刻终于到来——树木们分了心，根本没有注意他们。科尔朝彭德尔伯里点点头，她迅速缩成老鼠的大小，从他们手里蹿了出去。树木们惊讶地尖叫着想要抓住她，但却只是将彼此的树枝缠作一团。罗格王挣脱出来，优雅地拔出剑，轻而易举地砍断了捆在诺克斯先生身上的树枝。

"啊哈！接招吧！尝尝这招，还有这招！"

科尔倒抽了一口气。罗格王比他幻想中的还要英勇善战。他敬畏地看着罗格王踢开一根树枝，举起手中的剑，劈开另一根树枝，然后以一个优雅的后空翻躲过第三根树枝……然而无论他有多么厉害，却依然寡不敌众。而且砍掉树枝对树木来说似乎没有什么区别——骑士每砍掉一根树枝的地方，就会长出五根新的。他究竟要怎样才能打败十几个比他高大十倍的敌人呢？

科尔还没来得及担心，基思就向罗格王扑了过去，同时松开了他的脚踝。他突然发现自己正一头撞向地面。

“彭德尔伯里，救命！”

刺——啦。

她恢复到原先的大小，并在最后一秒扑到科尔身下——科尔落在她的背上，仿佛她是一张巨大的毛茸床垫。她一把揽起诺克斯先生和罗格王，在林地上飞奔起来。她灵活地穿梭于树木之间，如同流动的丝绸。林间空地被她远远地抛在身后。诺克斯先生冲着那一圈树木挥了挥爪子。

“哈！再见啦，木头疙瘩！真遗憾你们不能跟我们一起走！”

魔法树们把自己从地里扯了出来，迈开树根，像蜘蛛一样在他们身后穷追不舍。

“噢，对——我忘了他们可以这样了。”诺克斯先生嘀咕道。

科尔吓得倒抽了一口气。那些魔法树正在追他们，而且他们移动得很快——非常快。他们的树枝撞上林冠，积雪掉下来，发出嘭的巨响。可是他们丝毫没有要减速的意思。彭德尔伯里不可能跑得过他们。“他们追上来了！”

“别担心，我有个计划！”彭德尔伯里大喊道，“抓紧了……”

科尔刚刚抓住老虎的皮毛，她就向左一转，跃过一面峭壁的边缘，飞过森林地面上的一条小溪，最后优雅地落在小溪另一侧。接着，她坐下来，淡然地看着迎面而来的树木，脸上没有任何明显的担忧。

“你在做什么？”科尔喘着气说，“他们就在我们后面！”

果然，树木正朝着他们头顶的岩架狂奔而来。

“继续前进，树木们！”基思叫喊道，“胜利是我们的！谁都不能阻止我们——噢，天哪，有条小溪！”

他试图停下，可他弯弯曲曲的树根腿实在无力支撑他的体重。基思尖叫着摔下了峭壁，落在守护者面前的雪地上。只听砰的一声，所有的生命迹象瞬间从他身上消失了。他的脸结了冰，他的树枝手臂变得僵硬，他忽然沉默了。不到一秒钟，他就成了森林里另一棵倒下的树。

科尔一脸困惑：“刚刚发生了什么事？”

彭德尔伯里朝他们面前的小溪点了点头。小溪在雪地里蜿蜒流过。

“被施了魔法的生灵不能跨过流水。”她解释道，“流水会洗去他们身上的魔法。”

科尔感到很困惑：“那你们三个是怎么过来的？”

守护者们无奈地看了他一眼。他们几乎要为他感到尴尬。

“我们没有被施魔法啊，孩子。”诺克斯先生说道，“我们告诉过你了——我们是被幻想出来的。”

“你要学的还多着呢。”罗格王嘀咕道。

与此同时，那些魔法树站在他们上方的峭壁边，无法向前一步。他们愤怒地挥舞着树枝。

“你——你们这些恶魔！”巴里大喊道，“你们逃不掉的！我们会让你们为对基思所做的事付出代价！”

科尔凝视着死在他面前的大树，幡然醒悟。这不再是幻想，而是真的发生了。因为他，基思再也回不来了。从现在开始，他做出的每一个决定都会带来相应的后果。他不能自己玩够了，就退出游戏。一想到这个，他的胃里就一阵翻腾。刹那间，通往罗丝的道路变得更长，更难，更危险了。

“他们是说真的吗？”科尔问道，“他们会继续追我们吗？”

诺克斯先生讥讽地哼了一声：“哈！别听他们的，科尔少爷。这是典型的树话。光打雷不下雨！”

“是的。”彭德尔伯里说道，“你可以说他们是啄木鸟上树。”

没有人说话。

“全凭嘴硬啊。树上有啄木鸟的。”彭德尔伯里说道。

“你觉得现在是讲笑话的时候吗？”罗格王说道。

彭德尔伯里的脸红了：“我以为这可以缓和一下气氛。”

“等等，这是个笑话？”诺克斯先生说道，“我不明白。我以为笑话应该要好笑才对。”

彭德尔伯里恼怒地举起爪子：“很好笑啊！而且很机智！不是吗，科尔？”

科尔的嘴张开又闭上好几次，试图说句最好听的话：“那是个非常非常好的笑话，彭德尔伯里。或许如果你再多花点儿时间琢磨……”

“你应该庆幸我发过誓要保护你。”她嘀咕道。没等他再说些什么，她就飞快地冲出了森林。

不速之客

那天剩下的时间里，他们一路向南。大雪拖慢了他们前进的速度。不久，困扰乡间数周的雨水和大雾再次出现，他们的步伐愈加缓慢了。更糟糕的是，他们发现的每一个标牌都被涂成白色以迷惑敌人。大多数时候，他们不得不沿着电话线艰难地穿过空旷的田野。电话线悬在空中，上面覆盖了一英尺厚的积雪。

但彭德尔伯里正如科尔一直幻想的那样，是位了不起的领航员。她冲过雪堆，蜿蜒地爬过小山。她走过的地方，科尔能迷路一百次。而她似乎仅凭直觉就能知道什么时候该避开小镇和村庄，什么时候该等阵雨过去，以及什么时候该利用大雾的掩护继续前进。科尔很庆幸有她在团队里，即便她的笑话糟透了。

终于，当阳光开始逐渐消失时，他们来到了森林边一栋孤零零的农舍旁。农舍的窗户里有亮光，烟囱里还冒着烟。旁边是一个陈旧的木制谷仓，里面堆着高高的干草垛。

“今天已经走得够远了。”彭德尔伯里喘着气说，她像蒸汽火车似的喷出一团白气，“我们今晚就在这儿休息吧。”

诺克斯先生嗅了嗅空气：“唔——我能闻到人类。也许我们应该继续前进……”

“人类是我们最不用担心的了。”彭德尔伯里没好气地说道，“我们必须在天黑之前躲起来。而且，我今天已经走了二十英里了。我，我不会再往前走了。”

科尔担心得胃里一阵翻腾。二十英里并不足够。如果他们想及时赶到伦敦，那么他们每天必须走现在近两倍的路程。他心里一部分想要继续前进，不要睡觉，尽快赶去罗丝那里……但是彭德尔伯里的声音里有一种他未曾听过的担忧。她累了，而且还想瞒着大家。在诺克斯先生和罗格王开始抗议之前，科尔迅速介入。

“彭德尔伯里说得没错，天马上就要黑了，暴风雪将再度降临。我们必须确保自身的安全。况且，人类不到早上是不会来谷仓的，那时我们早就走了。”

诺克斯先生行了个礼：“绝妙的计划，科尔少爷！”

“简直是天才，我的王！”

彭德尔伯里感激地看了他一眼。科尔笑了，至少他在为她做正确的事，即便这确实拖慢了他们的进度。

他的肚子叫唤起来。

“我们也该吃点儿东西了。如果我们不能保持体力，那我们去伦敦的路程连一半都走不到。”他不愿去想这对他们的探险究竟意味着什么，“诺克斯先生，去农场周围瞧瞧，看看能找到什么。”

罗格王勃然大怒：“他？凭什么是他？应该由我去找食物！”

科尔眨了眨眼睛：“但是诺克斯先生比我们所有人都能更快地嗅出食物……”

“那又怎样？”罗格王说道，“我还会侧手翻呢！”

科尔叹了口气。罗格王或许拥有勇士的心，但他还有小孩的脾气。他多希望自己没把他幻想得这么难搞。

“我们必须要……低调。”科尔谨慎地选择自己的措辞，说道，“你说过有些人能看见魔法，对吗？如果有人真的看见了诺克斯先生，他们可能会以为他只是只普通的獾。”罗格王还没来得及争辩，他就转过身去，“记住，诺克斯先生，别走太远。如果有人真的看见了你……”

“遵命，科尔少爷！”他抽出棍子，“我就立马给他们的脑袋敲上一棍，然后赶紧回来！”

科尔把棍子按了下去：“不！不要敲头！我们要低调，记得吗？低调。”

诺克斯先生拍了拍他的鼻子：“啊，低调！当然，科尔少爷！要多低调，我就会多低调！”

他兴奋地呼哧呼哧嗅着鼻子，一溜烟跑了。科尔筋疲力尽地瘫坐在地上。他习惯了自己一个人待着。在跟守护者们一起度过二十四小时后，他开始失去耐心。他想，有了小孩大概就是这样。

他带着其他人进了谷仓。罗格王一路上都在生闷气。他一边嘟嘟囔囔，一边踢倒沿途的工具。谷仓里昏暗阴冷，但至少很干燥，也比外面暖和。科尔光溜溜的腿已经开始变成了淡红色。他在里面找到了个隐秘的角落，并在地上铺了些干草。

“这里！我们今晚就睡这里。”

彭德尔伯里不需要任何鼓励——她一头倒在地上，气喘吁吁。科尔担忧地看着她。她看上去累坏了——而计划里她理应驮着他们一路去伦敦。如果她做不到怎么办？这就是她试图向大家隐瞒她很疲惫的原因吗？

“罗格王，”他说道，“你能不能帮……”他停下了——这一招从来不起作用。他转过身子，一边张开手臂抖动手指，一边像说戏剧旁白般压低声音道，“你想不想去探险？”

罗格王倒抽了一口气：“去探险，我的王？”

“没错！”科尔屏住呼吸说道，“一场勇敢、艰险的探险……去找到更多的干草！从那儿开始！”

罗格王行了个礼：“至死不渝，我的王！我不会让你失望的！”

他蹦蹦跳跳地走了，并时不时把剑刺进干草垛里，嘴里还喊着：“啊哈！”科尔满意地点点头，虽然他依然感到力不从心，但至少他越来越擅长应对守护者们了。他终于和彭德尔伯里单独相处了。他蹲在她身旁，抚摩着她的胸膛。

“彭德尔伯里，你还好吗？”

她猛地睁开眼睛：“什么？我很好啊！好得不得了！”

科尔皱起眉头——他显然触及了一个敏感话题。他努力回想着罗丝或爸爸需要谈论他们的问题时，什么东西会有所帮助？

“你想吃点儿甜食吗？”他提议道。

彭德尔伯里的眼睛亮了：“你有甜食？”

科尔把手伸进口袋，掏出一样东西。

彭德尔伯里皱起了眉头：“这看起来像小树枝。”

“这是甘草根，是唯一没有被定量配给的甜食了。”

她吃了下去。

“吃起来也像小树枝。”

“我想这就是它没有被定量配给的原因。”他再次抚摩着老虎的胸膛，感受着她的心跳如定音鼓般咚咚作响，“彭德尔伯里，如果太累，你要告诉我们。我不希望你伤害自己。”

彭德尔伯里的脸上闪过一丝羞愧。

“我很好，科尔，真的。我只是……有一点儿疲惫，仅此而已。我必须得跟那些魔法树拉开一些距离。他们会把我们的事上报给隆冬之王——这意味着马上就会有很多密探来找我们了。”她叹了口气，“保持低调也就到此为止了。”

科尔紧张地朝谷仓的窗外瞥了一眼。不过几分钟，外面已经是一片漆黑，风也刮了起来。要不了多久，暴风雪就会归来。云层中的残月比前一晚要窄。不久后，它就会完全消失，接着空袭将会把伦敦夷为平地。他们只剩下五天时间，却还有一百三十多英里要走。他们面前已经困难重重了，再来一支密探军队，又该如何应对呢？

他的心里还有另一个重要的担忧。这个担忧已经存在整整一天了。赶路的时候，很容易就把它忽略了。但是现在他们停了下来，无法再继续回避它。

“彭德尔伯里，我们到伦敦以后，会发生什么？”

她瞥了他一眼：“什么意思？”

“我们怎样找到罗丝，再带她离开城市呢？告诉她，我们看到了空袭的幻象，她必须跟我们走？”

彭德尔伯里皱起了眉头：“科尔，这些你都不用担心。我们会确保没人看见我们。无论罗丝在哪儿，诺克斯先生都能把她嗅出来，而罗格王可以击退任何……”

科尔摇了摇头：“我不是这个意思。我是说，我要怎样说服她跟我走呢？她可能会觉得我只是在编一些愚蠢的故事。她可能看不见你们当中的任何一个。她可能无法理解。”现在，更多的忧虑纷至沓来，“如果我们还没把她救出来，空袭就开始了怎么办？如果城市被烧毁时，我们被困在里面了怎么办？那场大火——我从没见过那么大的火。”

彭德尔伯里伸出一只爪子，搭在他的肩膀上。

“科尔，我不知道会发生什么。我还没有想那么远。但是无论发生什么事，你都不会独自面对。我们四个会一起想办法。一直以来都是这样。”

科尔笑了。守护者们或许跟他幻想中的不太一样，但至少有一点是完全一样的，那就是无论如何，他们都站在他这边。

“谢谢你，彭德尔伯里。”

“谢我什么？”

“谢谢你帮助我。”

她发出低沉而愉悦的声音：“不用谢，科尔。”

他顿了顿：“你刚才是打呼噜了吗？”

“没有。”她否认得太快了。

“啊——！”

叫喊声从谷仓的另一边传来。科尔转过身子。

“罗格王？是你吗？”

一阵长久的沉默。

“呃，是我。”他回答道，“我……发现有人，藏在一个干草垛里。”

彭德尔伯里一跃而起，她所有的疲惫瞬间消失了：“另一个密探？”

又是一阵沉默。

“呃，不是。”罗格王说道，他的音调比平时要高，“是人类。住在这里的人类。”

科尔和彭德尔伯里惊讶地对视了一眼。

“我们该怎么办？”科尔低声说道，“我们不能就这么跑掉——他们看见我们了！我们的身份暴露了！”

彭德尔伯里的眼神变得冷酷无情：“交给我。我来处理。”

科尔倒抽了一口气：“你不会伤害他们，对吗？”

彭德尔伯里没有回答。她把身体重心转移到爪子上，凝视着前方：“罗格，把他们带出来。”

又是一阵更加长久的沉默。

“这恐怕不太可能。”他回答道，他的音调比之前还要高，

“我好像……被俘虏了。”

他高举双手，从一个干草垛后面走了出来。

“她在我侧手翻的时候偷了我的剑。”他嘀咕道，“这种事，呃……以前从未发生过。”

科尔目瞪口呆地看着。站在骑士身后的是一个与他年纪相仿的女孩。她一只手环抱着骑士的胸膛，另一只手拿剑抵住他的脖子。她身穿一条工装裤，头戴一顶破旧的防弹头盔。她还在头盔上盖了点儿干草用于伪装。她看上去很可笑——但是科尔只需看一眼她的脸，就知道这一点儿都不可笑。毫无疑问，她有一张科尔有生以来见过的最严肃的脸。

“首先，”女孩说道，“你得解释一下你们在这儿干什么。接着，你要解释一下老虎和骑士的情况，他们为什么会说话。”

她一脸厌恶地上下打量着科尔。

“然后，你或许可以解释一下为什么你穿得像只——嗯，怎么说呢——葬礼上的猴子。”

鲁思

科尔一脸惊恐地盯着这个女孩。她不是隆冬之王的密探……但是从许多方面来说，这同样糟糕。即使科尔和守护者们能设法成功逃走，这个女孩也会把她看到的一切告诉所有人。现在，克莱尔姑妈应该已经告诉警察科尔失踪了，他们应该正在寻找一个与他同龄，并且在大冬天穿着短裤的男孩。如果警察通过女孩的描述判断是科尔，并设法追上了他们，那么这一切就都结束了。科尔会被带回巴克斯顿，他们再也无法按时赶到罗丝身边。突然间，他们这趟探险的整个前景都变得悬之又悬。

终于，彭德尔伯里打破了沉默。

“你这个白痴！”她瞪了罗格王一眼，“你怎么会让她把你给抓了？她只是个六岁的女孩啊！”

“我十一岁。”女孩觉得受到了冒犯，说道，“现在告诉我，你们在这里的原因是什么！”

科尔皱起了眉头。这个女孩的口音很难辨认，好像在说每一个词之前，她都要仔细挑选，让它们在口中保持平衡。

“哈！小姐，这里我们说了算！”罗格王说道，“对吗，彭德尔伯里？”

他朝老虎点点头。她收到了暗示，发出一声威胁性的咆哮，然后开始向前逼近。女孩倒抽一口气，把身前的罗格王抓得更紧了。

“停，停，停下！别过来！”

“放——开——他。”彭德尔伯里咆哮道。

她一边走，一边变大，并发出刺啦刺啦的声音，直到她几乎高过了女孩。女孩疯狂地挥舞着剑，吓得打掉了自己的头盔。科尔大吃一惊。突然，他看见了女孩真正的模样。她不是威胁，而只是个受到了惊吓的小孩，被一头巨虎逼到了角落。他想起守护者们第一次出现在他面前时，他有多么害怕——他们还是他的老朋友。那么在她眼里，他们看起来会是什么样呢？

“停下！”科尔一把抓住彭德尔伯里的尾巴，说道，“你吓到她了。”

彭德尔伯里吃惊地看着他：“科尔，我正要——”

“我命令你停下。”

彭德尔伯里犹豫了。她疲惫地叹了口气，缩小到正常大小，然后在他身边坐了下来。女孩惊愕地瞪大了眼睛。

“看见没？”科尔说道，“他们不会伤害你的。他们是我的朋友。”

女孩咽了口唾沫：“那只老鼠呢？”

科尔皱起了眉头：“什么老鼠？”

女孩搜寻着合适的字眼：“那只黑白毛发的大肥鼠。”

“噢，你是说诺克斯先生。”科尔说道，“是的，他也是我的朋友。”

听一个陌生人谈论自己幻想中的朋友，感觉很奇怪。他以前从未跟任何人说起过他们。

“大肥鼠！”罗格王叫喊道，“你等他回来，这太经典了……”

科尔嘘了一声，让他安静。“求求你，放了罗格王吧。”

女孩的目光在科尔和彭德尔伯里之间移动。犹豫片刻后，她把罗格王推开了。他气呼呼地瞪了她一眼，然后赶紧跑到科尔身边，嘴里还嘀咕着不公平什么的。女孩待在原地，用颤抖的双手举起剑。她显然受到了惊吓，却竭力使自己看上去很威严。科尔觉得总体来说，她表现得很好。你不是每天都能在后院里看见一头巨虎的。

“谢谢你。”他说道，“现在，让我解释一下。我的名字是科尔，他们是我的守护者。”

女孩皱起了眉头：“守护者？”

“我幻想中的朋友。”科尔说道，“呃……我的意思是，他们以前是幻想中的，但现在是真实的。这有点儿不好解释。你知道，有个叫幻灵世界的地方，所有幻想中的生灵都待在那里，还有个叫作隆冬之王的……”

他显然没有解释清楚。女孩正一脸茫然地看着他。

“你小时候有没有幻想中的朋友？”他问道。

女孩嗤之以鼻：“什么？没有。太幼稚了。”

“噢。嗯……是的，我想是有一点儿幼稚。”科尔的脸涨得通红。

“这也太久了。”彭德尔伯里没好气地说道，“我们去找诺克斯先生吧，然后离开这里。”

“同意！”罗格王说道，“我把她绑起来。”

科尔吓了一跳：“你不能把她绑起来！”

“为什么不能？”

“因为……因为这很粗鲁，这就是原因！”

“谁都不能把我绑起来！”女孩厉声说道，“从现在开始，你们要按我说的做！这里我说了算！”

科尔脸色一沉：“请问你说什么？”

女孩深深地吸了一口气，挺直了身子：“你跟老虎说的话，我全都听见了。几天后，伦敦将要发生一场严重的空袭，你们要去那里找一个叫罗丝的人。”她稳稳地举着剑，“你们要带我一起去！不许拒绝！”

科尔叹了口气。这是他们最不想出现的情况。“我们不能带你一起去！”

“好吧！”女孩说道，“那我就去把我看到的一切告诉所有人！”

“我去拿绳子。”罗格王说道。

“我们不能把她绑起来！”科尔重复道。

“但是她要把我们的事告诉所有人！”

“她就算被绑起来，也仍然可以那么做！”

“哈！谁会相信她？”彭德尔伯里轻蔑地看了女孩一眼，

“你说你在谷仓里看见了一个骑士和一头会说话的巨虎，谁会听你的啊，小姑娘？”

“威尔克斯先生。”女孩说道。

科尔眨了眨眼睛：“威尔克斯先生是谁？”

她指着他们身后。他们转过身，一个身穿睡衣的农夫惊讶地瞪大双眼站在那里。

“鲁，鲁思？”他说道，“这到底是怎么回事？”

科尔僵住了，他的守护者们也僵住了。无处可逃，无处可躲。他们被抓了个正着。农夫脸上的表情已经说明了一切。他不可置信地摇了摇头。

“我，我不敢相信。”他说道，“你跟一个……男孩在一起！”

科尔困惑地瞥了守护者们一眼，瞬间明白了。农夫看不见彭德尔伯里和罗格王，他看不见幻灵。他只能看见科尔和那个女孩一起站在空荡荡的谷仓里。

“我一直到处找你！”农夫大喊道，“我在哪儿找到你的？在这里，你躲在这里和你的朋友玩儿！”

科尔差点儿窒息了：“什么？我们没……”

他的声音弱了下去——彭德尔伯里和罗格王正默默地朝他摇头。科尔无奈地叹了口气。他们是对的——这是他们唯一能逃脱的机会。

“是的，没错，先生。”他疲惫地说道，“我们在玩儿呢。”

女孩看上去吓坏了：“威尔克斯先生，您没看见老虎？骑士？他们就站在您面前！”

农夫粗暴地抓住她的胳膊:“够了，小姐——这是最后一根稻草了！进屋去！你有大麻烦了！”

女孩转向科尔，一脸绝望:“求求你！你必须帮帮我！”

科尔倒抽了一口气。农夫弄疼她了——他都快把她的胳膊扯脱臼了。科尔知道现在发生的事情是不对的……但这是他们脱身的唯一机会。农夫绝对不会相信女孩所说的每一句话——守护者们可以在神不知鬼不觉的情况下偷偷溜走。科尔不能让任何事妨碍他去救罗丝。于是，他没有帮忙，他什么都没做。他眼睁睁地看着农夫将女孩拖走。

“自从你来到这里，就只会惹麻烦！”农夫大声抱怨道，“不但是个小姑奶奶，还是个小偷！想想看，我们为你付出了那么多，我走进屋里却发现你把厨房洗劫一空，还狠狠地给了威尔克斯夫人当头——”

嘭!

农夫僵立了一秒钟……接着像断了线的木偶似的倒了下来。科尔心里一沉。诺克斯先生正站在农夫背后，他挥舞着棍子，手里还抓着满满一袋食物。

“我做到了，科尔少爷！”他笑容满面，“我找到了食物，而且还是低调的，完全按照你的要求！”

“是低调的？”科尔脸色一沉，“诺克斯先生，你知道‘低调’这个词是什么意思吗？”

诺克斯先生点点头:“就是一种钓鱼的方法，不是吗？”

科尔把头埋进手里。情况每一秒都在变糟。就在这时，他的守护者们又开始争吵起来了。

“没救了！”彭德尔伯里说道，“你们全都没救了！”

“我都说了应该由我去找食物！”

“闭嘴，罗格！”

“罗——格——王！”

他们激烈地争吵着，科尔在一边袖手旁观。他太累了，无力阻止。突然间，他希望自己的童年是在玩挑圆片游戏，而不是在创造幻想中的朋友。女孩站在他身旁，搓着手臂。

“他们经常这样吗？”她问道。

“一直如此。”科尔叹了口气。

然后是一阵尴尬的沉默。科尔瞥了女孩一眼，心里羞愧万分。她没有再受到伤害了，但不是因为他的帮助。他本来会任由她被拖走，并让她为诺克斯先生背负罪名。

“抱歉，我没有帮你。”他说道，“还有撒谎。还有……那个。”

他指了指地上昏迷不醒的农夫。

女孩讥笑道：“威尔克斯先生？我才不在乎他呢，也不在乎威尔克斯夫人。他们是两个可恶又讨厌的人，我只是必须跟他们一起生活罢了。”

科尔依据事实推断：“等等，你也是撤离者？你从哪儿来的？”

女孩摇了摇头：“这不重要。重要的是你要带我去伦敦。如果真有一场空袭，那我必须在空袭发生之前赶到伦敦。”

科尔呻吟了一声：“听着，我们不能带上你……”

女孩拒绝让步：“你说你很抱歉，对吗？那么这就是你向我致歉的方式！老虎说你们需要一个藏身之处——我知道附近有个地方。那里除了我，没人知道。我可以带路！”

科尔摇了摇头：“对不起，但……我不能。我只剩下五天时间来救我姐姐了。如果彭德尔伯里还要再多驮一个人……”

女孩的脸色变了，仿佛一个蛋壳裂开了，有那么一会儿，似乎有什么渺小而悲哀的东西从她体内探出头来。突然间，她看起来不再威严了。她看上去非常害怕。

“求你了。”她哀求道，她的声音微弱得如同耳语，“不要把我留在这里。”

科尔左右为难。他理解这张脸。这是一张人们奋力拯救所爱之物的脸。这个女孩被送出家门——就跟他一样。她想回家——就跟他一样。她有自己需要保护的东西。他的守护者们向他抛下一根救生索，他是要用这根救生索来帮助她呢，还是把它系在自己身上，让她受苦？

要是罗丝会怎么做？

他疲惫地长叹一声。

“听着，这并不容易。”他说道，“我们还有一百三十英里路要走。旅途中，你会看见更多奇怪的东西。我们之前还被树攻击了。”

女孩坚定地点点头。她显然还有许多问题要问，但她不会拒绝递给她的救生索：“没，没关系。只是，请保护我远离……他们。”

她指了指吵个不停的守护者们。科尔皱了皱眉头。

“等等，你怕他们？”

“当然！”女孩瞪大眼睛说道，“那个骑士倒是没什么。但是另外两个……是一头巨大的老虎和一只超大的肥老鼠！”

“是獾。”

“什么？”

“算了。”他伸出一只手，“你叫鲁思，对吗？”

她点点头：“你是科尔。”

他们握了握手。科尔转向仍在争吵的守护者们。

“好了！”他说，“够了，我们要走了，鲁思也跟我们一起。”

守护者们几乎一句话也说不出来。

“什么？”罗格王怒吼道，“我们不能带上她！”

“我们必须带上她！”科尔说道，“她知道一个藏身之处。而且说实话，今天之后，我觉得我们需要能够获得的一切帮助……”

地上突然传来一声呻吟。所有人都转过身去。威尔克斯先生醒了，他虚弱地摸着头上的包，那个包现在已经肿得有一个十字面包那么大。

“快，我们没时间了！”科尔喘着气说，“我们得走了，现在就走！”

诺克斯先生鞠了一躬，他担忧地睁大眼睛：“科尔少爷，我们不能带上这个女孩。如果她拖慢了我们……”

“不。”

所有人都转向彭德尔伯里。她凝视着科尔，面庞疲惫却坚定。

“我可以驮着她。科尔是我们的主人。无论他要求什么，我们都要照办。”

罗格王惊恐万分：“但是……”

“我们是他的守护者。”彭德尔伯里不紧不慢地说道，“我们不做容易的事——我们做必须要做的事，无论有多艰难。”

科尔的脸上放出光彩。在那一刻，他爱彭德尔伯里胜过一切。而就在这时，农夫试图从地上爬起来。

“好了，我们出发！”科尔说道，“别担心，我已经告诉了鲁思这趟探险有多重要。我敢肯定她不会成为任何麻烦……”

他的声音弱了下去。鲁思已经推开他，爬上了彭德尔伯里的背，她的双手微微颤抖。

“你还在等什么，老虎？现在我说了算！我们出发！前进！听指挥！”

她扯着彭德尔伯里的胡子，踢着她的肋腹，像苏丹王似的指着前方。罗格王和诺克斯先生皱起了眉头。彭德尔伯里怒气冲冲地瞪着科尔。

“呃……或许不要踢她。”科尔说道。

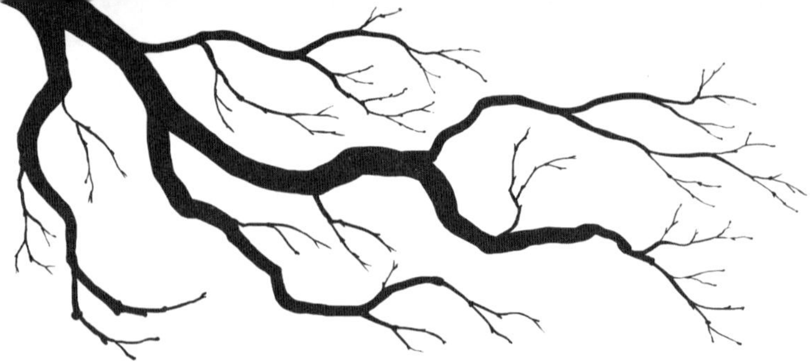

藏身之处

藏身之处跟鲁思描述的一模一样。走了几英里后，他们来到岩壁背面一条蜿蜒的小溪旁，另一边是一个山洞，像岩石的咽喉一样延伸至黑暗中。

“安全吗？”彭德尔伯里问道。

诺克斯先生嗅了嗅空气：“哼，应该吧。”

他显然在生气，因为鲁思的建议很不错。事实上，守护者们似乎都很生气——自从离开谷仓后，他们一个字都没说过。他们不需要言语来表达他们多么反对科尔带上鲁思。科尔尴尬地来回倒换着脚——被自己幻想中的朋友沉默以待，实在太奇怪了。

“你是怎么发现这个地方的？”他朝洞里瞥了一眼，询问鲁思。

“我想独处的时候，就来这里。”她傲慢地回答道，“现在，进去！你们四个话太多了。只知道说说说！”

说完，她从彭德尔伯里身上跳下来，快步走进山洞。守护者们面面相觑。

“这是绑住她的最后机会了。”罗格王提议道。

科尔看着鲁思离去，恼羞成怒。他不顾守护者们的建议，赌上自己的探险，把自己置于危险的境地去帮助她，而她却连礼貌都做不到，更不用说感激了。更糟糕的是，她还想掌控一切，对他们所有人发号施令。这可是科尔的探险，他们是科尔的守护者。就好像他要应付的事还不够多似的！

“我们今晚在这儿扎营，明天一早离开。”他嘀咕道，“我去找点儿木柴。彭德尔伯里，你休息一下……”

“有她在，我可休息不了多久。”彭德尔伯里嘟囔着说。

科尔没理她：“诺克斯先生，你来负责晚饭……”

“我们现在有五个人，需要更多食物了。”他嘀咕道。

科尔咬紧牙关：“罗格王，你能……”

“别担心，我会盯紧她的，我的王！”他立即回答道，“她或许骗得了你，但她骗不了我，绝对不会！我一眼就能看出叛徒。不知从哪儿冒出来，夺走我的剑……记住我的话，只要我们一转身，她就会在背后捅……”

他还没说完，科尔就走开了。

科尔花了很长时间才找到干燥得可以燃烧的树枝。等他收集完足够过夜用的树枝时，气温骤然下降，狂风已在林中呼啸。暴风雪又来了，比前一晚来得更快。科尔倒吸了一口气。他可不想在外面过夜——尤其是在守护者们说隆冬之王的密探正在找寻他们之后。他希望火堆的光芒足够强大，能保护他们不被隆冬之王看见。

当他返回山洞时，彭德尔伯里正横躺在地上打鼾，她的鼾声听起来就好像是出了故障的暖气片。其他人都远远地坐着。山洞里充斥着一种阴郁、沉默的气氛。

“一切都还好吗？”他问道。

“我怎么知道？”诺克斯先生一边猛砍着一摞菜，一边说，“我只是只大肥鼠！”

科尔呻吟了一声：“罗格，你一定要告诉他吗？”

“罗格王。”骑士努力掩饰着笑容，说道。

鲁思独自坐在山洞后面，胸口紧紧地抱着一个帆布包。科尔皱了皱眉头。

“这是从哪儿来的？”他问道。

鲁思立即往后一缩：“别碰！这是我的！”

科尔终于对她失去了耐心。老实说，他这一天已经受够了大家给他甩脸色。

“看在老天的分儿上，我不想要你的包。离开谷仓的时候，你还没有这个包，仅此而已！”他交叉双臂，“你没必要这么粗鲁。我让你跟我们一起，加入我一生中最重要的探险，而我对你却一无所知！你什么都不告诉我，我为什么要信任你？”

鲁思眯起眼睛，双手依然紧紧地抓着帆布包。

“这些是我的私人物品。”她不情愿地说道，“为了安全起见，我把它们藏在这里。”

科尔皱了皱眉头：“藏在山洞里听上去好像并不安全。”

鲁思脸色一沉：“比农场安全。威尔克斯夫妇收了钱照顾我，但他们说那些钱还不够我的伙食费。我刚来的时候，他们就卖掉了我的很多东西。我的衣服，我的书。还有我妈妈的挂坠盒。”

科尔很震惊。难怪鲁思对每个人都疑心重重。他听说过有人收留撤离者，却对他们很不好，但他从没听说有人会卑鄙到这种地步，竟然卖掉他们的私人物品。相比之下，和克莱尔姑妈一起生活简直就像是在天堂一般。她或许很烦人，也很霸道，但是她并不残忍。他突然感到一阵内疚——克莱尔姑妈一定为他担心得要命。她现在还不知道他在哪里。

“这也太可恶了。”他把思绪抛在脑后，说道。

鲁思耸了耸肩膀:“我跟你说了，威尔克斯先生和夫人不是什么好人。他们整天让我像奴隶一样干活，又不想我待在他们的房子里。所以我必须在外面待到天黑。我就是这样找到了这个山洞，好吗？这也是为什么你找到我的时候，我躲在谷仓里。”她不安地在冰冷的岩石上倒换着双脚，“在这个国家，情况总是如此。Ich habe genug um die Ohren...（我的事情已经够多了……）”

科尔知道他在哪里听过她的口音了:“啊，你是德国人。”

过去几年，他在伦敦遇见了许多德国人——为了逃离纳粹，很多人在战争开始之前就逃到了英国。以前爸爸工作的仓库里有很多年轻的德国男人。爸爸说他们比任何人都卖力工作。宣战后，他们每个人都被当作敌国公民逮捕，并被带到了战俘营。爸爸说他再也没有见到过他们。

鲁思皱起了眉头："这没有吓到你吗？这里的小孩，他们说因为我是德国人，所以我是纳粹的间谍。"

科尔摇了摇头："你家里的其他人还住在伦敦吗？这就是你要去那里的原因？"

太多问题了。鲁思的心再次像捕熊夹一样紧闭起来。

"这——你们这里怎么说来着——与你无瓜（关）。"

科尔叹了口气。二十四小时不食不眠，还被魔法树袭击，他现在最不想要的就是另一场争吵。如果鲁思什么都不想告诉他，那是她的问题。当下，他只想让自己的腿暖起来。

他开始动手生火，山洞终于暖和起来，阴影在他们四周摇曳不定。诺克斯先生在火上做饭。他用从农场偷来的锅煮芜菁片，再用爪子把它们捣成糊。彭德尔伯里醒了，她一口就吞下了自己那份。鲁思才勉强吃了几小口，就看见了诺克斯先生脏兮兮的爪子，于是便厌恶地把食物推开了。

他们疲惫不堪地坐着，一言不发。一罐在火边加热过的炼乳在他们之间挨个传递，每人一大口，直到喝完。科尔向洞口望去：暴风雪现在已经完全到来，外面的森林已经消失在旋转的风雪之中。他打了个寒战。隆冬之王的密探可能就在外面，躲在黑暗中。

"你确定我们在这儿是安全的吗？"他紧张地问道。

彭德尔伯里摇摇晃晃地站了起来："正如我所说，火会保护我们不被隆冬之王看见。我去堵住洞口，这样就没人看得到光了。如果你害怕的话，可以睡在我身边，科尔。"

诺克斯先生喘着气说：“不，我来照顾科尔少爷！”

“胡说！”罗格王说道，“我来保护你，我的王！”

科尔满脸通红。听他们在鲁思面前这样说话，实在太难为情了。“我很好，真的。我就睡在这儿。”

“但是我的王——”

“科尔少爷——”

“能不能叫我科尔？”他怒斥道。

守护者们吓了一跳。

科尔清了清嗓子。“听着，我十二岁了。‘少爷’和‘我的王’这种称呼有点儿幼稚了。”他抱歉地笑了笑，“或许从现在开始，你们就只叫我‘科尔’。好吗？”

科尔此前从没见过哪个骑士，哪头老虎，或是哪只獾显得如此生气。

“当，当然！”诺克斯先生又急又气地说，“你说了算，科尔少……科尔。”

“嗯。当然。没问题。”罗格王说着狠狠地瞪了鲁思一眼，仿佛这全是她的错。

彭德尔伯里一开始什么都没说。她只是给了科尔一个他从未见过的眼神——一个不知怎的，难过、受伤，同时又很骄傲的眼神。

“如你所愿。”她说道。

她躺在洞口，刺——啦，慢慢填满了整个空间。她像个塞子一样堵住了洞口，让山洞变得如地洞般温暖和安全。科尔蜷缩在火堆旁，他把上衣折成了一个枕头。他为怒斥守护者们而感到内疚——毕竟，他们只是想保护他。但他不能让他们一直把他当婴儿对待。如果要救罗丝，他必须勇敢起来。这不再是幻想了，而是真实的生活。

他没时间去担心这些了——他太累了。他身下的岩石好像变成了丽兹酒店的特大羽绒床一样。他与其说是睡着了，不如说是一头栽倒了。

“你记住了，小姐。”他听见罗格王说，“我会像鹰一样盯着你！走错一步……”

“你已经说过了，说过好多次了。”鲁思疲惫地说道，“你没必要一直说。”

“哈！你喜欢这样，不是吗？好吧，我会保持警觉！我的眼睛眨都不会眨一下！我……”

“闭嘴，罗格。”诺克斯先生含含糊糊地说。

“罗——格……”他的声音渐渐变成了鼾声。几秒之后，山洞里的所有人都进入了梦乡。

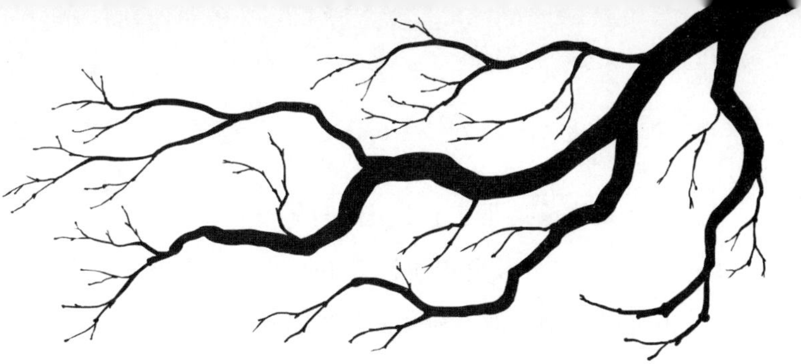

隆冬之王的崛起

“你们让他们跑了。”

隆冬之王瞪着焦黑的王座前畏畏缩缩、呜咽颤抖的树木们。

“我下了严格的命令。我让你们把那三个幻灵带来见我。”

巴里抬起头来：“我，我们尽力了，陛下！”

“闭嘴！”犬魔大叫道，“你竟敢打断陛下说话？”

她站在阴影中，两侧是她的军队：一群黑狗。一共有好几百只，他们的眼睛在黑暗中闪烁着饥饿的光芒。巴里吓得缩成了一团。

“他们……他们欺骗了我们，陛下！一切都发生得太快了！而且他们是四个人，不是三个，还有——”

“四个？”

巴里停下了。隆冬之王正注视着他，他的眼睛因为惊讶而闪亮。

“是，是的，陛下。四个。一头老虎、一个骑士、一只獾和一个人类男孩。”

隆冬之王惊愕地凝视着前方。突然，一切都明晰了。这就是为什么他想找那三个幻灵的时候却找不到。

“是一个人类和他幻想中的朋友。每当他们靠近他时，就会被保护起来，避开我的凝视。这就是为什么我看不见他们。”

犬魔震惊了片刻，然后发出一阵可怕的笑声。其他狗也加入进来，直到他们成为一群在黑暗中长嚎、吠叫的暴徒。

“那我们就不必担心了，陛下——他们只是一个小孩幻想中的朋友！是最最低贱的幻灵！他们既不能阻止空袭，也不能帮助绿人，更不能……”

她的话哽在了喉咙里。隆冬之王转过身来面对着她，他的眼睛就像两个沸腾的熔炉。

“是的，犬魔。没错。幻灵世界里三个最低贱的幻灵闯过了你‘坚不可摧’的关卡。然后你告诉我这没什么影响？”

隆冬之王挺直了身子。他有十多英尺高，瘦得像根枯枝。他头上戴着高高的黑色王冠，身上穿着飘逸的长袍，长袍的边缘卷曲如烟。他身体的任何一部分都难以确认。他是与世隔绝的黑暗。

“你又让我失望了。”

犬魔瘫倒在石头上。黑色的卷须再次钻进她的身体，如荆棘一般向她的大脑蔓延。但这次隆冬之王并不打算读她的思想——他只想伤害她，而这件事对他来说就像呼吸一样容易。其他的狗逃进了阴影之中，树也一样。没有谁想目睹这一幕。

“你让我看起来很软弱。你向所有人表明，即使是最低贱的幻灵都可以违抗我。”

“他们……他们不可能只凭自己闯过关卡，陛下！”犬魔大叫道，“他们一定得到了帮助！”

“正是如此。他们得到了帮助。所以其他人也能闯过去。谁知道有多少？”

隆冬之王不能允许此事发生。如果消息传出去，说一些幻灵能够违抗他，这会让绿人的盟友们相信他们需要继续战斗。这会表明隆冬之王是可以被打败的。这会使他获得的一切都化为乌有。如果幻灵世界不怕他了，那他还有什么权力呢？

是时候让他们见识一下黑暗之神的能耐了。

他放开犬魔，她痛苦地在石头上喘着气。

“我不在的时候，你负责管理我的军队。我希望整个幻灵世界都为我的归来做好准备。”

犬魔抬起头来：“归，归，归来？”

“我要去另一个世界。我将找到这些幻想中的生灵，并亲自把他们带回来。我要让整个幻灵世界看到违抗我会有什么下场。”

隆冬之王笑了，但称之为“笑”是错误的。

“我要拿他们来惩一儆百。”

犬魔看上去吓坏了：“陛下，不！您不能离开您的王座！我们已经封锁了通往另一个世界的关卡，现在再打开……”

“你什么都不用打开。”

隆冬之王闭上双眼，深深地汲取自己的力量。刹那间，他飞出百万英里，飞到那毫发之外的另一个世界……

当他睁开眼睛时，他已经站在了另一个世界里。

隆冬之王又笑了。他此前还没试过这种魔法，而效果远超他的预期。他的力量的确比以往都更加强大。他只是许个愿，就把自己传送到了另一个世界。他站在被积雪覆盖的山谷里。在一片白茫茫的雪海之中，有一栋建筑孤零零地矗立在正中央。

一栋古老的石头小屋，一扇红色的门，门框上环绕着干枯的玫瑰枝条。

隆冬之王的眼睛闪闪发光。就是这里：就是在这个地方，他感受到了自己命运的转变；就是在这个地方，幻想中的生灵违抗了他。

他将在这里找到他所需要的一切。

他向小屋走去。他每走一步，脚下的雪就变成黑色。当他走近时，门砰的一声开了。他走进去，径直登上通往阁楼的楼梯，一步不停。如果有人在场，他们就会注意到他的脚从未碰触到台阶。

隆冬之王站在阁楼里，环视着可怜的房间。那里比一个壁橱大不了多少，里面全是陈旧的垃圾。地板中央放着一根忽明忽暗的蜡烛。这里安静、空旷、可悲。

但并非完全如此。

隆冬之王吸了一口气。他立刻明白了为什么那些幻灵要来这里：这栋小屋充满了创造他们的那个男孩的回忆。空气中的尘埃承载着他的思想、恐惧、梦想和欲望。

隆冬之王张开嘴，吃掉了它们。

变化立竿见影。他一吃掉男孩的记忆，那些记忆就出现在他体内。那个男孩，他的父亲，他的姐姐，他在赫恩希尔的家。

他的名字。

“科尔。”隆冬之王说道。

他做到了。现在他跟男孩联结在一起，就像他跟他所有的臣民联结在一起一样。守护者们或许被科尔的爱所保护，但是科尔不同。一旦他陷入沉睡，他的大脑将失去防护。隆冬之王将能进入他的大脑，找到他所需要的一切。

而现在，正是他的时间。正值午夜，他的力量不可估量。

隆冬之王闭上双眼，意识伸向世界。

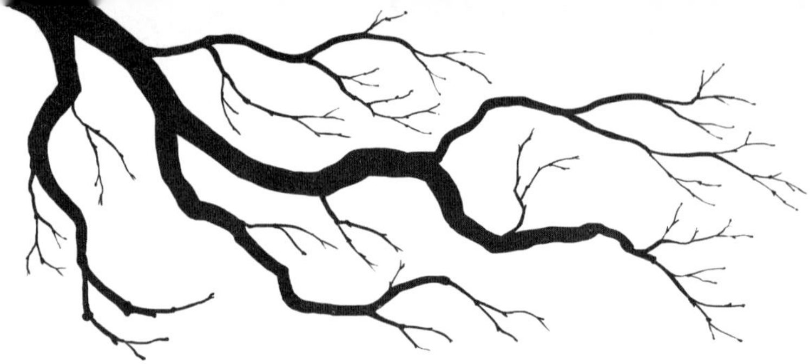

入侵

比起梦境，这更像是一段回忆。

“科尔，快点儿！他就快回家了！”

“再等一分钟。”

“噢，看在老天的分儿上……”

战争开始不过才几个月，他们仍住在赫恩希尔的家中。那是在法国沦陷之前，在空袭之前……在那次事故发生之前。那时，他们要面对的最糟糕的事莫过于食物配给和整天佩戴防毒面具。

“别催我！”科尔说道，“我想把它弄好。”

“好吧，最好尽快弄好。”罗丝说道，“他已经到了。”

她指着遮光窗帘。果然，一条细长的彩色光线转过街角。爸爸的自行车灯在一英里之外都能看见——它是橙色和紫色的，因为罗丝把玻璃灯罩染成了彩虹色。爸爸说这让他看起来像个十足的傻瓜，他迟早会换个新车灯，但是他从来都没有这么做。他们知道他暗地里其实很喜欢。

“刚刚好！”科尔把一个碗端上餐桌，说道，“好了。”

罗丝狐疑地瞥了一眼：“这就算好了？”

“别这么没礼貌！”科尔说道，“这可是《好管家》本月最佳食谱。”

就在这时，门开了，爸爸走了进来。科尔和罗丝伸出手。

“生日快乐！”

他们花了一整天的时间来装扮房子——这可不容易，毕竟现在手头比以往更加紧张，而定量配给使得商店门前的队伍愈发长了。但是他们做得很棒。炉火噼啪作响，餐具也摆好了，他们还做了爸爸最爱吃的食物，算是吧。

科尔骄傲地举起一碗热气腾腾的灰色面糊：“这叫人造香蕉！用煮熟的欧防风和香蕉精制作而成。他们说这就跟真的香蕉一样！”

爸爸露出淡淡的微笑：“太棒了。谢谢你，科尔。谢谢你，罗丝。”

有什么事不太对劲。爸爸试图用声音来掩饰，但是他眼睛周围的笑纹已经消失了。

“怎么了？”科尔问道。

“没什么！”爸爸摇了摇头说道，“我们大口开吃吧……”

“爸爸。”罗丝给了他“那个眼神”。爸爸总是这样——设法自己解决问题，不想让科尔和罗丝担心。但是“那个眼神”无法回避。“看在老天的分儿上，就告诉我们吧。”

“你没有被解雇吧，没有吧？”科尔紧张地说道。

爸爸看着他，一脸惊讶：“没有，没有，不是这件事。”他伸手捋了捋头发，叹了口气，“好吧。把水烧上，科尔。”

这就严重了。科尔挑了个茶壶。不一会儿，他们全都围坐在餐桌旁，每个人都有一个茶杯和一碟热腾腾的人造香蕉。他们默默地吃了一会儿，等待着爸爸开口说话。终于，他放下勺子，双手叠在一起，开始解释。

“你们的姑妈克莱尔今天给我写信了。她觉得你们俩住在这里已经不安全了。”他搓着指关节，不停地拉扯着手指上的皮，“她觉得你们应该搬去巴克斯顿，跟她一起生活，直到战争结束。”

罗丝把白眼翻到了后脑勺：“噢，拜托！爸爸，我已经十七岁了。我才不要被撤离。”

“我也不要！”科尔说道。

刚刚宣战的时候，成千上万的儿童被从城市撤离——无论你走到哪儿都能看见他们，在火车站排着队，像行李一样被贴上标签。但是自那以后，没有炸弹，没有毒气袭击，什么都没有。每一次空袭都是虚惊一场。空袭警报响起时，大多数商店甚至连门都懒得关了。几个星期后，科尔班上每一个被撤离的小孩都回了家，抱怨着食物和室外厕所。

爸爸摇了摇头：“我……我不知道。或许你们的姑妈是对的。没人知道纳粹接下来会做什么。我们都有可能在睡觉的时候被毒气毒死在床上。”他咽了口唾沫，“你们俩不知道战争是什么样的，但我知道。如果纳粹来了，情况将会非常非常糟糕。”

科尔很震惊。爸爸从未谈起过上一次战争，他也从来没有像现在这样害怕过。科尔不知道该说些什么才能让他好受点儿……但是罗丝做到了。她总是能做到。

“的确如此。”她拉起爸爸的手，“没人知道接下来会发生什么。这就是为什么我们要待在一起。如果纳粹真的入侵了，那么我们就一起坚持到底。就我们三个，一如既往。”她望着桌子的另一边，“对吗，科尔？”

科尔拉起爸爸的另一只手：“对。”

爸爸惊奇地看着他俩，笑纹又重新回到了他眼睛周围：“你们确定不想跟克莱尔姑妈一起生活吗？”

“我宁愿被炸死。”罗丝说道。

科尔笑着哼了一声。

爸爸给了他们一个眼神：“别这么说。你们的姑妈对我们很好——比你们知道的要好得多。总有一天，你们会感激有她在身边的。”他叹了口气，“我的意思是，让我们面对现实吧——没人知道明天会发生什么，尤其是外面还在打仗。我可能无法一直在你们身边照顾你们。”

“爸爸！”科尔讨厌他说这种话。

“他说得没错。”罗丝说道，“如果炸弹没能炸死我们，这碟人造香蕉也会要了我们的命。”

科尔在桌下踢了她一脚：“闭嘴。”

爸爸努力憋着笑，却还是放弃了：“天哪，太难吃了！欧防风和香蕉精！他们在想什么呢？对不起，科尔，你真的很贴心。”

科尔试图让自己看上去很受伤，但他实在忍不住：“真的很难吃，对吧？”

爸爸哈哈大笑，把他从餐桌旁拉过来，揉了揉他的头——科尔喜欢爸爸这么做。罗丝伸出胳膊搂着他们俩，他们相互拥抱着，咯咯地笑着说人造香蕉是多么的奇怪和可笑。笑完了以后，他们一动不动地继续拥抱着，久久不愿分离。

这一刻，科尔感到前所未有的安全。一百架飞机可以向他们投下一千枚炸弹，可以将这栋房子像轻木一样炸得粉碎。但是当灰尘散去后，他们三个仍然会坐在餐桌前，相互拥抱。这是他最后一段真正快乐的回忆之一，直到改变了一切的那个晚上。直到……

他立刻感觉到了。

空气变成了正在融化的冰。这里，有什么东西跟他们在一起——不好的、不对的东西。他迷惑地起身。

“怎，怎么回事？怎么——”

爸爸和罗丝没有动。他们被钉在原处，笑容凝固，如同定格的电影胶片。科尔倒抽了一口气。这不再是一段回忆，这甚至不是梦境。这是别的东西，更加糟糕的东西。他转过身，尖叫凝固在他的喉咙里。

有什么东西正从门底和窗户缝里挤进来，强行闯进屋子。那是黑暗——纯粹的、活生生的黑暗，它在房间正中汇聚成一条黑舌头的形状。科尔惊恐地看着它在角落里翻来翻去，猛烈地撞击着家具，寻找着什么……

“出，出去！”科尔大叫道，“滚出我的房子！”

黑暗听见了。它像条毒蛇一样猛扑过来，扼住他的咽喉，把他拎了起来，拖出门外。

“不！”科尔尖叫道。

但是没有用。这不再是他的街道：这是一个漆黑的裂隙，没有墙壁，没有边界。黑暗正以难以形容的速度拖着他穿过裂隙，朝着中心的某个东西狂奔而去，速度越来越快，越来越快……

而在黑暗的中心，有什么东西正在等着他。两只眼睛直直地盯着他。两只眼睛，如同垂死的星星。

“你在这里啊。”

科尔感觉到冰冷的卷须迅速钻进他的大脑。无法阻止，无力抵抗——即使尝试也毫无意义。科尔看着他最私密的记忆被从脑袋里扯出来，然后丢弃，就像有人从书上撕下几页纸。爸爸躺在大街上。罗丝被按在警察局。葬礼。罗丝在站台上。伦敦着火了，爸爸躺在大街上，葬礼，罗丝在车站，伦敦着火……

“不，不，不……”

“不，不，不！”

科尔踢打着那双按住他的手。

“科尔，你很安全！你在这里！你跟我们在一起！”

科尔猛地站起来，急忙往岩壁上躲，嘴里还大口大口地喘着气。守护者们站在最后一丝火光中，脸上满是震惊和关切。鲁思紧贴着山洞的另一边，瞪大眼睛盯着他。

“你，你的手。”她轻声说道。

科尔看了看自己的双手。刚刚在石头地面上挣扎时，他的手被割伤了，正流着血。

彭德尔伯里靠了过来："科尔，发生了什么事？你看见了什么？"

科尔打了个趔趄，他设法稳住呼吸，让心不再怦怦狂跳："是……是个噩梦。是我做过的最可怕的噩梦。"

守护者们面面相觑。彭德尔伯里镇静而谨慎地说道：

"科尔，发生了什么事？"

他闭上双眼，试图让自己停止颤抖。黑暗伸进他身体的感觉仍旧如此真实，仿佛只有毫发之隔。他必须想清楚，他必须想起发生了什么，哪怕他不愿去想。一想到这个，他就觉得很难受。

"那，那本来是段回忆，但后来全都变了。那是爸爸的最后一个生日。然后，有什么东西进了房子，把我拖了出来，拉向它。就好像它找到了我。"他咽了口唾沫，"它是……黑暗。有眼睛的黑暗。"

诺克斯先生叫出声来。罗格王踉跄着后退。彭德尔伯里惊恐地瘫倒在地。

"不。"她低声说，"不，不，不，这不可能。"

"我都说过了。"罗格王说道，"我说过他会找到我们！我就知道他会找到我们！"

"但怎么会？"诺克斯先生说道，"他以前从没对人类做过这种事！他怎么可能会……"

"他的力量与日俱增。"彭德尔伯里说道，"瞧。"

她指着洞口。外面，暴风雪比任何时候都要猛烈：狂风不停地嘶吼，像刀片一样划破树林。

"怎，怎么回事？"鲁思尖声质问道，她的声音里满是惊恐。她仍旧待在墙边，盯着科尔和他流血的双手，仿佛他是个怪物。"告诉我发生了什么事！"

"安静！"罗格王大喊道，"这全都是你的错！我们让你加入了，看看现在发生了什么！"

"这跟她无关！"彭德尔伯里没好气地说道。她把科尔转过来，让他再次面对着她，"科尔，我需要你听我说，这很重要。黑暗找到你的时候，发生了什么事？"

科尔不想说，他甚至不愿再次想起。但是他能从彭德尔伯里的表情中看出这件事有多严重。他闭上双眼，回忆着黑暗，回忆着冰冷的卷须钻进他的大脑……

"它，它仔细地察看了我的记忆，好像在找什么似的。"

彭德尔伯里严肃地点点头："它看见我们了吗？看到今天了吗？看到我们在哪里了吗？"

科尔摇了摇头："没，没有。都是关于爸爸的。关于他的那场事故。"

他的眼睛一阵刺痛。他以为他早已忘了那天晚上的细节，然而现在他才意识到，它仍在他心底深处，就藏在表面之下，和事故发生那天一样新鲜而真实。突然，他哭了起来。彭德尔伯里紧紧地抱住他，把他的脸埋进她的毛里。

“我们得走了。”她对其他人说，“现在就走。我们无法确定他有没有听见我们的声音。”

“但现在是午夜！”罗格王大叫道，“正是他力量最强的时候！我们要怎么在暴风雪中前行呢？”

“我们别无选择！”诺克斯先生说道，“他现在可能正派他的密探往这边来。我们必须继续往前走！”

科尔晕头转向：“那，那是隆冬之王，对吗？他钻进了我的脑袋。他来找我了！”

彭德尔伯里示意他安静下来：“你要担心的事已经够多了，科尔。你把注意力放在罗丝身上，我们会——”

“不！”他大喊道。

彭德尔伯里很震惊。科尔又吸了口气。他心里有一部分不想明白刚才发生了什么，但他必须知道。这件事太严重了，不能假装没事。

“我不是小孩子了。你们不能保护我免遭一切伤害。你们必须告诉我发生了什么事，哪怕是坏事。”他咽了口唾沫，胸膛上下起伏，“如果那真的是隆冬之王，那……那我需要知道。我需要明白这意味着什么。”

彭德尔伯里看了他一会儿。她的尾巴不停地甩动。接着，她坐了下来。

“是的，科尔。”她轻声说道，“那是隆冬之王。他试图利用你来找出我们的下落。现在他已经做过一次了，他还会继续这样做。每当你睡觉的时候，你的防御力就会下降，那时他就会设法进入你的大脑。”

科尔的胃里一阵翻腾。一想到这件事会再次发生，他就心生恐惧。他最私人、最隐秘的回忆已经被翻遍了，被窃取了。

“但是……为什么？”他问道，“我没有试图阻止他啊。我甚至没有试图阻止空袭。我只想救罗丝！”

“这对他来说并不重要。”罗格王说道，“我们违抗了他。而这会带来可怕的后果，比死亡更可怕的后果。”

科尔看着他:“没什么比死亡更可怕了。”

“噢，有的，科尔少爷。”诺克斯先生说道，“可怕得多得多。被彻底消灭，被从这个世界和其他所有世界抹去。成为虚无，永世不生不死。”

“甚至没有人会记得我们的存在。”罗格王轻声说道，“没有人，就连你也不会。”

“这就是隆冬之王最强大的力量。”彭德尔伯里说道，“如果他抓住我们，这就是我们的下场。”

科尔惊恐地盯着他们。他完全不知道这次探险会让守护者们面临什么。如果隆冬之王发现了他们，守护者们不仅会死，他们还将不复存在。探险会失败，他救不了罗丝，而且他再也见不到他的守护者们。他会失去他们所有人。有那么一会儿，黑暗笼罩着他，他感受到了什么是无能为力——成为虚无。这完全无法想象。要面对永世的虚无……

谁也没有说话。恐惧像热烟一样充满了整个山洞。

“我们走吧。”彭德尔伯里说道，“我们要离开这个女孩。她太危险了。”

鲁思绝望地看着他们：“不，不行！你们不能把我留在这里！我必须跟你们一起走！”

彭德尔伯里没有理她：“走吧，科尔。如果我们现在出发，黎明前兴许还能再走十英里。”

科尔看了看外面咆哮的暴风雪。再走十英里。那他们还要走一百二十英里才能到伦敦，在这样的天气里，在黑暗之王的步步紧追下……

突然间，他感到他们所做的事毫无希望，这种绝望像一堵黑水墙一样冲击着他。他们还有那么远的路要走。他们要面临的困难是那么的多。即便他们奇迹般地抵达了伦敦，隆冬之王也绝不会停止追捕他们。他的守护者们会被抓，被屠杀，而科尔也将永远失去他们。无论发生了什么，无论他们做了什么，他们已经输了。

他颓然地靠在墙上，瘫坐在地。

彭德尔伯里一脸困惑：“科尔？科尔，你在做什么？”

“我不去了。”他把膝盖紧紧地抱在胸前，无力地说道，“我，我做不到。对不起。”

守护者们吓坏了。

“我的王，我们必须走了！”罗格王说道，“如果我们不及时赶到罗丝那儿……”

“我们救不了她。”科尔说道，“瞧瞧我们自己。瞧瞧我们面对的是什么。这是不可能的。”

的确如此。他们根本毫无胜算，他只能接受这个事实。现在出去，拼上他的一切，还是会输……

“你们三个应该趁着还有机会，赶紧躲起来。”科尔说道，“我为罗丝做不了什么。我必须——”

“不。”

科尔抬起头。鲁思正大步向他走来。

“够了！ Das reicht schon.（够了。）站起来。”她一把抓住他的胳膊，试图把他从地上拉起来。

科尔摇了摇头：“鲁思，你在干什——”

“来吧！你的姐姐在等你呢。”

她继续拉扯着他的胳膊。科尔突然对她很生气。他猛地把胳膊抽开：“鲁思，你不懂！我感觉到他伸进了我的身体，我知道我们无法打败他……”

“你想要证明你错了吗？”

她伸出手。

“来吧。如果你待在这里，这个，这个隆冬之王就赢了。”

她一动不动地低头凝视着他，伸出的手继续等待着。

“你不答应，我是不会走的。”她说道，“我遇到你是个奇迹。我不会现在放弃。”

科尔无言以对。他从没见过像鲁思这样执着的人。她全然接受了那晚发生的一切——守护者、探险、噩梦——并始终把目光锁定在她要做的那件事上。她要回到伦敦，哪怕她会因此丧命。

“你真的觉得我们还能成功吗？”科尔说道，“在你听说了所有的一切之后。”

“我们可能会。”鲁思说道。

“但这是不可能的。”

“不，不，只是很难。”

于是就这样，他心中仿佛有一根蜡烛被点燃了。

科尔看了看鲁思，看了看守护者们，他们都在等他。他拉着她的手站了起来。

“鲁思……说得没错。”他说道，“我们应该继续前进。”

守护者们看上去跟他一样震惊。

“你确定吗？”彭德尔伯里问道。

科尔想起了自己和爸爸、罗丝在餐桌前的拥抱。

“我确定。”他说道。

罗格王几乎马上就振作起来：“好吧，那我们出发！”他说道，“没有什么能阻止我们守护者，对吧？我们四个，又一起……”

“五个。”

他们转过身。彭德尔伯里正注视着鲁思。

“我们现在有五个人了。”她说道。

诺克斯先生把爪子搭在鲁思的肩膀上：“凡是帮助科尔的人都是我们的朋友，鲁思小姐。”

罗格王看上去就像刚吃了一记耳光。就连鲁思都很震惊。他们还没来得及回应，彭德尔伯里就转向了洞口。

“走吧。”她说道，“我们还有很长的路要走。”

他们佝偻着身子迎着刺骨的寒风走进森林，爬到彭德尔伯里的背上。科尔凝视着天空。此时的夜晚最为黑暗，此刻的暴风雪最为猛烈，但是他能看见尽头。地平线上有一个小点，那是山丘在月光的照耀下，像冰山一样闪闪发光。回家的路仍在那里，路途艰难并危险重重，但是它就在那里。

而他不用独自面对。

守护者们一起冲出森林，朝着太阳前进。

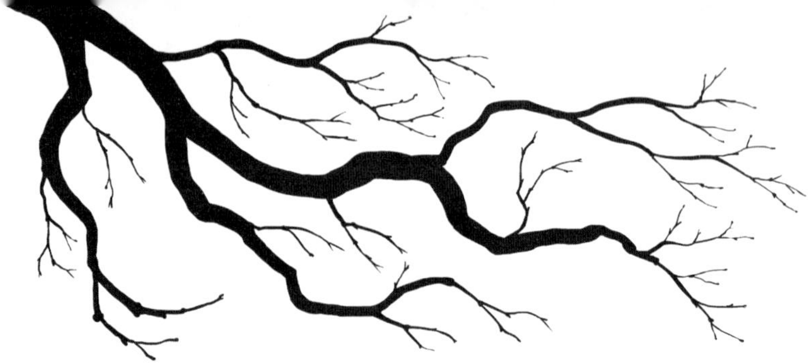

暴风雪将至

隆冬之王睁开眼睛。

他做到了。他找到了那个男孩的思想。科尔已经在他的掌控之中。

然而他刚要动手，就被迫中止了。

他脚下的地板开始发黑，并慢慢燃烧起来。

这些幻灵——这些守护者——比他想象的要聪明。他们在隆冬之王找到他所需要的东西之前就唤醒了科尔。他在科尔的大脑里停留的时间太短，不足以找出他们的藏身之处。但至少，他知道他们要去哪里。

伦敦。

原来是这样。守护者们向科尔展示了空袭的幻象，他们要带他去伦敦救他的姐姐。这就是为什么隆冬之王感觉到的变化如此细微：他们并不想阻止他的计划。他们跟绿人毫无瓜葛。他们只想拯救千万死者中的一个。他没必要在他们身上浪费更多时间了。他现在就可以返回王座，继续掌权。

不。

他已经让犬魔召集整个幻灵世界，准备迎接他凯旋。如果他空手而回，那将会传达出怎样的信息呢？隆冬之王对违抗他的人不予理睬？黑暗之神居然被幻灵世界最低贱的幻灵打败了？

他不能允许这种事情发生。那个男孩和他幻想中的朋友或许没有帮助绿人，但是他们一个小小的反叛行为就能搅乱一切。这会告诉幻灵世界，隆冬之王是可以被打败的。而这会在最重要的时刻动摇平衡。

如果你放任不管的话，一根火柴就能烧毁整片森林。

隆冬之王现在不能冒险。他从未如此接近过绝对权力。他不能让守护者们逃走。他要把他们拖回来，任他们痛苦尖叫，让整个幻灵世界看清楚。

隆冬之王走出小屋，凝视着地平线。守护者们走不了多远。从这里到伦敦的路上布满了他的密探。没人能不被察觉地从他们身边通过。

而他只需要追上他们。

他缓慢而明确地举起双臂，看起来就像是恐怖时钟的指针。他等待着。

一开始，什么都没有发生。接着，积雪在他身下消融。泥土开始翻腾。虫子从他脚边的地里蠕动出来，就像被塞住的嘴里扭动的舌头。什么东西正从灌木丛中升起，像泡沫一样从黑暗中翻滚出来。

骨头，成千上万根骨头，被从地里拖了出来，在山谷中形成一片浮云。骨头聚在一起，相互刮蹭着，摩擦着，在最后一抹月光下，组成了可怕的新东西。

那是一匹马，由骨头做成的马。它四条腿的末端是人的头骨，头骨上的牙齿紧咬着地面。它的脸是一组肋骨和手指。它转过身来面对他的主人，等待着。

隆冬之王骑上骨马，瞥了眼天空。他只能骑几个小时了。天亮以后，他不能像这样待在外面，因为太阳的力量会像酸一样将他灼伤。他也不能回到幻灵世界去。他必须想办法藏起来，直到夜幕再次降临。

但是这没有关系，用不了多久他就能追上那些守护者。现在他们不可能跑得过他。

毕竟，谁能跑得过黑暗呢？

隆冬之王骑马向南，离开了山谷。带着暴风雪。

1940年12月24日

未爆弹

防空队员已经向公众发出警告，冒险去弹坑附近或拾起地面上的任何金属容器都非常危险。这些物品可能是未爆炸的炸弹，对任何接触或摆弄它们的人都极其危险。

我们提醒公众，穿越田野时需格外小心，因为敌机在返回前，经常会将剩余的炸弹丢在野外。

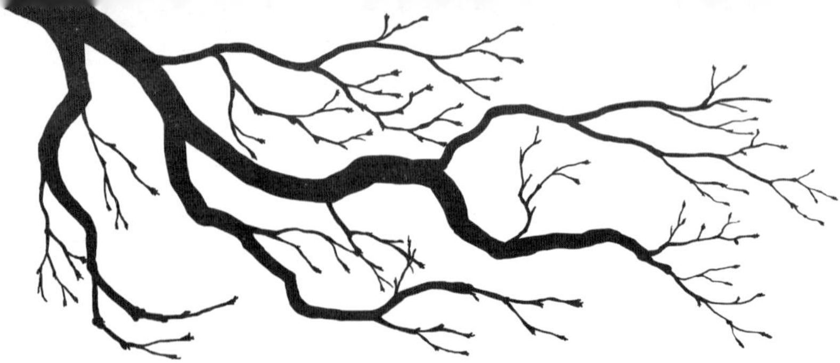

迷雾中的生灵

“我就是不明白为什么我要坐在最后面！”

守护者们已经走了一整天。鲁思低伏在彭德尔伯里肩头，坐在最前面。诺克斯先生在她身后，稳稳地扶着她。再后面是科尔，最后是罗格王。在过去的两个小时里，罗格王一直在抱怨这件事。

“因为必须有人扶着科尔。”诺克斯先生第一百次说道。

“那她为什么坐在前面？”罗格王抱怨道，“她都不是真正的守护者！我当守护者已经好多年了，从来没坐过前面！我并不是要抱怨，只是……”

“我不确定我还能不能忍受下去。”彭德尔伯里呻吟了一声。

“他太烦人了。”科尔赞同道。彭德尔伯里和诺克斯先生终于接纳了鲁思，但是罗格王仍然拒绝相信她。他一整天都在找理由指责她出卖了他们，两面三刀，以及——在一个难忘的时刻——使了巫术。

“我说的是泥巴。”彭德尔伯里说道。

她抬起湿漉漉的爪子。大雪停了，滂沱大雨和冻雾再次袭来。彭德尔伯里的步伐沦为痛苦的爬行。他们已经在沼泽里跋涉了一个小时。科尔从迷雾中依稀辨别出苍白的太阳，已经过了中午了，他们走了还不到十英里。这远远不够，他们落后得越来越多了。

但这不是他唯一的担忧。日落意味着黑暗，而黑暗意味着隆冬之王可以再次进入他的大脑。科尔一整天都尽量不去想这件事。但是现在，他的神经就像个失灵的开关盒。密切留意密探已经够呛了，如今他还要担心黑暗之神。在这片迷雾中，他什么都看不见，但这也没用。他总觉得自己一抬头就会看见那双盲眼在他们面前微微发光……

“我们停下来确认一下方位吧。”他把那个念头推到一旁，说道，“我们越早找到离开这片沼泽的路越好。”

彭德尔伯里找到一小块干燥地面，然后将自己缩小到正常大小。这里不过是个泥堆，中间还露着一截腐烂的树墩。

“哎哟！”罗格王揉了揉屁股，说道，“你下次缩小的时候能不能慢一点儿啊？”

“我要冻死了。”诺克斯先生说道。

“这个小岛真恶心。”鲁思对泥堆噘了噘嘴，说道，“我们就不能找个干净点儿的地方吗？”

彭德尔伯里长长地深吸一口气：“如果有人再抱怨一个字，我就把他吃掉。”

科尔的肚子叫唤起来：“说到这个，我们还有什么吃的吗？”

诺克斯先生摇了摇头：“没有。我从农场拿的食物全都吃光了。不过，倒是剩下很多盐！”

他举起从威尔克斯夫人那里偷来装食物的手提袋，然后从里面掏出一个巨大的棉布袋，脸上洋溢着自豪的笑容。

罗格王板起一张脸：“你拿这个干什么？不拿这个的话，我们能带的食物都可以翻倍了！”

诺克斯先生又急又气地说道：“烹饪却没有像样的调料？你请便！我或许是只獾，但我可没那么野蛮。”

彭德尔伯里叹了口气：“好吧，我去找找有什么可捕猎的。罗格王，让你自己派上用场，去那边看看。”

罗格王指了指鲁思：“我？为什么不是她？她什么都没做！”

“好吧。”鲁思说着伸出一只手，“把你的剑给我。”

罗格王大笑一声：“哈！想得美，小姐！你以为我是三岁小孩啊！”

他快步走进迷雾中。彭德尔伯里恼火地摇摇头，然后朝着另一个方向轻步走去。

科尔紧张地环视四周：“呃……我们现在真的应该分头行动吗？”

诺克斯先生一爪拍在他肩膀上：“不必害怕，孩子！天还亮着呢——隆冬之王这几个小时还无法侵入你的大脑。你休息一会儿，我密切留意夜魔！”

科尔顿时面无血色。诺克斯先生坐在树墩上，快乐地哼着小曲儿。

“夜魔？”鲁思说道，“请问这是什么意思？”

“他们是住在你床底下的妖怪。”科尔小声说道，“看样子，他们是真实存在的，而且我们可能会撞见一个。”

“没错！”诺克斯先生说道，“科尔一直很怕夜魔，不是吗？有一次你尿床了，就是因为你以为衣橱里有夜魔！”

科尔的脸唰地红了：“我只是弄洒了一杯水，其实……”

诺克斯先生打了个寒战：“相信我，我们绝不想撞见夜魔。嗯，那个或是——”

迷雾中突然出现一道闪光。

科尔转过身去：“那是什么？”

“我也看见了！”鲁思说道，“一道绿光，对吗？”

科尔咽了口唾沫：“来，来自彭德尔伯里刚去的地方。彭德尔伯里？”

没有回应。迷雾里寂静无声。诺克斯先生嗅了嗅空气，瞪大了眼睛。

“罗格！快回来，这里不是只有我们！”

“罗——格——王！”他回答道，“我要跟你说多少——”

又是一道绿色的闪光，紧接着是一声痛苦的尖叫，然后就没有动静了。

科尔倒抽了一口气：“罗格王？”

没有回应。

诺克斯先生一跃而起：“待在原地！不要动！”他稳稳地抓着棍子，在小岛上走来走去，喉咙里发出低沉的吼声。

鲁思靠近科尔：“我不喜欢这样。”她呜咽着说，“你觉得是夜魔吗？”

这是科尔最不愿意去思考的事情：“我，我不知道。我们做好跑的准备，好吗？”

他试图让自己听上去勇敢一点儿，但是他的声音无疑在颤抖。他转身想把诺克斯先生的手提包从地上拎起来，可里面都是盐，他几乎提不起来。这时，他们身后又闪过一道绿光。他们俩一起尖叫着转过身来。

岛上空荡荡的。诺克斯先生不见了。

“诺克斯先生？”

四周除了白晃晃的寂静以外，什么都没有。科尔的心怦怦直跳。他感觉自己仿佛被困在了另一个噩梦里，迷雾中随时都会伸出一双手，扣紧他的脖子，然后……

嘎吱。

这个声音不容忽视。那是非常小的脚步踩在非常小的树枝上的声音，而且就在他们身后。科尔和鲁思转过身，难以置信地注视着站在岛上的那个东西。

“Meine güte.（我的天哪。）”鲁思说道，“那是什么啊？”

科尔皱起了眉头：“看，看起来几乎像是——”

最后一道绿光闪过，科尔什么都看不见了。

地下堡垒

科尔睁开双眼。

他……好吧，他根本不知道自己在哪儿。但是这里很冷，很黑，还很臭。

他抬起头，脑袋一阵抽痛。他在某个漆黑、宽敞的房间里，低矮的天花板是黑色的，厚厚的墙壁也是黑色的。他能听见周围的黑暗中传来的吱吱声和抓挠声，这儿就像一个满是老鼠的洞穴。这儿也有一些动静：几百道令人晕眩作呕的绿光，闪烁又消失……

他听见附近传来一声呻吟，便猛地转过身去。鲁思和守护者们都仰面躺在旁边的地板上。

“彭德尔伯里！”科尔大叫道，“发生了什么事？我们在哪儿……”

他试图伸手去够她，但他的手被绑住了，而且不是用绳子，而是用……野草？

“好啊，好啊，好啊！囚犯们终于醒了。”

这个声音尖锐刺耳——如果苍蝇能说话，可能就是这个声音。接着，一阵高亢的尖笑声从四面八方传来。科尔倒抽了一口气。绿光在移动。

那不是光，那是会发光的小人儿。

事实上，他们是科尔有生以来见过的最丑陋的生物。他们的脑袋扁扁的，眼睛黏糊糊的，牙齿参差不齐。他们的衣服是用蜘蛛网和苹果皮做的。有的戴着榛子壳头盔，挥舞着用板栗外壳做的狼牙棒。还有的骑着身穿盔甲的松鼠。他们每个的背上都长着一对肮脏的飞蛾翅膀。

“哎呀。”诺克斯先生双眼迷蒙地说道，“呃……我们刚才好像站在了仙子的堡垒上。”

“哎呀？”彭德尔伯里说道，“你怎么会没闻到下面有一千个仙子呢？”

“这不怪我！”獾抗议道，“沼泽的恶臭干扰了我的鼻子！我又不是奇迹缔造者！”

鲁思眨了眨眼睛：“等等，仙子？我以为仙子都很漂亮呢。”

“并不是这样。”彭德尔伯里说道，“他们就像长了翅膀的老鼠。”

“或是愤怒的鼻涕虫。”诺克斯先生说道。

“或是黄蜂。”罗格王说道，“但是没有那么友好。”

“安静！”

他们抬起头来。房间正中有一个王座，由弯弯曲曲的木头制造而成，从地板一直延伸到天花板上。科尔终于明白他们在哪里了：他们在小岛下面的沼泽地里。黑色的墙壁是由黏糊糊的泥土砌成的，而王座则建在腐烂的树根里。

坐在王座里的是最小、最丑的仙子。他头上戴着一顶松果王冠，身上穿着脏兮兮的苔藓长袍。两只戴着镣铐、郁郁寡欢的癞蛤蟆正用爪子给他喂蚯蚓，用蓖麻叶给他扇风。一个仙子守卫突然飞下来，用一把蓟草狠狠地抽了科尔一下。

“在仙子的统治者黄油杯[1]国王面前要行礼。”守卫大喊道。

“啊！”科尔说道，“好疼！”

蓟草是他最不担心的事了。仙子是隆冬之王的密探，就连埃文斯夫人都提过这一点。而现在他和守护者们被困在了仙子的堡垒之中。他们接下来会遭遇什么呢？

黄油杯国王咂巴着嘴吞下另一条蚯蚓，随即不怀好意地看着他们：“你们以为可以偷偷从我们眼皮子底下溜过去，对吗？好吧，你们错了！没人能从仙子的眼皮子底下溜走！”

彭德尔伯里摇摇晃晃地站了起来，用被捆住的爪子笨拙地保持平衡。她清了清嗓子：

“仙子殿下，这完全是一个严重的误会。我和我的朋友们也是隆冬之王的密探，正在寻找绿人呢！我们绝对是无意间踩到了您的堡垒。如果您放了我们，我们会很高兴原谅这个误会，并且……”

她的声音弱了下去。黄油杯国王放声大笑。所有的仙子都跟

① 黄油杯（buttercup）：一种黄色如杯状的小花，中文名为“毛茛”。很多英国人都在小时候被别人拿毛茛戳过下巴，人们说，如果下巴被毛茛染黄了，就说明喜欢黄油。——译者注

着他一起哧哧地笑了起来，活像一洞臭蝙蝠。

“想得美，叛徒！”黄油杯国王厉声说道，“我们很清楚你们是谁。隆冬之王已经通知了所有密探，留意一个骑着老虎、带着一个骑士和一只獾的男孩。至于发现你们之后该怎么办，他已经下达了非常明确的指示！”他再次不怀好意地看着科尔他们，“没错！他要亲自来这里，把你们带回幻灵世界，拿你们惩一儆百。”

守护者们惊恐得脸色一沉。诺克斯先生一跃而起。

“你，你们这些肮脏的家伙！快放我们走！”他拼命想挣脱手腕上的束缚，“等我摆脱了这些愚蠢的杂草……”

黄油杯国王咯咯笑了起来：“使出你的浑身解数吧，獾！你手腕上的这些杂草是我亲手做的魔法束缚——完全无法挣脱！”他上下打量着鲁思和科尔，“至于这两个人，我相信一旦把你们交出去，隆冬之王会允许我们留下他们的。仙子们上一次被允许拥有人类奴隶，已经是好几千年前了。一切都会回到从前仙子们统治这整片土地时那样！”

他一跃而起。

“仙子们！长久以来，我们被人类赶出我们的合法家园，被迫生活在幻灵世界里。但现在不会了！当隆冬之王成为幻灵世界的最终统治者，我们就终于可以再次开启对抗人类的古老战争了！”

房间里充满了高亢的喊杀声。黄油杯国王挥了挥拳头。

“没错！就像从前一样。我们要把他们的蛋糕变得又塌又扁！我们要把他们的狗吓得魂飞魄散！我们要把他们的东西挪来挪去，让他们气得跳脚！”他伸出一根脏兮兮的手指，“记住我的话：很快，这片土地上将没有一个牛奶桶不被打翻！”

仙子们欢呼起来。黄油杯国王用他的小拳头敲打着小胸膛：“然后，所有的黄油就都是我们的啦！”

仙子们发出胜利的欢呼，他们簇拥在房间里，放出绿闪闪的烟花。

科尔瞥了彭德尔伯里一眼：“就这？他们想做的只是骚扰人类，偷人们的黄油？”

“别让我开始吐槽。”她嘀咕道。

科尔感到一阵恶心。仙子们做这些事的动机如此愚蠢，而这反而让一切变得更糟。他们必须想法子阻止仙子召唤隆冬之王。但是该怎么做呢？他们有好几千人，科尔身上除了打火石和从诺克斯先生那儿拿来的手提包之外，什么都没有。想啊，科尔，快想啊！

“你们这些白痴！”罗格王对仙子们厉声说道，“你们根本不可能打败人类。你们上一次跟他们打仗已经是两千多年前了，他们现在有枪，有坦克，还有飞机！”

黄油杯国王哼了一声：“告诉你吧，小铁皮人儿，我们已经武装自己好几个星期了！”他转向其他人，“守卫们！给他瞧瞧我们从人类那里偷来的武器！”

守卫们把赃物搬进来，扔在守护者们面前：一个破旧的野餐篮，几个脏兮兮的玻璃瓶，一把弯曲的叉子，一个瘪掉的自行车轮胎，还有一只湿答答的拖鞋。

“从他们眼皮底下抢来的！”黄油杯国王咯咯地笑着说，“他们甚至都没有试图阻止我们！现在，我们还有最强大的武器。把那个……东西拿进来！”

仙子们把一个巨大的东西从房间另一头的地板上向他们滚来。至少有一百个仙子在滚它，那东西无论大小还是形状都和锅炉一样，而且似乎也一样沉重。科尔过了好一会儿才认出那是什么，毕竟，他以前只在报纸上见过照片。

“科，科尔？”鲁思的脸色变得苍白，“那是……”

“是的。”科尔虚弱地说道，“是的，就是那个。”

毫无疑问，他们面前放着一个未爆弹。他们一脸惊恐地看着黄油杯国王跳了上去。

“没错！它是从一只人类的金属大鸟上掉下来的，而他们甚至都懒得回来找它！”他试探性地踢了炸弹一脚，“有了这个东西，我们终于可以让人类屈服了！一旦我们弄清楚它有什么用，你们就等着吧。”

科尔惊恐地转向彭德尔伯里。

“我们必须离开这儿！”他低声说道，“那是个炸弹，至少有一百公斤！随时都可能会爆炸！”

彭德尔伯里沮丧地举起被绑住的爪子：“我们走不了。黄油杯国王说的话你也听到了。这些魔法束缚牢不可破！我们只能等到他睡着或是分神……”

“我不认为我们有那么长时间。”仙子们轮流用棍子敲打炸弹时，科尔呜咽道。

黄油杯国王抬起一只肮脏的手，朝他们挥了挥："守卫，把囚犯带走！搜查他们身上是否携带武器，然后给我准备一个蛙卵浴！我想在召唤隆冬之王之前，先把自己弄得美美的。"

在他的命令下，守卫抓住守护者们，开始翻他们的口袋。科尔慌了，现在是他们逃走的唯一机会。一定有法子逃出去，一定有……

突然，一个仙子试图拿走鲁思的帆布袋，她拼命地大声斥责起来："不！滚开，你们这些可怕的家伙！这是我的！"

黄油杯国王倒抽了一口气："她私藏了东西！快！检查他们所有的包！"

十几个仙子立刻扑向鲁思，开始抓她咬她，但是她使出浑身解数把他们一一击退了。另一个守卫突然从科尔那里拿走诺克斯先生的手提包。他打开包，从里面拿出了装满盐巴的棉布袋。

"看在老天的分儿上，这里面什么都没有！"科尔叫道，"这只是……"

忽然，他想起了蹲在克莱尔姑妈花园黑暗中的埃文斯夫人。

他们一点儿都受不了。每一粒盐他们都得停下来数。这应该能让那些小不点儿离我的黄油远一点儿了……

科尔立刻行动起来。他指着棉布袋道："不！别拿那个袋子！你们想怎么折磨我们都行——奴役我们也行——但是求你，求求你们别碰我们那袋珍贵的黄油！”

一千个仙子同时倒抽一口气的声音相当壮观。黄油杯国王高兴地睁大了眼睛。

“黄油？你刚才是说黄油吗？”

他一把将棉布袋从守卫手里抢了过来，高高举过头顶。他口水直淌，活像一座喷水雕塑。

“哈哈哈哈！说漏嘴啦，囚犯们！现在你们美味的、奶油般入口即化的黄油都是我——”

他扯开袋子，盐立刻四散开来，像积雪一样落满整个房间。

接着是一阵很长的沉默。几千只眼睛落在覆盖着每一寸泥地的白色小颗粒上。仙子们深深地吸了一口气，然后齐声尖叫起来。

“盐——！”

几秒之内，房间里就陷入了疯狂。仙子们像无头苍蝇似的四处乱撞，争先恐后地数着地板上的每一粒盐。

“一，二，三……”

“二十七，二十八……”

“唉，现在我又得重数了！一，二，三……”

黄油杯国王无力地挥动双手：“不！不要数了！抑制住这种冲动，仙子们！抑制住……这种……”

渐渐地，他的目光不由自主地被拉向地面。他牙关紧咬，额头上滴下汗水。随着一声无奈的哀号，他猛地扑向地面，开始在他们旁边数了起来：“别挡道，国王优先！一，二，三……”

黄油杯国王终于分了神，缠在守护者手腕上的魔法杂草啪的一声断掉了。科尔跳到彭德尔伯里的背上，拉起身后的鲁思，诺克斯先生也迅速跟上。只有罗格王还在徘徊。

“罗格王！快点儿！”彭德尔伯里厉声说道。

骑士设法夺回了他的剑，并把它像直升机一样在头顶挥舞起来：“哈！他刚才那样称呼我，你们觉得我现在会一走了之吗？‘小铁皮人儿’！好大的胆子！”他毫不让步，“你们这些胆小鬼想跑就跑吧。我是不会走的，除非我把那个小屁孩的胡子割下来擦我的——”

彭德尔伯里咬住他头盔上的羽毛，像母猫叼小猫似的把他衔在嘴里，离开了房间。

罗格王愤怒地踢打着：“住手！放我下来！这是种侮辱！”

彭德尔伯里镇定地走出堡垒，回到沼泽地面上。科尔惊讶地环顾四周。迷雾终于散去了。

“天气，”他困惑地说道，“变好了。”

“好极了！”彭德尔伯里说道，“那些仙子要数上好几个小时才会把我们的事告诉隆冬之王。我们有足够的时间去找另一个过夜的地方，而且……”

她的声音弱了下去。罗格王从头盔里挣脱出来，冲回堡垒。

“罗格王！现在立马回来！”

“不！”他转过身来，头发蓬乱，眼神绝望。现在他是一个处在崩溃边缘的骑士，“我绝不会被那样羞辱！被安排坐在后面是一回事，受一个六岁的女孩指挥是另一回事，但是被一个仙子侮辱……”

“我十一岁。”鲁思说道。

“我——不——在——乎！”罗格王怒吼道，他指着地道说，“给我一个充分的理由，为什么我现在不应该回到堡垒去——”

轰隆！

大地爆发了，喷出一百英尺高的泥柱。短暂的停顿以后，沼泽雨朝四面八方落下来。空气中充斥着一千个仙子尖叫的声音，一千个小身体撞击泥土的声音，以及一千道模糊的呻吟声。又一个短暂的停顿之后，稳定的数数声响了起来。

彭德尔伯里设法在最后一秒将自己变大，保护了其他的守护者免遭爆炸的严重伤害。

她转过身来：“你刚才说什么？”

罗格王身后的沼泽地现在变成了一个巨大的弹坑。罗格王全程没有移动分毫。他从头到脚都被污泥和水草覆盖了。他张开嘴，吐出一团蛙卵。

“转念一想，”他说道，“我们还是走吧。”

“你确定？”

“当然。”

“你坐在后面。”

“好的，非常好，你说了算。”

他跳上彭德尔伯里的背，在接下来的两个小时里一言不发。

避难所

当他们找到一个森林藏身时，沼泽地已经被他们远远地抛在身后，太阳也开始落山了。这一次，没有适合躲避的山洞。他们能找到的最好的地方是地上的一个洞。一颗老橡树倒在雪地里，它的树根像肋骨一样从地上突出来，形成了一个天然的屋顶。

“只能凑合一下了。”彭德尔伯里叹息道，“至少下雪的时候，我们能避一避。”

鲁思惊恐地看着那个洞：“去那里面？但那里太脏了！”

“我们也很脏。”科尔说道。

在和仙子们发生冲突之后，他们身上沾满了泥浆。鲁思坚定地摇摇头：“不！我不要睡在泥坑里！我很冷，我很累，我很脏……”

“如果你愿意，我可以把你舔干净。”彭德尔伯里提议道。

鲁思凝视着她，想知道她是否在开玩笑。她没开玩笑。鲁思怒目而视，蹲在了树根底下。“我讨厌乡下。”她嘀咕道。

科尔从彭德尔伯里的背上跳下来。他努力不去想接下来将面临什么，但没有用，与隆冬之王有关的记忆在他的潜意识里隐隐作痛。“好，好吧。我去捡些柴火……”

“我跟你一起去！”罗格王从他身后跳起来，说道。

科尔摇了摇头：“其实你最好——”

他还没来得及抗议，罗格王就已经抓着他的胳膊，把他拽进了树林里。罗格王一直往前走，直到其他人都看不见他们了才突然停下来。

科尔眨了眨眼睛：“怎么了？”

“没什么！”罗格王说道。他交叉双臂，低头看着自己的脚，仿佛那里有什么特别有趣的东西。

科尔清了清嗓子：“罗格王？你有什么想说的吗？”

“什么？没有！我很好！一切都很好！”

“你确定？”

一阵漫长的沉默。罗格王张开嘴巴，又闭上，然后盯着树看了一会儿，接着看着自己的剑，随后再次凝视着自己的脚。

科尔叹了口气：“好吧，随便你。我要开始……”

这时罗格王的话全都一股脑儿蹦了出来：

“听着，她不知从哪儿冒出来，然后突然间每个人都觉得她很了不起。我们必须听她的主意，她还能坐在最前面，就好像她跟我们中的任何一个都同样重要。你喜欢她比喜欢我多得多，哪怕我一开始就在你身边，哪怕我的主意跟任何人的一样好，哪怕我还会侧手翻。”

科尔花了好一会儿才把这一切听明白。

“你说的是……鲁思？你嫉妒鲁思？”

骑士的头盔差点儿砰的一声掉下来。“嫉妒？我？嫉妒她？可笑！我都要笑死了！啊哈哈哈哈，哈哈哈哈，哈哈哈，哈哈哈哈哈，哈哈，啊哈哈哈哈，哈哈哈哈……”

科尔感到一阵愧疚。罗格王这么骄傲又这么难搞并不是他的错——毕竟，是科尔把他设定成这个样子的。科尔想要一个跟自己完全相反的守护者：一个从不害怕，总是反击，永不退缩的人。科尔开始明白，这种长处是要付出代价的。

“你不用嫉妒鲁思，谁都取代不了你。”科尔说道，“你是我最好的朋友。我永远都不会忘记你为我所做的一切……”

“但你之前就忘记了，不是吗？”罗格王没好气地说。

科尔很震惊。

罗格王刚说完就后悔了：“我，我很抱歉，我不是那个意思。但是在你爸爸发生那样的事之后……”他摇了摇头，“我们非常想帮助你，科尔，想保护你。但是你把我们拒之门外。你忘记了我们。”

科尔摇摇头：“我没有忘记你们。”

“你想要这么做。”骑士在地上蹭了蹭脚，“我们这种幻灵总有一天会被忘记。事情就是这样。他们创造了你，他们爱你。然后有一天，他们长大了，不再需要你。”他抬起头，科尔看见他的眼睛红了。“但是我们永远都不会长大，不会不再需要你，科尔。”

科尔不知道该说些什么。他从未想过罗格王的感情会受到伤害。他总是那么吵闹，那么自信，又那么勇敢。但事实证明，盔甲之下的罗格王比任何人都要脆弱。也许这就是他要穿盔甲的原因。

“对不起。”科尔低声说，“我从没想过要让你难过。”

骑士悲伤地笑了笑：“我知道你不想。我也不怪你会生我们的气。我真的不怪你。但是看着你独自承受一切，真是太难受了。如果我能为你而战，科尔，我会那么做的。战斗很容易。但是……让你走，我做不到。”

他们默默地站了一会儿。周围的森林渐渐暗了，第一片雪花开始从树上飘落下来。科尔依稀看到地平线上有一缕探照灯光，在天际线上搜寻飞机。然后，突然间，罗格王振作起来。

“好了！”他拍手说道，“没必要再继续说这个了。我们去找点儿吃的吧！”

科尔眨了眨眼睛。罗格王正设法假装他们敞开心扉的谈话没有发生过。他忽然意识到骑士让他想起了谁：克莱尔姑妈。

他再次感到一阵愧疚。他离开她时，甚至都没有回头看她一眼。他把愧疚之情压了下去。他不能为这件事担心——他要担心的事情已经够多了。他环视着空旷的森林：“我觉得天黑以前，我们在这儿找不到任何食物。我想我们应该去捕——”

只听扑通一声，科尔转过身去。罗格王正站在齐膝深的小溪里，六条鱼在他的胸甲里上下扑腾。

“科尔，”他傲慢地说，“我一个晚上受到的侮辱已经够多了，谢谢。”

他们带着食物和柴火满载而归。科尔生起了火，诺克斯先生把鱼收拾干净，并在鱼肚里塞上森林里的香草，再用小树枝架在火上烤。真是太香了，就连鲁思都从树下的洞里钻了出来。她仍旧戴着防弹头盔，但她那条沾满泥土的工装裤已经换成了带有珍珠纽扣的绿色天鹅绒裙子。即使在火光下，科尔也看得出这条裙子价格不菲。

“这是哪儿来的？”他问道。

鲁思坐立不安，似乎在决定要不要告诉他：“这是我从家里带来的最后一条裙子。”

“这就是你藏在帆布包里的东西吗？”

“与你无瓜。”

科尔笑了。他希望鲁思不要再对他遮遮掩掩。但是在过去的二十四小时里，鲁思为他做了这么多，他想她有权拥有隐私。

他们美美地饱餐了一顿——就连鲁思都在仔细检查并用德语嘀咕了几句之后，徒手吃了一条鱼。他们吃完以后，天又开始下雪了。寒冷像石头一样重重地落在森林里。科尔的腿开始抽痛起来。白天他骑着彭德尔伯里，双腿被她的毛发所覆盖，所以不觉得冷。可是到了晚上，他的腿完全冻僵了，腿上的颜色已经从大黄般的淡红色变成了甜菜根般的大红色。

“我们最好进里面去。”彭德尔伯里说道，“暴风雪马上就要来了。”

科尔咽了口唾沫。他一整天都在担心这个时刻——他必须睡觉的时刻。他的思想将再次成为隆冬之王的猎物。彭德尔伯里看到他脸上的表情，立刻明白了。

“或许你今晚最好保持清醒，科尔。你可以在我们白天赶路的时候睡觉，那时隆冬之王的力量没有那么强。”

科尔默默地点点头。彭德尔伯里看上去很担心他。她总是密切留意着他。

“记住，科尔，他想要的是我们，不是你。隆冬之王无法伤害你，我们族类是被禁止伤害人类的。这是我们最神圣的法则。他会设法吓唬你，让你交出关于我们的信息，但仅此而已。”

科尔很感激她这么说，但他并没有因此而好受一点儿。一想到在自己的脑袋里都不安全了，他就觉得很难受。

彭德尔伯里转向其他人：“我们轮流值班，让火一直烧着。”她说道，“我们需要能够获得的一切保护，保护我们不被隆冬之王看见。诺克斯先生，你值第一班。罗格王，你值第二班。我会待在科尔身边，确保他保持清醒。”

科尔皱起了眉头：“诺克斯先生不能待在暴风雪中……”

诺克斯先生轻声笑了：“你不用担心我，孩子，我不会有事的！”他挥了挥棍子，“如果隆冬之王的密探想来碰碰运气，我一定会让他们后悔的！”

科尔对他的喜爱之情油然而生。獾为了保护他放弃了那么多——所有的守护者都是如此。面对这样的英勇，科尔怎么能害怕呢？

他们在树根下安顿下来。彭德尔伯里将自己变大，堵住洞口，并用毛发包裹着他们，将他们隐蔽起来。这感觉是如此的温暖和亲密。在经历了漫长而疲惫的一天后，罗格王几秒内就睡着了。尽管彭德尔伯里说过要保持清醒，可她的眼睛很快也合上了。科尔不怪她。她今天在恶劣的天气里驮着他们走了十五英里，却只睡了几个小时，肯定累坏了。

科尔坐立不安。十五英里。他们只剩下四天时间了，还有一百多英里。如果不加快速度，肯定不能及时赶到伦敦了。

不久，树根下就响起了平静、稳定的呼吸声。科尔静静地坐着，满脑子都是罗丝和空袭，以及其间的一切。他脚下的地面被冻得硬邦邦的，一小股一小股的寒气不断地涌进树干，涌上他的脊背。没关系，他正好需要保持清醒。他必须坚强。他必须将自己的大脑变成堡垒。守护者们还指望着他呢。但他脑海里只有那双在黑暗中闪闪发光，等着他陷入沉睡的眼睛……

“你在发抖。”鲁思说道。

科尔差点儿吓得心都要跳出来了：“我不害怕！只是很冷！”

鲁思听起来很惊讶：“也许是因为你穿着短裤。”

“这是我的制服。”科尔迅速说道，“我加入了——”

“嗯嗯，我知道。”

他们静静地坐了一会儿，等着科尔的心不再怦怦直跳。他现在不可能睡得着了。“你也醒着。”

鲁思点点头。“我在想这次空袭。”她坐立不安地说道，“你的姐姐，罗丝。我觉得，她非常幸运，因为有人赶去救她。”

科尔皱起了眉头：“嗯……我必须这么做。除了克莱尔姑妈以外，她是我唯一的家人了。我妈妈在我出生后就离开了，我爸爸……”

他停住了。他从来没有把爸爸的事告诉陌生人。巴克斯顿的每个人都知道这件事。这些话从他嘴里说出来，听起来会是怎样的呢？

“我爸爸几个月前死于一场事故。”他快速说道，想赶紧结束这个话题，“现在只剩下我和罗丝了。”

话语悬在空中，就像它们……只是个事实。

鲁思点点头：“嗯。你上次做噩梦之后，我听你说过。我很抱歉。这样失去父母，真是太可怕了。”

科尔点点头：“的确如此。”

这很奇怪：他原以为谈论这样严肃的事情会让鲁思感到不安，但她似乎一点儿都不介意。这次他俩之间的沉默感觉不一样了——不那么冷了，就好像他们靠近了一点儿。而问出下一个问题仿佛是世界上最理所当然的事情。

“你呢？”科尔转身问她，“你的父母是怎样的人？”

鲁思很久都没有说话。科尔几乎可以感觉到她在纠结要不要回答他。

“我妈妈是一位著名的歌唱家。”她终于说道，“她曾在柏林的许多大型音乐会上演出。她总是人们关注的焦点。她不喜欢做饭，也不会缝补衣服……但她让一切都变得激动人心，哪怕是无聊的事情。”

科尔点点头。他完全可以想象。鲁思是如此优雅，近乎高贵，而且还有几分戏剧性。有一位表演家母亲感觉相当合理。

“我爸爸是名记者。”鲁思继续说道，“我是说他曾是名记者。他写了许多文章，把纳粹正在做的可怕的事告诉所有人。希特勒掌权后，他们让爸爸丢了工作。他非常勇敢。许多人在纳粹掌权后也遭遇了同样的事。”

她不再说话，于是科尔冒险问了个问题：“这就是你离开德国的原因吗？”

“是的。”

“什么时候？”

鲁思不安地扭动着：“两年前。”

科尔几乎能感觉到她再次紧闭心扉。他准备打住，但他突然意识到一件事。

“等等。你才说了两年英语？”

鲁思点点头。科尔惊讶得无话可说。鲁思的英语说得几乎跟他一样好，肯定比他的德语要好得多。他忽然想象着她坐在教室最前面，举手回答每一个问题，因为她总是知道正确答案。

“太不可思议了！”他说道，“你怎么学得这么快？”

鲁思耸耸肩：“我别无选择。我不想让任何人知道我是德国人。”

他能理解这一点。他想起了爸爸工作地点的德国人。战争开始后，他们就被当作敌国公民而逮捕，哪怕他们跟纳粹毫无关联。他想起了那些指责鲁思是间谍的小孩。难怪她想隐瞒自己的来历。

“科尔。”她突然说道，“我能问你一个问题吗？”

科尔点点头：“当然。”

“你觉得我们能在空袭前赶到伦敦吗？”

科尔倒吸了口气。他不想对她撒谎，但他也不愿去想他们落后了多少。

“如果我们想保证进度的话，就得加快速度了。自出发那天起，我们每天都走了二十英里，我们是22号出发的，那么……”

科尔仿佛被一道闪电击中，惊愕地愣在原地。鲁思瞥了他一眼。

“怎么？怎么了？”她问道。

“今天是12月24日！”科尔说道，“今天是平安夜！”

鲁思眨了眨眼睛：“所以呢？”

科尔低头看了一眼，发现自己浑身是泥地坐在树坑里。他咯咯笑了起来。他笑得停不下来，一直笑到眼泪直流，鼻涕直淌。守护者们在睡梦中嘟囔着翻来翻去。他这才感觉好多了。

“什么事这么好笑？”鲁思说道。

科尔叹了口气：“对不起。只是我花了好几个月的时间思考圣诞节要做些什么。我从没想过我会来到荒郊野外，躲在一棵大树下的洞里。”

鲁思打了个寒战，又靠近了一点儿：“是的，好吧，我从没想过我会骑老虎。”

他们就这样互相依偎着，睡着了。

骨头房子

隆冬之王蹲伏在黑暗中，等待着。

骨头在他周围形成了一个紧密的外壳，挡住了日光。这些骨头就是他先前用来做马的骨头。它们把他完好地藏于黑暗中。隆冬之王已经耐心地等了好几个小时，等待午夜归来。现在，午夜降临，他的力量到达顶峰。

这是他的时刻。

骨头像蛋壳一样裂开。隆冬之王站起身来，凝视着前方的世界。风如一群野狗般掠过山丘。雪如浪潮般涌向大地。无论他转向哪里，世界都变得畏缩、惊恐而荒凉。睡觉的人也睡不安稳，就连梦里都不得安宁。

隆冬之王笑了，亲眼看到他的力量所造成的影响是一种享受。他穿梭于两个世界之间，第一次控制了人类，还带来了有史以来最严重的暴风雪。他的力量一天比一天强大。一旦空袭到来，绿人被摧毁，说不定他还会拥有什么新力量。或许他甚至可以统治两个世界——幻灵世界和人类世界，控制存在的一切。

这难道不值得耐心一点儿吗？

他凝视着黑暗世界，聚集他所有的力量。这一次，他不会再让男孩的思想从他手中溜走。他会速战速决，他会在科尔反应过来之前吓唬他，并紧紧地钳住他的思想。他会找出守护者的藏身之处，然后发动一切力量追捕他们。他已经看够了那个男孩的记忆，他知道男孩最害怕的是什么，最珍贵的是什么。

为他制造噩梦简直易如反掌。

1940年12月25日

圣诞节
英皇乔治六世的无线电广播

记住这一点。如果战争带来分离，那么它也带来了新的团结。这种团结来源于我们共同的危险和苦难。让我们团结一致，在困境中成为好同志和好邻居。我们必须继续少为自己着想，多为他人着想。只有这样，我们才有希望把世界变得更加美好，把生活变得更有价值。

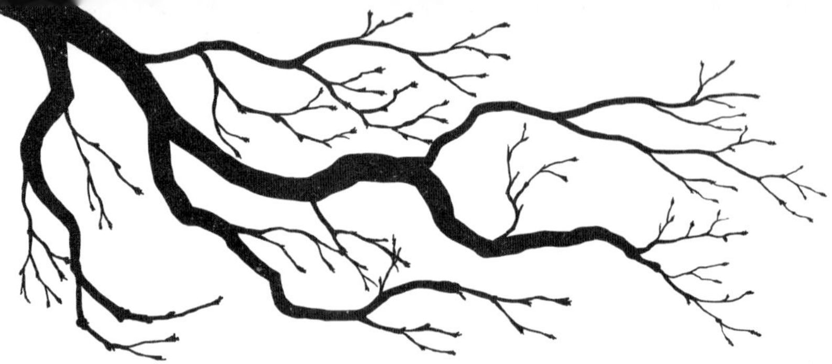

陷阱

科尔站在伦敦的废墟之中。一切都荡然无存，空袭彻底摧毁了这座城市。街道上浓烟滚滚，到处都散落着玻璃碎片。科尔孤身一人。到处都是瓦砾、灰尘和寂静。这是一个阳光照不到的世界，天空永远是黑色的，一切都死气沉沉。

他走在空荡荡的大街上，一直走到了尤斯顿火车站。突然，罗丝出现在了月台上，就站在他上次看见她的那个位置。科尔向她跑去，他看见她的胸前紧紧地抱着一个帆布包。但那不是帆布包，而是一枚炸弹。她像抱着婴儿似的把它抱在怀里。

“只是一小段时间而已，科尔。”她说，“只是一小段时间。”

“罗丝，我们得走了！”他叫道，“隆冬之王要来了，而且——”

事情发生了。天花板裂开了，黑暗涌进车站，吞噬着它所触碰到的一切，并沿着月台向他们袭来。无法对抗，无法阻止。

科尔大声喊道：“他发现我们了！我们必须——”

但当他环顾四周时，罗丝已经不见了。火车站也不见了。他站在漆黑的街道上，面前是一组黑色的金属栏杆。一个男人躺在栏杆下面，蜷缩在自己的自行车旁边。破裂的车灯闪烁着橙色、紫色、橙色、紫色……

“爸爸？”科尔说道。

男人猛然抬起头。不是爸爸。他的眼睛不见了，取而代之的是两颗垂死的星星，来自他身后遥远的地方。

“你在这里啊。”隆冬之王说道。

科尔发出一声尖叫：“不！”

“不！”

科尔猛然惊醒。

现在是黎明时分。他依然躲在树根下面。鲁思和守护者们在他身旁平静地打着鼾。

科尔一动不动地坐着，心怦怦直跳。隆冬之王进入他大脑前的最后一秒，有人把他从噩梦中拽了出来。这不是他的幻想——科尔甚至感觉到了有人在拉他的肩膀……但是没有谁能做这件事。大家都在睡觉。彭德尔伯里、鲁思、罗格王……

科尔皱起了眉头。罗格王现在应该去接诺克斯先生的班了，但他还在这里打瞌睡，说梦话。

“诺克斯先生？”科尔喊道。

他从树根下爬了出来，环顾四周。火堆已经烧成了灰烬，诺克斯先生不见踪影。他周围的森林就像一张圣诞贺卡：宁静，洁白，遍地银霜。一组脚印从火堆边走了出去，消失在附近的山坡上。科尔听见有声音从山坡的另一边传来。

“最后说一次，那里什么都没有……”

“内夫，我知道一只獾长什么样，我看一眼就能认出来！”

“我都说了，它不是‘一只獾’。它是‘我的獾’。”

科尔倒抽了一口气。他爬到最近的一棵树上，仔细往坡下瞧。眼前的景象让他心里一紧。

一群戴着头盔、穿着长披风的男人站在下面的空地上。他们是国民警卫队的士兵：当地人，自愿报名在敌人入侵时保卫他们的村庄。他们有一些自制的武器——园艺叉、绑在扫帚柄上的刀、短棒和棍子，这些武器让他们看起来更像是邋遢的园丁，而不是士兵。走在最前面的那个人臂弯里夹着一把猎枪，笑得合不拢嘴。

“说到运气！”他说道，“圣诞节早上还要值班把我气得要命，但看起来我好像中了大奖！烤獾肉，我们来啦！”

科尔的血液都凝固了。士兵面前那棵树上吊着的正是诺克斯先生，他的后爪踩到了陷阱。他拼命地挣扎着想要逃脱，但他越是挣扎，爪子上的铁丝就缠得越紧。他的马甲扔在地上，旁边是一堆散落的树枝。科尔很快就弄清楚发生了什么事：诺克斯先生去找更多的柴火，踩到了陷阱。当他听到那些人接近时，他赶紧脱掉衣服，设法让自己看上去正常一些。科尔必须做些什么，但做什么呢？单凭他一个人的力量，如何阻止这些男人？

“再说最后一次，加里，獾不能烤。”其中一个士兵说道，“獾肉本身就已经够硬了。”

“没错！”另一个人说道，“你得用水煮，尾巴可以做成美味的肉汁。”

“用水煮？你们还没出生时我就已经在设陷阱捕獾了，哥们儿，只能熏制。”

“谁有那个时间啊？”加里说道，“我已经告诉迪格比夫人她会有圣诞烤肉吃，要说到做到！”

“伙计们。”其中一个人说道，“再说最后一次，那里什么都没有……”

所有人都大声抱怨起来。

“闭嘴，内夫！”

“我们都能看见！”

“好吧，我看不见！”内夫说道，他现在气坏了，“如果这又是关于我眼镜的愚蠢玩笑……”

科尔心里一沉——情况比他担心的还要糟糕。除了内夫，这里每一个国民警卫队的士兵都能看见幻灵。这种情况发生的概率微乎其微——但是现在统计数字是他最不担心的事。这些人要吃掉诺克斯先生，而科尔根本不可能及时警告其他守护者。他必须想办法摆脱这些人，救出诺克斯先生，而且速度要快。但是该怎么做呢？

与此同时，诺克斯先生正拼命地对拿着猎枪的人又踢又打。

“当心，加里！”一个男人大喊道，“如果你离得太近，它就会咬掉你的腿。”

“没错。”另一个人说道，“要是被獾咬了，那就倒霉了。”

加里转过身注视着他们:“倒霉?当然倒霉了!你刚刚被獾咬了!”

“等等——倒霉?”另一个人说道,“我听说这是走运。”

加里抬起手:“这怎么可能是走运?!”

“说真的,伙计们,玩笑结束,你们都开心了……”

“闭嘴,内夫。”

“你们全都闭嘴!”加里举起猎枪,说道,“你们妨碍我瞄准了……”

“不!”

科尔还没意识到自己在做什么,就已经从山坡上跑了下来。士兵们惊愕地盯着他。

“喂!”

“他是从哪儿来的?”

“那是短裤吗?”

“天哪,我从没见过那种颜色的腿……”

诺克斯先生的脸上露出宽慰的笑容,但很快就被恐惧所取代,因为科尔冲到了他和猎枪之间。

“别开枪——求求你!它是我的!”

加里皱起了眉头:“你的獾?你到底是谁?”

科尔僵住了——警察可能正在找他,他不能用自己的真名。他需要一个假名字,速度要快——本?比尔?保罗?

“菠萝。”他还没来得及阻止自己,就脱口而出。

他从眼角看到诺克斯先生眉头紧皱。一阵沉重的沉默。士兵们盯着他。

“你的名字叫菠萝。”加里说道。

科尔绞尽脑汁想出了一个解释：“我是从伦敦来的。”

士兵们全都恍然大悟地啊了一声。

“难怪穿着这身衣服。”

“我去过伦敦一回，你绝对不会相信那里一品脱啤酒要多少钱，不知道这有什么好大惊小怪的……”

“说真的，伙计们，如果这只是个玩笑……”

“闭嘴，内夫。”

科尔如释重负地叹了口气。这个谎撒得不错。如果说他在巴克斯顿生活的这段日子里学到了什么，那就是英国其他地方的人觉得伦敦人都是怪胎——成天吃薯片，不知道牛是什么。唯一没有被说服的是加里。他眯起眼睛，又吸了一口烟。

“如果是你的獾。”他狐疑地说道，“那它在我的陷阱里做什么？”

科尔飞快地思索着：“它是……我的宠物！它还是只獾宝宝的时候，我就养着它了。我还教了它一些把戏！”他转向诺克斯先生，“呃……二加二等于几？”

诺克斯先生愤慨地瞪着他，然后伸出了四根手指。男人们大为惊奇。

“你瞧！”

“一只会算数的獾！”

“嗯，好了，我要回家了。”

“闭嘴，内夫。”

“嗯，谢谢你们照顾它！”科尔说道，试图让自己的声音听起来轻松愉快，“我要带它回家了，把它放在它的，呃，小笼子里。”

他转身想去松开诺克斯先生，却感到一只手按住了他的肩膀。

“别着急，小伙子。”

科尔抬起头。加里冷漠的眼睛一眨不眨地盯着他，笑眯眯的嘴巴上叼着香烟。

“我的陷阱。”他轻声说道，“我的獾。”

其他人发出了抗议的抱怨声：“啊，加里，算了！”

“今天是圣诞节！”

“你不能吃掉一只会算数的獾。”

加里转过身来：“闭嘴！我和迪格比夫人已经好几个月没吃过像样的肉了，这个圣诞节我可不想再继续勉强自己吃人造香蕉了！明白了吗？”

男人们退让了。加里把科尔推到一旁，然后举起猎枪，瞄准了诺克斯先生……

“不！”科尔大叫道。

枪声没有响起。加里的枪突然从他手中被夺走，扔在了空地上。他刚抬起头，一个毛茸茸的大家伙就从天而降，将他打倒在地。所有人都尖叫起来——除了笑得合不拢嘴的内夫。

“哇！好吧，我收回我的话，我不知道你是怎么做到的，但这真的非常——”

那个大家伙跳起来，一拳就把内夫打晕了。其他人胡乱摸索着自己的武器，那个大家伙依次向他们扑了过去，将他们逐一击倒在地。一个士兵设法从地上捡起加里的猎枪，瞄准那个大家伙。但那个大家伙一脚踢起枪管，猎枪发出砰的一声巨响。士兵还在重新装弹时，他刚开枪打断的树枝掉了下来，砸在了他的头上。

科尔看着那个大家伙在空地中间挺直身子。他瘦巴巴的像个稻草人一样，从头到脚都长满粗毛，六条胳膊全向错误的方向弯曲着。他的牙齿像捕熊夹，爪子像菜刀，血红的大眼睛直直地盯着科尔。

他的头上还戴了一顶圣诞帽。

“嗨！”他伸出一只手，“夜魔莱昂纳德。很高兴见到你。”

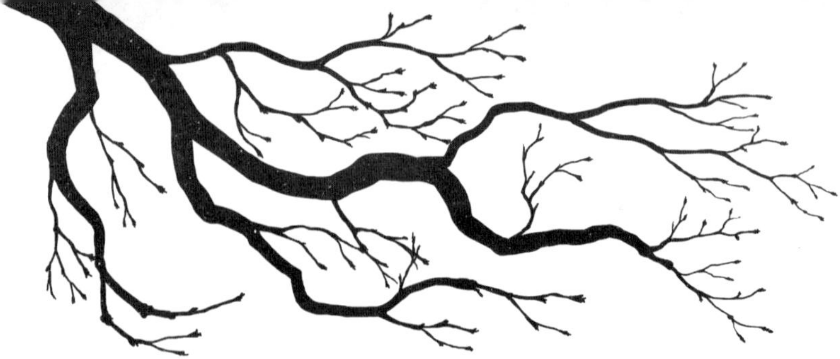

夜魔莱昂纳德

科尔愣在原地。这是夜魔——他儿时噩梦中的妖怪，隆冬之王最可怕的密探。夜魔就站在他面前，比他想象的还要恐怖……而且夜魔还想跟他握手。

几秒过去了，科尔还是一动不动，于是夜魔拍了拍他的脑袋。

“抱歉吓到你了！我想你需要一些帮助。我讨厌恶霸，你呢？”

他张开弯刀大小的爪子，割断了将诺克斯先生吊在树上的铁丝。诺克斯先生揉了揉自己的后爪说：“谢，谢谢你。”

“不用谢！我们必须相互照应，不是吗？我是莱昂纳德！你没穿衣服，顺便说一下。”

诺克斯先生低头看了看自己，然后尴尬地大叫一声，立刻拿上马甲飞快地跑到灌木丛后。莱昂纳德转向科尔，拍了拍他的六只手。

“那么！我们现在该做些什么呢？”

科尔眨了眨眼睛：“我，我们？”

“没错！今天天气真好，没理由浪费！我们应该去散散步。或者聊聊天儿！我喜欢聊天儿！”莱昂纳德面露喜色，“噢，哇——我们可以一边散步一边聊天儿！”

“科尔！”

彭德尔伯里和其他人出现在坡顶，正向他们飞奔而来。科尔从未如此高兴见到他的守护者们——他们肯定可以保护他免遭这个可怕妖怪的伤害吧？

“我们听见了枪声！”彭德尔伯里叫道，“究竟发生了——”

“嗨！我是莱昂纳德！”

他们突然顿住。罗格王脸色一沉：“噢，不，不会是……”

“夜魔，没错！”莱昂纳德伸出一只手，说道，“我是莱昂纳德！很高兴见到你！”

诺克斯先生从灌木丛中走了出来，他现在已经穿戴整齐了。

“莱昂纳德，呃……救了我的命。”他嘀咕道。

夜魔挥了挥手：“这没什么！说到运气，我还挺走运！我本来还想着只能一个人过圣诞节了，结果瞧我遇到谁了……”

罗格王旋即拔出剑，把剑尖抵在莱昂纳德的喉咙上。

“行了，你——别再演戏了！其他密探在哪里？在角落里等着伏击我们吗？”

莱昂纳德笑容满面地看着这把剑，就像有人刚刚给了他一袋糖果。

“哇，多好的剑啊！我喜欢剑。没必要捅我。我不是密探！我想帮助你们！”

罗格王哼了一声："哦，得了！我们都知道夜魔是隆冬之王的盟友。"

莱奥纳德摇了摇头，突然变得严肃起来。

"不是所有的夜魔。许多夜魔不想为隆冬之王而战，但却被强迫这么做。我的家族效忠于绿人——这就是为什么我们在犬魔封锁关卡之前偷偷溜了出来，我们想要再次找到绿人。我们这里有几十个人，为反抗军而战！"

彭德尔伯里皱起了眉头："等等……反抗军？这边有更多忠于绿人的幻灵？"

莱奥纳德点点头："各种各样的！小精灵、淘气精灵、棕仙……甚至还有一些妖精和仙子在为我们而战。"

"巨人呢？"罗格王问道，"他们选好阵营了吗？"

莱奥纳德摇摇头："他们还忙着相互争吵呢。我们想让他们站在我们这边。我们已经寻找绿人好几个星期了，但还是没有他的踪迹。我们知道他会设法在某个地方疗伤，可我们找不到他的藏身之处。我碰到你们的时候就是在做这件事。"

彭德尔伯里皱起了眉头："等等，你们都是怎么藏在隆冬之王的眼皮底下的？"

莱奥纳德神秘地靠了过来，仿佛那些躺在地上不省人事的男人能听见他说的话。

"听着，这边有一些地方，就连他的眼睛都无法抵达。我们称之为'圣所'——古老之地。在那里，古老的魔法仍在流淌。全国各地有几十个圣所，而且我们每天都会发现更多。我们认为绿人肯定藏在其中一个圣所里，这就是为什么没有人能找到他。这也是我们这些反抗军躲避隆冬之王的方法！我和我的表姐住在离这里只有一天多脚程的一个圣所——我现在就能带你们去！”

罗格王一脸狐疑：“你为什么想帮我们？”

莱昂纳德靠得更近了，他睁大双眼：“好吧，你们就是那些人，不是吗？隆冬之王正在找的人。整个幻灵世界都在讨论你们！他们说隆冬之王为了带回三个幻灵离开了王座，可他到现在都没找到你们！大家都说他一定正在失去他的力量！”莱昂纳德摇了摇头，“太不可思议了——三个幻想中的朋友打败了黑暗之王！你们是怎么闯过关卡的？”

守护者们突然显得很惊慌。

“不知道！”诺克斯先生迅速说道。

另两个守护者都对他怒目而视。科尔皱起了眉头，诺克斯先生在撒谎，而且他非常不擅长撒谎。但是为什么？他在试图隐瞒什么呢？

“嗯，圣所在二十英里开外。”莱昂纳德说道，“就在一个叫莱斯特的地方附近。我们可以在天黑前赶到，如果现在就出发的话……”

科尔倒抽了口气：“莱斯特距离伦敦只有一百英里！”

他的心雀跃起来。如果能在天黑前赶到那里，他们就能重回正轨，他还能在隆冬之王无法进入他大脑的情况下睡上一觉。

“没错！”莱昂纳德说道，“我们还能在路上快乐地聊聊天儿！我喜欢聊天儿。聊天儿几乎跟帽子一样好！我不知道我更喜欢哪个——聊天儿还是帽子！说到这个，你们喜欢我的帽子吗？我在一条沟里找到的，然后……”

科尔笑了。莱昂纳德说得越多，科尔就越觉得他是无害的。他或许看起来像你最可怕的噩梦里的怪物，但是在恐怖的外表之下，他更像是一个八英尺高、惹人心烦的弟弟。

守护者们可没有被他迷住。他们转过身去交头接耳，而莱昂纳德浑然不知，继续说着话。

“你们怎么想？”彭德尔伯里问道，“我们要不要跟他走？”

“不要。”诺克斯先生说道。

“绝对不要。”罗格王说道。

“再过一百万年都不要。”鲁思说道。

科尔皱起了眉头：“为什么？他看起来很友好啊。”他指着莱昂纳德说道。只见莱昂纳德停止说话，去追一根羽毛了。“我不明白。我以为所有的夜魔都是藏在床底下的可怕妖怪。”

罗格王哈哈大笑：“噢，他们确实会藏在你床底下！到了半夜，他们会把你叫醒，询问你喜欢的狗狗类型，或者你更喜欢太阳还是月亮。大部分人都忙着尖叫，根本没注意到他们有多烦人。”

彭德尔伯里叹了口气：“但是如果那些圣所能让我们躲避隆冬之王……那么它们将是我们安全抵达伦敦的唯一希望。现在，隆冬之王会比以往更加努力地搜寻科尔的思想。”

科尔点点头：“他昨晚进入了我的梦境。这次更加糟糕，就好像他专门为我制造了一个噩梦，让我不知不觉陷了进去。恰好我及时醒了过来。”

彭德尔伯里的脸上掠过一丝愧疚——她在应该保护他的时候睡着了，这显然让她感到很糟糕。科尔考虑过告诉他们，他感觉肩膀上有只手在最后一秒将他从噩梦中拽了出来……但他决定还是不说了。他不想再增加彭德尔伯里的担忧了。

“那就这么定了。”她说道，“我们去圣所。”

“你确定你可以在天黑前走二十英里路吗？”科尔关切地问道。

“我必须可以。”彭德尔伯里严肃地说道，“有了莱昂纳德给我们带路，会容易一点儿。我觉得我们可以信任他。不管他……有多古怪。”

她转向莱昂纳德，他正平静地吃着一片树叶。

“莱昂纳德，我们愿意接受你的好意，拜托了。你能带我们去你表姐居住的地方吗？”

莱昂纳德高兴得倒抽了口气：“当然！我们可以在路上聊天儿！我喜欢聊天儿！我好久都没有聊天儿了，人们一看见我就会尖叫着跑掉。不过，哪能事事如意呢，你说对不对？”

他跳到彭德尔伯里的背上，科尔坐在他身后。其他人不情愿地跟了上来，他们设法坐得离莱昂纳德远一点儿。

“不。”罗格王说道，“我想坐在最后面。”

“不。”鲁思说道，“轮到我了。”

“我坚决要求坐后面。”诺克斯先生说道。

“我才坚决要求！”罗格王说道。

科尔凝视着天空。现在，太阳完全升起来了，一道道粉色的光芒透过云层射了下来。他再次感到心中燃起了希望的蜡烛。他和莱昂纳德或许来自不同的世界，进行着不同的战斗，但是只要知道有他这种反抗隆冬之王的幻灵存在，不知怎的，一切都感觉更加轻松了。

而且，今天是圣诞节。

“好了！我们还有很长的路要走。”莱昂纳德说道，“有谁知道什么笑话吗？”

“我知道！”彭德尔伯里说道。

“太好了！”莱昂纳德说道，“我们轮流讲我们最喜欢的笑话吧！我知道好几百个笑话呢！上百个，上千个，上万……”

“饶了我吧。”他们穿过树林时，罗格王低声说道。

地堡

“在这堵墙前左转，然后穿过田野。我曾经在这儿看见过一只狗！当然，它一看见我就跑了。其余的猎狐人也跑了！人们总是这样。你跟我遇见的大多数人类都不一样——你没有尖叫着、哭喊着跑掉，一次都没有。阿比盖尔会喜欢你的！她是我的表姐——就是我们要去投奔的那位。我得提醒你，她真的很爱说话……”

他们穿过这片地区时，莱昂纳德一直唠唠叨叨说个不停。他们飞快地跑过被铁丝网分隔开的田野，跨过如脊柱般勾勒出山丘轮廓的石墙。世界被遗弃了。方圆数里内，除了炮台和突然从地上惊起的黑压压的鸟群，他们什么都没看见。他们时不时会发现一些偶然出现的生命迹象：树梢上冒出的石头尖塔，孤单的圣诞步行者，像漂浮的鲸鱼一样悬停在小镇上空的防空气球[1]。这时，彭德尔伯里就会改变路线。有一次，一辆军用卡车队向他们隆隆驶来，他们不得不躲到一堵墙后，直到警报解除。

① 防空气球是一种连接着金属线的系留气球，可以阻碍战机飞行，或与低飞战机相撞，使其坠毁。有些金属线甚至拴着炸药，以确保能彻底摧毁敌机。由于金属线较重，防空气球难以高飞，只能防御低空飞行的战机。——译者注

除此之外，这个世界仿佛只剩下他们了。

无论他们走到哪儿，都能看见战争的痕迹。他们经过字迹潦草的路标，路标警告他们前面路上有弹坑。他们看见乡间小路上堆放着的沙袋、为高射炮挖的超级大坑以及山上偶尔出现的瞭望塔。他们路过一排建了一半的房子。这些房子建在荒郊野外，里面满是汽油罐。敌人空袭时，它们会被点燃，用以迷惑敌机。乡村正在为战争做准备，等待着坦克将围场变成战场、将田野变成前线的那一刻。

终于，在太阳开始落山时，他们看见前面的雪地里有个东西在闪闪发光。

“就是那里——莱斯特！”莱昂纳德说道。

科尔感到很惊奇。那是一座真正的城市——这些天来第一个真正的文明迹象。他能辨认出屋顶上参差不齐的缺口，敌人的炸弹啃噬了那里的轮廓线。他还能看见后花园里星罗棋布的家庭防空洞。他已经快要忘了城市的存在。

“那儿就是我表姐居住的地方！”莱昂纳德指着前面骄傲地说道。一栋有着狭长窗户的小砖房从山腰上突了出来。

科尔皱起了眉头：“那是一座军事碉堡。”

“是的！”莱昂纳德说道，“他们没有意识到自己把碉堡建在了魔法圣所上面！”

“里面没有士兵吗？”科尔问道。

“噢，以前有很多！但他们一看见阿比盖尔就跑了，现在再也没人来这里了。哟嚯！阿比盖尔！”

一个蜘蛛状的大怪兽蜷缩着从碉堡里走了出来，她的个头儿比莱昂纳德还要高大，毛发也更加浓密。科尔向她挥了挥手。他现在对夜魔已经习以为常。阿比盖尔和莱昂纳德一样，虽然长相吓人，却看似十分友好，或许是因为她穿着花围裙。

“莱昂纳德！你带了朋友来！我喜欢朋友！你知道他们怎么说——共患难的朋友，才是真正的朋友。而真正的朋友是……”

“我不确定我还能不能忍受下去。”罗格王说道，他的左眼在抽搐。

“能，你能。”彭德尔伯里没好气地说道，“我驮着五个人走了一整天。我已经筋疲力尽了。”

“有那两个家伙在，我们就别想睡觉了。”诺克斯先生嘀咕道。

科尔抬头望望月亮，它比之前更窄了。他们还有一百英里要走，而时间只剩下三天……但是科尔仍满怀希望。不管怎样，他们离伦敦更近了，他们有个安全过夜的地方，就连天气似乎都不如前一天那么恶劣了。得知自己还有一线机会，仿佛让一切都变得可以忍受了。

阿比盖尔一边带着其他人走进碉堡，一边兴奋地说个不停。只有鲁思还待在外面，紧紧地抓着她的包。

“你不进来吗？”科尔问道。

“我们必须要进去吗？”她乞求道，“他们太烦人了！我宁愿被仙子再袭击一次。”

科尔笑了：“就一晚。”

“我们不能跟那些人待在一起吗？”她抱怨道。

她指着下面的山坡。那里有好几十人，挤在树下的一排帐篷里。

“他们在那儿做什么？”科尔困惑地问道。

“我猜他们在空袭中失去了家。”鲁思说道，“待在野外总比在城市的大街上被轰炸更安全，不是吗？”

科尔很震惊。在巴克斯顿，有很多城里来的人住在亲戚家里，或者请好心的陌生人收留他们，从来没有人需要在外面睡觉。在伦敦，人们晚上甚至会去地铁站睡觉。在这样的暴风雪中，待在户外简直令人难以想象。科尔能看见那里还有小孩。“但是……天气太冷了。他们就没有别的地方可去了吗？”

鲁思耸耸肩：“有些人有。但并不是每个人都这么幸运。如果你的房子被击中了，你可以去避难所，但是也只能待几天。在这之后，许多人就无处可去了。他们必须睡在外面，或去寻找新的城镇，那里也许会有好心人收留他们。”她愤怒地瞪大眼睛，“有些地方并不友好。在伦敦遭受空袭后，许多人去了一个叫温莎的小镇，然而他们却说不接收任何儿童，或是犹太人。”

科尔不知道该说些什么。他望着下面山坡上睡在寒冷之中的人。过去的几个月里，他一直沉浸在自己的不幸之中，一次也没有想到那些失去了家园、失去了所爱之人的人。他是一个幸运儿——他有克莱尔姑妈照顾他。她或许很冷漠，有时又很轻率，但是跟山坡上那些人的遭遇相比，她要好上一千倍。

他再次感到一阵愧疚——克莱尔姑妈仍然不知道他在哪里。

她可能以为科尔死在了某处的雪堆里，或是像下面这些人一样生活在野外。这真是一幅悲惨的景象。科尔想知道，在这次伦敦空袭之后，又会有多少人无家可归——如果有人能幸免于难的话。而他只是任由空袭发生……

他摇了摇头。他不能这样想——他无力阻止这次空袭。他唯一能想的就是营救罗丝。这都是为了她，不是吗？

他抑制住内心的愧疚，向碉堡里走去。这只是个砖砌的小地堡，只有一扇窗户和一扇门。但是阿比盖尔在里面塞满了枕头和毯子，把它弄得暖暖和和、舒舒服服的。现在，她正用六只巨大的爪形手编织另一条毯子。

“那么，就是这里了？”科尔说道，“只要我们待在这个地堡里，就是安全的？”

“没错！”阿比盖尔说道，“圣所就在我们正下方。隆冬之王就算踏破铁鞋也找不到你们！”

科尔感到肩膀上的重量减轻了，他之前都不知道自己肩负着这么大的压力。两天以来，他第一次有了安全感。这让人感觉应该庆祝一下才对。

“那么，我们应该做些什么呢？”他问道。

彭德尔伯里皱了皱眉头：“什么意思？”

“今天是圣诞节啊！”科尔说道，“我们应该做些跟圣诞有关的事。虽然我们可能没有礼物，没有装饰品，没有像样的晚餐……”

“噢，我们有很多食物！”莱昂纳德说着掀开一条毯子，

“瞧见没？”

守护者们惊讶得眼珠子都快掉出来了。毯子下面是一箱又一箱的军粮。

“士兵们把这些全留下了！”阿比盖尔说道，“来吧，随便吃！”

守护者们不需要鼓励。他们猛地扑向纸箱，一路吃了过去。他们尽情享用着罐头肉、燕麦粥、饼干、巧克力，以及一杯又一杯甜甜的热茶。彭德尔伯里太饿了，她把食物连同纸箱整个吃掉了。这是科尔一生中吃过的最美味的一餐——就连鸡蛋粉的味道都很不错。不一会儿，他们全都呻吟着瘫倒在地，肚皮都快涨破了。

“接下来呢？”

“我们来进行愉快的圣诞长谈吧！”莱昂纳德说道，“我喜欢聊天儿！”

“我也是！”阿比盖尔说道。

守护者们咬紧牙关。科尔绝望地四处张望，寻找替代方案。他的目光落在角落里的一样东西上——一个带调台器的黑色大盒子。

“嘿，那是台收音机！”他大叫道。

他已经好几天没听过收音机了。事实上，科尔意识到，自从离开巴克斯顿，他就再也没有听到过任何新闻了。几个月以来，他第一次完全不知道战争的进展——英国是输是赢，是否还有更多的城市遭受了空袭，罗斯福总统是否最终决定参战并援助英国……过去的三天，他好像生活在另一个世界里。从某种意义上来说，他确实如此。

他打开收音机。收音机仿佛被施了魔法一般，一连串音乐从扬声器里传了出来，充满了整个地堡。

鲁思皱起了眉头："这是什么？"

科尔脸上笑开了花："这是《儿童时光》！我们总在圣诞节听这个节目。"他心里感到一阵温暖，"这是我爸爸的最爱。"

他们坐在一起，蜷缩在羊毛毯下。外面狂风大作，解说员念着查尔斯·狄更斯的《圣诞颂歌》。这些天来，他们第一次不用担心他们的探险，不用担心隆冬之王，也不用担心前方所有可怕的事情——这一小会儿，一切都不再重要。今天是圣诞节，他们很安全。

很奇怪。几个月来，科尔都在幻想他和罗丝的完美圣诞……而现在，他却在这里，在冰冷的砖砌地堡里和夜魔一起吃着军粮，这与他幻想的任何场景都相去甚远。然而，不知怎的，一切似乎都恰到好处。他想知道罗丝是否也在听《儿童时光》。突然，他感到一阵强烈的内疚。她当然没有。现在，克莱尔姑妈肯定已经想法子告诉她科尔失踪了。她们俩肯定担心得要命，不知道他是死是活。

科尔感觉糟糕透了。他一心扑在营救罗丝上，从未想过其他人的感受。克莱尔姑妈如此紧张并不是她的错。罗丝想要留下来帮助需要帮助的人也不是她的错。他真希望有什么办法能联系上他的姐姐，并向她解释这都是为了她……但是，当然，他做不到。

忽然，收音机闪烁不止，声音也越来越小。科尔脖子上的汗毛都竖了起来。空袭开始时，无线电的信号总会消失。没人知道为什么，事实就是如此。他看了看屋外，天空中空荡荡的，没有飞机，没有探照灯，没有防空警报……这是个没有空袭的夜晚。只是电池没电了。他心里如释重负。

收音机关闭了，地堡里又恢复了宁静。现在，夜幕已经完全降临，里里外外都一片漆黑。

“好了！该聊天儿啦，嗯？”莱昂纳德说道，“这就是聊天儿的好处——哪怕没有灯光，也能聊到天荒！”

“这个押韵太棒了！”阿比盖尔说道，“我们再来一个吧！”

黑暗中响起一个声音，听起来很像是一个骑士在用头盔反复撞墙。

“我们应该点一些蜡烛。”科尔说道，想分散一下注意力，“我们家经常在圣诞节点蜡烛。有没有灯或者……”

“我有一些东西。”鲁思说道。

鲁思靠墙坐着，腿上放着帆布包。黑暗中，科尔看不见她的脸，但是他能从她的姿势中看出她很紧张。她把手伸进包里，迟疑而缓慢地拿出一个布包。她打开布包，小心翼翼地把里面的东西放在地上，仿佛在对待一只雏鸟。那是一个小小的银质枝形烛台，在最后一抹月光下闪闪发亮。

“这是什么？”科尔问道。

鲁思清了清嗓子：“这是九枝灯台。我离开柏林的时候，我父母给我的。这是用来庆祝光明节的。”

“什么是——”

“一种犹太庆祝活动，在圣诞节前后的八个夜晚。”她的声音羞怯而骄傲，“我们会为每一个夜晚点亮一根蜡烛。事实上，昨天晚上是第一晚，但是没关系，我们现在补上就行。”

科尔很惊讶。巴克斯顿有很多犹太家庭，许多人都是在空袭开始时从周边的城市撤离过来的。他们庆祝不同的节日，有些人必须以特定的方式烹制食物，还有些人甚至穿着不同的衣服。鲁思看起来不像他们当中的任何一个。

“我不知道你是犹太人。”他说道。

鲁思耸耸肩:“我没告诉你。”

她从帆布包里拿出两根比生日蜡烛还小的蜡烛。她把一根蜡烛插在九枝灯台的烛台上，再用定量配给的火柴盒点燃手中的另一根蜡烛，然后用这根蜡烛点燃了烛台上的蜡烛，最后再把它插在面前的另一个烛台上。科尔看着这些小火苗跳动、闪烁。他感觉更加安全和温暖了——仿佛他们会没事的，他们七个可以躲在这里，远离黑暗。一点儿小小的光亮就能带来如此大的不同，实在太神奇了。

接着，鲁思开始唱了起来。

她用一种科尔听不懂的语言在吟唱——不是英语，也不是德语，她的声音清澈、深沉而动听。他毫不怀疑她的母亲是位歌唱家。他感觉她的歌声在地堡里回荡，烛火轻轻地在黑暗中摇曳，直到歌声渐渐消逝。

“太优美了！”阿比盖尔拍着六只手说道。

鲁思笑了：“谢谢。这是一首希伯来祷歌。”

“歌词是什么意思啊？”罗格王问道。

鲁思皱起了眉头：“你想让我为你把希伯来语翻译成德语，再把德语翻译成英语吗？或许我应该一边后空翻，一边做翻译。”

罗格王怒气冲冲：“我只是问一问。”

她笑了：“明天晚上我们点亮另一根蜡烛。每天点亮一根，直到九枝灯台被全部点亮。我们每年都这么做。”

科尔注视着她。他终于开始明白为什么鲁思在过去几天都讳莫如深。他对犹太人在德国的遭遇略知一二——纳粹正在修改法律，这样他们就能夺走犹太人的房屋和财产。他意识到，这一定是鲁斯一家从德国搬到伦敦的原因。科尔想知道，当她听到其他孩子叫她纳粹时，她有何感受，毕竟她有理由比任何人都更加憎恨纳粹。这让他想起了温莎镇那些拒绝帮助伦敦撤离者的人，又让他想起了山坡上那些住在帐篷里的人。他无法想象睡在那里会是什么感觉。现在外面冰天雪地，狂风呼啸，而且……

科尔停住了。

“等等，你们听。”

他们全都竖起了耳朵。

“我什么都没听见。”诺克斯先生说道。

彭德尔伯里的眼睛亮了：“确定如此。风声已经没有了。”

他们向外望去。夜晚平静无声。暴风雪过去了。这么多天以来，天气似乎第一次变得……正常了。

“发生了什么事？”科尔说道，“为什么暴风雪停了？”

阿比盖尔兴奋地喘不过气来：“难道你不明白这意味着什么吗？隆冬之王的力量一定越来越弱了！”

科尔和守护者们惊奇地面面相觑。他也感觉到了……空气中的变化。世界上的某些东西正在改变。

“是……我们做的吗？”科尔问道。

彭德尔伯里摇了摇头，她的眼睛闪闪发光：“我，我不知道。但是如果天气越来越好，那我们就有机会。我们可能会成功的！”

科尔的心怦怦直跳。这是真的——彭德尔伯里今天走了二十英里。如果天气继续好转，她也许能轻松走完到伦敦的最后一百英里路。

“这值得庆祝！”莱昂纳德说道，“我们通宵唱歌吧！我先来……”

彭德尔伯里脸色一沉。诺克斯先生把脑袋埋进爪子里。罗格王颤抖着双手准备拔剑。

“其实，光明节还有一个仪式我忘了说。”鲁思迅速说道，“蜡烛点亮之后，我们必须马上入睡。”

莱昂纳德一脸沮丧：“真的吗？”

“是的。”鲁思睿智地点点头，“这一点非常非常重要。”

“噢，真遗憾。”莱昂纳德说道，“好吧，既然你这么说的话。”

守护者们看着鲁思，眼神里充满了浓浓的爱意，这几乎让科尔感到嫉妒。

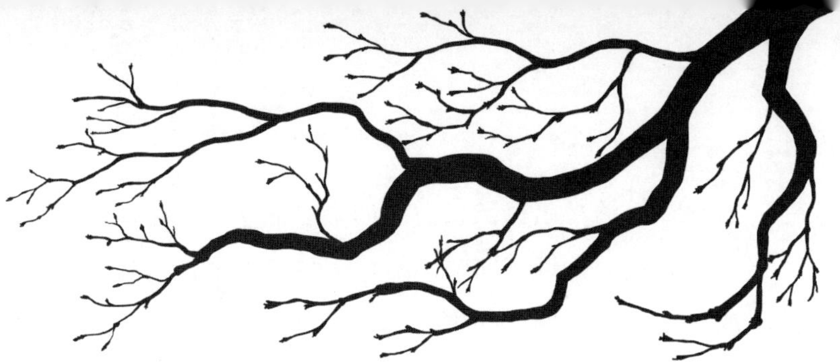

形势逆转

隆冬之王在弹坑边停了下来。

沼泽里，仙子的堡垒已经荡然无存。仙子们已经逃走了。事实上，他们已经完全不回应隆冬之王的召唤了。隆冬之王知道这是为什么——他们想躲着他。这对他们并没有多大好处。他会找到他们，并惩罚他们让那些守护者溜走。

守护者。

在他脚下，沼泽里的水沸腾起来。他为科尔设下了一个噩梦陷阱，但是那个男孩不知怎的再次逃出了他的掌心。隆冬之王被迫在他的骨头房子里又躲了一天，等待着黑暗归来，让他可以再次搜寻科尔的思想。然而现在午夜降临了，却什么都没有。他找了好几个小时，还是一无所获。

隆冬之王注视着他周围的沼泽。找不到男孩并不是唯一的问题。他能感觉到自己的力量日渐衰弱。他知道这是为什么。他离开王座，待在另一个世界已经三天了，这使他的力量到达了极限。他的马不再像以前一样傲然挺立。骨头开始变得苍白发灰，在他的重量下凹陷。隆冬之王吸干了骨马的生命，就像他吸干了所触碰的一切生命一样。它撑不了多久了，但这没有关系。他想造多少匹马就能造多少匹马，直到找到那些守护者。

这就是这片古老大地的美妙之处。不管你站在哪里，都立于尸骨之上……

移动几乎是无声的，但不完全是。隆冬之王转身用他黑色的目光盯住那个生物，将他锁定在地面上。

“不！放了我吧，求求您！”

原来是黄油杯国王。他衣衫褴褛，惊恐得瞪大了眼睛。其他仙子都逃走了，但他没法离开他的堡垒。他像所有仙子一样，骄傲而自负。隆冬之王下了马，俯身靠近缩成一团的仙子，就像一个男孩在用放大镜烧蚂蚁。

“你让他们跑了。”

黄油杯国王畏畏缩缩：“我不是故意的，陛下！他们要了我……”

“你看见他们了？亲眼看见了？”

“是的，陛下！我会把一切都告诉您！我——”

“你一个字都不用说。”

黄油杯国王瘫软在地。他的眼睛变成了灰色。他的胳膊垂在身体两侧，仿佛一个提线木偶。隆冬之王进入他的大脑，提取了他的思想，轻松得就像从桌上拿走一分钱一样。黄油杯国王所有的记忆都展现在他面前——过去两天发生的一切。

科尔站在房间里。他的守护者们——老虎、骑士、獾——都在他身旁。还有一个陌生的女孩。是科尔的姐姐吗？不，不可能。她在伦敦，而且隆冬之王已经见过她了，在男孩的——

他停住了。记忆里还有另一个人——另一个东西站在守护者身旁。他看不清那是谁或是什么。仿佛某个东西被固定在原地，挡住了他的视线，就像是镜头上的一个污点。

隆冬之王进入黄油杯国王的大脑深处，但是没有用，那个影子依然藏而不露。

"给我看。"

黄油杯国王嘴里不由得发出一声虚弱的呻吟。在隆冬之王的注视下，他开始发灰，破碎，如同尘埃一般。他很渺小，几乎无力抵抗。

"给我看！"

这超过了黄油杯国王所能承受的程度。他发出最后一声喘息，便在风中烟消云散了。他曾在那里，然后他就不在了——没有中间过渡。

隆冬之王站在那里，他的眼睛因愤怒而泛白。突然，一切都明了了。科尔如何从梦中被救起。那些守护者如何偷偷越过关卡。那个他看不见的隐藏身影。

"绿人。"

他一直跟他们在一起。他从一开始就在暗中帮助科尔和守护者的探险。绿人借助守护者向幻灵世界展示隆冬之王的虚弱，就为了最后从他手中夺走一切。没有其他的可能了。但是为什么呢？究竟是为什么——？

隆冬之王痛苦地尖叫着，踉跄后退。他手臂的边缘卷曲着冒起了烟。黎明来了，一缕阳光碰到了他的手臂。

隆冬之王惊讶不已。应该还要过几个小时才会天亮，可太阳已经挨着地平线。另一个白天到了。

他的力量……正在减弱。他必须立刻回到他的王座，恢复到以前的力量……

不。没有找到那些守护者，他不能回去。他不能把自己的失败展示给幻灵世界。这将会让绿人如愿以偿。他已经如此接近成功，不能让绿人赢。他仍然是神，而守护者什么都不是。他不会让他们愚弄他的。

他伸出手臂，骨马迅速裂开，并在他周围形成了一个紧密的壳。隆冬之王像一个胎儿一样蜷缩在黑暗中，周遭的空气里弥漫着他的手臂被灼烧的臭味。

这一切已经持续太久了。他曾天真地以为很快就能抓住那些守护者，但他不会再这么天真了。他不会再错过另一次机会了。明天晚上，他将彻底阻止这些守护者。而这一次，他将不再依靠他的密探。

他会派更可怕的东西去追捕他们。非常非常可怕的东西。

隆冬之王透过骨头的缝隙，凝视着地平线上黑暗的尽头。

“我看到你了，科尔，我看到你了。”

1940年12月26日

抢劫团伙打劫受空袭城镇

被严重轰炸的城镇里已经出现了有组织的抢劫团伙。

空袭时，这些恶棍会从被炸弹炸碎的窗户爬进商店，大肆搜刮，或是趁居民躲在附近的避难所时溜进空无一人的房子里。抢劫犯会伪装成救援人员，有些人甚至利用妇女或儿童当帮凶。

警方已收到警告，要对他们保持警惕。

贼窝

“我们不会要爬那个吧，不会吧？”罗格王抱怨道。

守护者们站在山脚下，泥泞的山坡上长满了带刺的灌木丛。他们走了一整天，已经精疲力竭了。太阳已经开始落山了，幽灵般的灰色光晕笼罩着周围的世界。他们的心情也如这光景一般。

“再往前走一点儿。”彭德尔伯里疲惫地说道，“莱昂纳德说圣所就在山顶。”

黎明时分，他们离开了阿比盖尔的地堡，前往一个古老的石圈。莱昂纳德在莱斯特和伦敦之间发现了那个地方。路程近乎三十五英里，莱昂纳德向他们保证说这是他能找到的最近的一个圣所了。一开始，彭德尔伯里很快就穿过了乡间——过去几个星期一直笼罩着乡间的雾几乎全都散去了，但是好天气也带来了新问题。现在许多人纷纷出门到田间散步，他们此前一直被困在家中。每当看见有人走过来（这是常有的事），彭德尔伯里就不得不扑进沟里或是躲进黑莓灌木丛中。

现在他们快要赶不及了。幸好他们刚刚路过的村庄已经进入了灯火管制，所以每个人都窝在家里。他们遇到的唯一一个防空队员在岗位上呼呼大睡，嘴里还含糊不清地唱着圣诞颂歌。

科尔注视着他们身后由鹅卵石铺就的街道。在草地和雪地里待了好几天后，再次站在人行道上的感觉很奇怪。他能听见街道两旁的房子里人们谈笑风生，共进晚餐。那一刻，听着陌生人欢庆圣诞，他无比想念爸爸和罗丝。不过他也满怀希望。这是艰难的一天，但他们走了三十五英里。如果彭德尔伯里能继续保持这个速度，他们就能及时赶到伦敦。隆冬之王的力量正在减弱。这个消息让人感觉就像有一扇门打开了——仿佛他们终于有了机会。科尔甚至能够忍受寒冷了。在暴风雪的天气里穿了四天短裤，他的腿开始变成令人担忧的紫黑色。

“我们赶紧上山，到达圣所。”他说道，“越早离开这个村庄越好。”

“我们就不能先休息一下吗？”罗格王扔下剑，抱怨道，“我们一整天都马不停蹄！我很饿，很累，腿很疼……”

“Ich habe die nase voll!（我受够了！）”鲁思突然厉声说道，“你只会抱怨！如果你没有浪费这么多时间在抱怨上，我们现在都到圣所了！”

科尔咬了咬嘴唇。尽管他们一起经历了那么多，但只要有一点儿火星子就能让鲁思和罗格王吵起来。科尔赶紧在事态恶化之前介入：

“好啦！今天已经很漫长了。让我们集中精力找到能睡个好觉的地方，明天再担忧……”

“食——物——”

他们转过身去。诺克斯先生把鼻子高高翘向天空，他抽动着胡须，大口大口地吸着气。

“食物。”他嘀咕道，“在那里！有很多！”

他指着路边的一家老酒馆。墙上的油漆已经剥落了，脏兮兮的窗户上污迹斑斑。甚至没有人费心挂上遮光窗帘。

“这个酒馆被遗弃了。”科尔说道，“里面不会有任何食物的。而且，我们也没有时间去——”

“但是我能闻到！”诺克斯先生兴奋地说道，“拜托了，科尔！我们就不能偷偷去瞧一眼吗？”

“看看这酒馆的名字！”罗格王说道，“肯定是个好兆头，对吧？”

他指着大门上方由字母拼成的文字：绿人。有的字母已经剥落了。旁边是一张饱经风霜的画像，上面画着一张老人的脸。树叶和花朵是他的胡须，藤蔓从他的眼睛和嘴巴里长出来，缠绕着他的脖子。科尔皱起脸。他不知道自己期望中的生命之神是什么模样，但他肯定没想过会看见植物从他身上长出来。“绿人是这个样子的吗？”

诺克斯先生哼了一声：“呸！差远了！”

彭德尔伯里的肚子叫唤起来：“我们能进去看看吗，科尔？万一里面有食物呢？”

科尔叹了口气。他忘了这趟旅程对彭德尔伯里来说有多艰难，毕竟她驮着所有人。“好吧。诺克斯先生，你快速去看一眼就马上回来。”

诺克斯先生行了个礼，接着在人行道上强行打开地下室的门，嗅着鼻子钻进了黑暗中。鲁思和罗格王转过身背对着对方，小声嘀咕着。彭德尔伯里待在原地，注视着绿人的画像。科尔皱起了眉头——她看上去很担忧。

“怎么了？”他问道。

彭德尔伯里叹了口气：“我在想我们今天遇到的好天气。阿比盖尔说得没错，隆冬之王一定越来越虚弱了。”

科尔眨了眨眼睛：“这是好事，不是吗？”

彭德尔伯里点了点头：“也许吧。但如果是因为我们——正如莱昂纳德所说的那样，我们的探险让隆冬之王看起来很愚蠢——那么他现在会加大力度来追捕我们。在他已经如此接近胜利的时候，他是不会放过我们的。”她咽了口唾沫，“我……我觉得接下来的两天会更加艰难。我觉得我们可能要开始对付比仙子和魔法树更可怕的东西了。”

科尔咽了口唾沫：“比如？”

“所有人！快来啊！”

一个声音从地下室传来。大家二话不说冲下台阶，瞧见了诺克斯先生。他的眼睛里闪烁着惊奇的光芒。

“怎么了？发生了什么事？”科尔问道。

“我们中大奖啦，就是这么回事。”诺克斯先生说道。

他们惊讶得下巴都快掉下来了。地下室里，食物从地板堆到了天花板。一袋袋的糖，一板板的黄油，一架架的鸡蛋，一打野鸡挂在墙上，还有一罐又一罐的糖果，全都是新鲜的。科尔从没在一个地方见过这么多的食物。他的嘴立刻就开始流口水了。

“这些东西怎么会在这儿？”他喘着气问道。

“管它呢？”罗格王说道，“糖归我了！”

“鸡蛋是我的！”诺克斯先生说道。

“闭嘴，快吃。”彭德尔伯里大叫道。

守护者们扑向食物，狼吞虎咽地吃起来。彭德尔伯里咂巴着嘴，一只接一只地吃掉钩子上的野鸡；诺克斯先生将一个个鸡蛋整个塞进嘴里，仿佛在吃大块圆硬糖；罗格王把整个脑袋都埋在一袋糖里，嘴里发出一声含混而快乐的咆哮。就连鲁思都开始吃起了甜食。只有科尔还待在原地，茫然地注视着地下室。这件事有些不太对劲。自从实行定量配给以来，这些食物都难以获取，而且这里不止有食物，还有成箱的香烟，成件的啤酒、威士忌，成堆的布料，甚至还有一些古董……

“我不明白。”他嘀咕道，“为什么会有人把这些东西留在一个弃置的老……”

忽然间，一切都明朗了。科尔倒抽了口气，震惊不已。

“这些都是黑市商品！这是一个贼窝！”他挥舞着双手，“停下！把所有东西都放回去！”

“为什么？”鲁思一边说，一边同时嚼着两块巧克力棒。

“这是赃物！”

“那又怎样？这些东西已经被偷了！”

“那也并不代表可以这样做！”科尔说道，“我们不知道这些东西都是从哪儿来的，可能是从最需要的人那里拿走的！”

“我们就是最需要的人。”鲁思指出，“而且我们只拿了一点点，对吗？”

不过守护者们看起来可不是只拿了一点点。诺克斯先生已经吃完了一半的鸡蛋。彭德尔伯里发现了一个装满香肠的木箱，她正在里面扭来扭去，快活地咯咯笑。

“但是如果贼回来了……”科尔开始说道。

他的声音弱了下去。守护者们看上去是如此的快乐。在他们经历了这一切之后，看到他们吃得这么开心，真好。他叹了口气：“好吧。但是我要留一张字条。”

哐！

他们愣住了，他们全都感觉到了。有什么东西狠狠地撞向了酒馆的一侧。

“那是什么？”罗格王的声音从糖袋里传了出来。

他们等待着——又来了，这次更加用力。哐！灰尘从房椽上落下来。整个地下室连地基都在震动。

“是……炸弹吗？”鲁思问道。

科尔摇了摇头。这不可能——天空上空荡荡的。这几天他们连一架飞机都没见过：“我，我觉得我们应该走了，趁着……”

砰！

更多的灰尘从房椽上落了下来，这次是一大把一大把的灰尘。裂缝像蜘蛛网一样在天花板上蔓延开来——这栋房子正在坍塌，即将倒在他们身上。科尔喘着气，准备跑。

“所有人都出去！快！”

他说得太晚了。天花板被猛地撕扯开来。窗户碎了，砖块从墙壁上滚落下来，铁管被撕裂变形，空气中弥漫着白色的粉尘。但是当尘埃落定时，科尔发现天花板并没有掉在他们身上。事实上，天花板……离他们越来越远了。

“我觉得这不是炸弹。”鲁思脱口而出。

科尔倒抽了口气。在他们上方，酒馆被掀离地面，就像锅盖被从锅上掀开。他目瞪口呆地看着一个巨大的阴影出现在一团白色粉尘之中。那阴影几乎跟地下室一样大，而且正在靠近，就像一只长着翅膀的大鸟俯冲了下来……

彭德尔伯里惊讶地张大了嘴巴，一根香肠从她嘴里掉了出来。

“这是——”

还没等她说完，阴影就抓住了他们，把他们全都封锁在石头般冰冷的黑暗之中。等科尔弄清楚那个阴影是一只巨大的手时，他们已经被从地下室里拎了出来，带入了黑夜中。

歌革和玛各

他们被重重地摔在了地上。

科尔咳出一口气。几分钟前他们还在山脚下，现在却已经来到山顶，紧贴着赫然耸立的岩壁。他们唯一的出路被面前一个巨大的石柱挡住了。这个石柱有一栋房子那么大，上面长满了苔藓和地衣……而且石柱还在上蹦下跳。

“歌革成功啦！歌革找到了守护者！”

科尔张大了嘴巴。这个石柱是一个巨大的石头人，它有着大圆石胳膊和小鹅卵石眼睛。每当他跳起来的时候，大地晃动，有如地震。

“干得好，歌革！玛各对你的工作态度非常满意。”

科尔抬起头。坐在石头人肩膀上的是另一个小一点儿的石头人。他的眼睛上有一副眼镜，是用房屋油漆粗糙地画上去的。他看上去就像是一个被成年人扛着的小孩，只不过这个小孩至少有二十吨重。

“巨人！”彭德尔伯里大叫了一声，终于说完了之前的话。

小巨人咯咯笑了起来：“没错！你们被歌革和玛各抓住啦！

我们可是幻灵世界最厉害的赏金猎人！你们想跑就跑吧，但歌革和玛各总能追上你们！”

诺克斯先生坐起身来，双眼迷蒙地揉着眼睛。

“巨人？看看你们的个头儿！”他指着他们，“他才不过二十英尺高，而你更加矮小！”

“大小并不能代表一切！”两人中较为矮小的玛各说道，“我们俩曾经是一个特别庞大的巨人，叫作‘歌革玛各’。”

“很大，很能打！”歌革说道。

“后来我们跌下悬崖。”玛各说道，“摔成两半，一半大，一半小。”

“不很能打了。”歌革悲伤地说。

“但现在我们更厉害！”玛各坚持道，“我们是脑力和体力的完美搭档！所以隆冬之王才雇我们四处查访。”

“歌革有能打的大手！”歌革叫道。

“玛各能说会道。”玛各说道。

彭德尔伯里脸色一沉：“等等，这是否意味着巨人已经和隆冬之王结盟了？”

歌革摇了摇头，发出好似两块大圆石相互摩擦的声音：“不！巨人还没有选好站在哪一边。他们忙着用棍子打对方的头呢。”

“我们是自由人。”玛各说道。

罗格王突然毫无征兆地发起了进攻，他从身后的岩壁上翻了个筋斗，落在歌革的肩膀上，然后挥剑刺向玛各的脖子……

“自由人你个大头，石头脑子！”

叮。

剑几乎没伤到玛各的脖子。一阵尴尬的沉默之后，歌革伸出一根巨大的石头手指，不费吹灰之力就把罗格王从肩膀上弹开了。骑士在空中转了几圈，接着砰的一声重重地撞在岩壁上，最后像个坏掉的玩具一样摔在了尘土中。

“歌革打得好！”歌革说道。

科尔赶紧跑到罗格王身边：“罗格！你还好吗？”

“罗格王。”他虚弱地向科尔笑笑。他的盔甲凹了下去，他的剑也弯了，但是他拒绝被打败，“只，只是皮毛伤。如果我能击中那个小……”

“哈！不可能！”玛各说道，“你根本不可能战胜强大的歌革。你们现在逃不掉了！不管你们愿不愿意，都得去隆冬之王那里。”

科尔的心中充满了恐惧。他们又被抓住了，而且这一次，他们无法逃脱。他必须逃走，要快！或许他们可以跟巨人做个交易。他们肯定有需要的东西。他完全不知道作为“自由人”意味着什么，但是听起来很不妙。

“求求你，不要把我们交给隆冬之王！”他恳求道，“不管他开出什么条件，我们都会给你们双倍，只要你们放我们走！”

玛各放声大笑：“哈！别痴心妄想了！隆冬之王悬赏捉拿守护者，奖赏丰厚！”

歌革眨了眨眼睛：“是吗？歌革都不知道。”

玛各愣住了——显然他说得太多了。他或许是两人中比较聪明的那一个，但这并不意味着他有多么聪明。

“呃，是的！但是奖赏一分为二。玛各会得到愚蠢、无聊的金子，而歌革会得到……这根特殊的小树枝！”

他捡起一根树枝递给歌革。歌革高兴地上蹦下跳。

“特殊的小树枝！特殊的小树枝！”

“是的，玛各非常嫉妒。”玛各说道。

彭德尔伯里趁机低声对科尔说道：

“圣所一定就在附近。如果能去到那里，隆冬之王就伤害不了我们。我们必须逃跑。”

科尔环顾四周。根本没有办法绕过歌革。“但怎么做？我们被困住了！”

“我不知道。”彭德尔伯里说道，“但是如果能让歌革和玛各反目为仇，我们或许还有机会溜走。巨人们总是在互相争吵，他们最擅长这个了！”

这时，玛各从歌革的肩膀上跳了下来，像一个金属保险箱似的砸在地上。

“现在，歌革留下来看管犯人。玛各去拿绳子把他们捆起来。然后，他要把这个好消息告诉隆冬之王！”

歌革脸色一沉：“歌革不能去告诉隆冬之王吗？”

玛各难过地摇摇头：“不能！歌革不知道该说什么，记得吗？歌革笨，玛各有眼镜。”他敲了敲画在眼周的圆圈，“他的脑子会转！他能用丰富的词汇流畅地表达自己的思想。”

歌革的肩膀垂了下去："噢，是的。歌革总是忘记。"

玛各走了，留下歌革和守护者们单独相处。科尔和彭德尔伯里交换了个眼神——和巨人交谈的时机到了。于是老虎上前恳求。

"歌革，听我们说。你必须在你兄弟回来之前放了我们。"

歌革摇了摇头："不行！如果歌革放你们走，歌革就得不到特殊的小树枝了。"

他心满意足地举起小树枝。

"这不是特殊的小树枝，你这个笨蛋！"诺克斯先生说道，"你看看周围，到处都是小树枝！"

歌革皱起了眉头，他的脸扭曲得像个石拳："但这根小树枝是隆冬之王给我的。"

"不，它不是。它是你兄弟刚刚捡的！"罗格王插嘴说道，"你难道看不出发生了什么吗？玛各什么事都让你做，却什么都不给你！"

歌革摇了摇头："玛各从不对歌革撒谎。玛各聪明。玛各有眼镜。"

"眼镜并不代表什么。"科尔说道，"而且那甚至都不是眼镜，是他自己画上去的！"

歌革脸上渐渐出现一丝疑虑。彭德尔伯里又向前迈进一步。

"歌革，你不必照你兄弟说的去做。你想要隆冬之王让幻灵世界永远处于黑暗之中吗？"

歌革把小鹅卵石眼睛挤在一起，使劲儿思考。你几乎可以听见他的大脑正在理出头绪:“不，不。歌革不想要这样。”

“那就放我们走，趁着玛各还没回来！”彭德尔伯里说道，“用你的力量去做好事——找到巨人，说服他们为绿人而战！有了巨人站在我们这边，隆冬之王也许就会被打败！”

然而，这对歌革来说难以承受。他的大脑像一叠纸牌一样垮塌下来。

“不！歌革不思考！歌革不擅长思考。歌革照玛各说的做，然后得到特殊的小树枝！”

“但这根不是特殊的小树枝。”鲁思说道。

科尔呻吟了一声。他们在兜圈子。“鲁思，我们已经试过……”

“那根才是特殊的小树枝！”

她指着地上的另一根小树枝。

歌革的眉毛拧成一团:“啊？”

“你看不见吗？”鲁思狡黠地笑着说，“你兄弟骗了你！他给了你一根普通的小树枝，这样他就可以把特殊的小树枝留给自己啦！”

守护者们交换了个眼神。他们知道鲁思在做什么，他们得配合她。

歌革狐疑地看着另一根小树枝:“歌革不相信你。”

“你自己看吧！”科尔说道，“特殊的小树枝上都写有小字！”

歌革把两根小树枝举到面前，眯起了眼睛。

“歌革没看见字。”他喃喃地说。

“举到月光下试试看。”彭德尔伯里建议道。

歌革转过身，背对着他们。

“歌革还是没看见字。”

“再仔细看看。”他们爬上彭德尔伯里的背上时，诺克斯先生说道。

歌革摇了摇头：“歌革还是没看见。不过，反正歌革也不识字……”

守护者们抓住机会，彭德尔伯里就像一道闪电，从歌革两腿间的缝隙中穿了过去，冲过山坡……

砰！

她痛得叫喊起来。玛各回来了，他径直扑到她的尾巴上，让她动弹不得。

“歌革！你在做什么？”他大叫道，“你让犯人逃跑了！”

歌革举起小树枝，一脸困惑：“歌革在特殊的小树枝上找小字呢。”

玛各愤怒地摇摇头：“没有什么字！这只是一根愚蠢又普通的小树枝！”

歌革脸色一沉：“但你告诉歌革它是特殊的……”

“是的！因为歌革太蠢了，连两秒钟都站不住！”玛各怒吼道，“这就是为什么玛各必须做所有的事！如果不是玛各，我们永远都不可能效力于隆冬之王！”

歌革的脸皱成了一团：“歌革讨厌按玛各说的做！大猫说得

没错。歌革想要为绿人战斗！”

玛各放声大笑：“绿人为什么要歌革呢？歌革笨！歌革跟花岗岩一样笨！歌革的脑子里全是碎石头！”

歌革浑身颤抖，就像一座即将爆发的火山。他的牙齿像两堆砖头一样上下摩擦。他紧握的拳头将小树枝捏成了灰。可是玛各还在继续说：

“歌革是个十吨重的白痴！歌革分不清石块和石渣。歌革一无是处，只配做花园里的装饰品。”

终于，歌革失去了控制。他愤怒地大吼一声，高高举起拳头，砸在玛各头上，如同两颗流星撞向了地面。玛各静止片刻，接着，他碎成了一千个小石块。不到一秒钟，石头巨人玛各就只剩下一堆碎石头了。彭德尔伯里尖叫一声，把尾巴拔了出来。

“你做到了，歌革！”科尔高兴地说道，“你反击了！”

歌革自己也很惊讶：“是，是的。歌革做到了！他现在自由了！他现在终于可以去找真正特殊的小树枝了！”

罗格王眨了眨眼睛：“他是认真的吗？”

“我们走吧。”彭德尔伯里嘀咕道，“我们得找到那个石圈，趁着……”

她的声音渐渐弱了下去。她身旁的那堆碎石头正在……移动。小石头一块接一块地从碎石堆里蹦出来，长出小胳膊、小腿，还有愤怒的小脸。他们每一个都是迷你版的玛各。不一会儿，林地上出现了一大群小人儿，他们愤怒地尖叫着，向歌革挥舞着小拳头。

“歌革，你这个白痴！”

“歌革为什么要那么做？”

“隆冬之王会杀了我们的！”

“现在玛各只能自己阻止守护者了……”

那群小玛各们齐刷刷转过身，然后冲了上来。

彭德尔伯里倒抽了一口气：“抓紧了，各位！”

她以最快的速度跑过山坡，紧绷的肌肉如活塞般上下起伏。科尔紧紧地抓着她的毛发——彭德尔伯里从来没跑得这么快过，她正试图从一大群石头人中逃脱。但这就好比试图跑赢山崩。小玛各们一个抱起一个，向守护者们猛扑过去。他们从科尔耳边嗖嗖飞过，像铅弹一样砰砰打在罗格王的头盔上。骑士转过身，拿起剑左右挥舞，将飞向他的小玛各们从空中打下来。

“诺克斯先生！帮帮我！”

诺克斯先生转身挥起棍子，一次把十个小玛各打飞。但这还不够，小石头人们正在步步逼近。

鲁思向罗格王伸出一只手：“我可以帮忙！把你的剑给我！”

罗格王放声大笑：“哈！想得美，小姐！你或许能骗过其他人，但你骗不了我！”

鲁思一脸震惊：“你还在说这些？”

“我不确定现在是不是争吵的时候。”科尔呜咽着从彭德尔伯里的背上拍掉另一个小石头人。

“罗格！别傻了，快给她武器！”诺克斯先生怒吼道。

骑士愤怒地闭紧双眼：“罗——格——”

"低头！"

彭德尔伯里从一根低垂的树枝下飞奔而过，所有人都低下了头——除了罗格王。他被当的一声击中胸口，直接从彭德尔伯里的背上掉了下来，向着小石头人们坠去。小玛各们得意地尖叫着举起手……

"抓住你了！"鲁思向后一闪，在最后一秒奇迹般地抓住了罗格王。罗格王被拖着悬在他们身后的空中。她的脸上露出胜利的微笑，"我抓住他了！他没事！"

诺克斯先生皱起眉头："他看起来不像没事的样子。"

"啊啊啊啊啊啊啊——"罗格王叫道。

鲁思抓住的是罗格王的胡子。现在罗格王的脸像一张凝固的痛苦面具，他疼得眼球都突了出来。那群小石头人就在他身后几英寸的地方，他们跳起来打他的脚踝。

"彭德尔伯里，我们必须再快一点儿！"科尔大叫道。

"我看到了！"彭德尔伯里大喊着回答道："那个石圈，就在前面！"

果然，在前面不到一百英尺的地方，一圈石头立在月光下。科尔脸色一沉。那只不过是草地上的十几块石头——它们甚至都没有围成一个像样的圆圈。

"那玩意儿能保护我们？"他说道。

"除非我们从正确的石头中间穿进去！"彭德尔伯里说道，"莱昂纳德说我们需要去找前面的那些石头！"

"哪面是前面？"科尔问道，"那是个圆圈！"

彭德尔伯里脸色一沉："唔……"

"等等，这个圣所也能保护我们不受巨人的伤害吗？"

"我不知道！"

"如果它不能呢？"

"我不知道！"

"那我们为什么还要去那儿?！"

"你还有别的主意吗？"

科尔回头望去，那些小巨人几秒内就会扑到他们身上。他们只有一次成功的机会。

"如果我们选错了石头会怎样？"科尔问道。

彭德尔伯里皱起脸："我们马上就会知道了……"

她昂起头，发出一声怒吼，从离他们最近的两块石头之间穿了过去，这时小玛各们也纷纷扑了上来……

"圣所！"

圣所

变化立竿见影。一千个小玛各的尖叫声瞬间消失在他们身后，仿佛一扇门被砰地关上了。

“好啦！没必要大喊大叫，亲爱的。直接进来吧。”

科尔抬起头。一开始，他以为自己身处一片漆黑之中，接着他意识到他只是把眼睛闭上了。他惊奇地环顾四周。石圈外的世界现在被隐藏在一堵墙后面。这堵墙看上去就像旋动的银油。小巨人们尖叫着，咒骂着，不停地用他们的小拳头捶打墙壁想要进来，但却没有用。

“不必在意他们，亲爱的！”那个声音再次响起，“你待在这里的时候，那些可恶的巨人连对你吹口气都做不到。”

科尔环顾四周。他不知道声音是从哪儿传来的，石圈里没有其他人了。

“你们很幸运！”另一个声音说道，“上一次有人猜对石头还是 876 年。”

“是 1876 年，亲爱的。”

“不，不是！你又弄错千年了，亲爱的，我还记得锁子甲呢。”

科尔笑了。他知道这些声音是从哪儿传来的了，是这些石头。每块石头上都刻有一张嘴和一双眼睛。他们说话的时候，眼睛和嘴就会动起来。

“别担心，你们待在这儿，直到明早都是安全的！”其中一个说道，“隆冬之王连你们的皮毛都抓不住。”

科尔微微一笑：“非常感谢。你们真是太好了。”

石头们全都发出哎哟哎哟的感叹声。

“多有礼貌的年轻人啊！”

“多好的教养啊！”

“不麻烦，亲爱的，我们喜欢有人做伴！”

“哦，哦，是的，我们喜欢有个伴儿！”

“你说什么，亲爱的？”

“我——说——我——们——喜——欢——有——个——伴儿。”

“哦，哦，是的！从876年后就没有过伴儿了！”

“什么？”

“我——在——说——维——京——劫——掠——者，亲——爱——的。”

“哦——，是的，劫掠者，是的。”

科尔突然有了个恐怖的想法：“等等，如果小玛各们告诉隆冬之王我们在哪儿，怎么办？他还是能找到我们！”

彭德尔伯里摇了摇头：“我觉得他们不会急于告诉他任何事。

看见没？”

她朝外面点了点头。果然，小玛各们已经放弃闯进来，纷纷逃走了。科尔面露微笑。他们又做到了——他们又将安全地度过一晚。离伦敦又近了一步。

彭德尔伯里瘫倒在地，不一会儿就睡着了。守护者们从她的背上翻下来，气喘吁吁地躺在旁边的草地上。只有罗格王没有加入他们。他一直站着，低头看着鲁思。

“现在又怎么了？”她嘀咕道。

罗格王不停地挪动双脚。他的头盔破了，一只眼圈乌黑，胡须以一个痛苦的角度从脸上戳了出来，但有件事对他来说似乎更加痛苦。

“你……救了我的命。”他喃喃地说，“我永远都会感激你。”他单膝跪下，呈上他的剑，“如果你愿意收下，我将不胜荣幸。”

鲁思很惊讶：“你要把你的剑给我？”

“就一会儿。”他没好气地说，“别弄上指纹了。”

鲁思笑了笑，把剑递了回去：“请你留着吧。我很抱歉弄伤了你的脸。”

罗格王哼了一声：“哈！想弄伤我，那可远远不够！不过，呃……确实很疼。”他伸出一只手，“和好吗？”

鲁思握了握他的手：“和好吧。”

科尔钦佩地凝视着鲁思。他怎么也没有想到鲁思会对罗格王这么好，毕竟罗格王之前对她那么无礼。不过，他也没有想到她能成功骗过一个巨人。鲁思似乎总有法子给他惊喜。

“好了！”她说道，“我想现在该点亮下一根蜡烛了，对吗？”

她拿出九枝灯台。这一次，她在烛台上放了三根蜡烛，然后用第四根蜡烛将它们一一点燃。她再次吟唱起来。她的声音飘出了石圈，飘向了山坡，而烛光在石头上摇曳闪烁。

“这些都代表着什么呢？”科尔问道，“这首祷歌，还有这些蜡烛？”

“这是为了在黑暗时期庆祝光明。”鲁思说道，“一点点光明就能驱散许多黑暗。我父亲以前总是这么说。”

他们陷入了沉默。科尔扫了石圈一眼。守护者们现在全都睡着了，石头们也睡着了。只剩下他和鲁思。自鲁思第一次点亮九枝灯台起，他的脑海中就一直想着一件事——一个他早就想问她的问题。

“鲁思，我能问你一个问题吗？”

她在地上挪了挪身子。科尔莫名觉察到，她已经知道他要问什么了。

“嗯。可以。”

“你为什么想回伦敦？是去找你的父母吗？”

她过了很久才回答。

“我的父母还在德国。”她说道，“战争开始前，我孤身一人来到这里。”

科尔很震惊——他从来没有被允许过独自坐公交车，更别说孤身前往另一个国家了。“你的父母没和你一起来？”

鲁思的眼睛一直凝视着蜡烛。他觉察到她终于愿意跟他谈谈了。

“柏林的情况非常糟糕。其实很长一段时间以来，情况都很糟糕，后来更糟了。你知道，希特勒不想要犹太人。他制定了很多法律，让我们无法像其他人一样生活。首先，不允许我们有仆人，我们的厨子和女仆只能去其他地方找工作。接着，有人来家里拿走了我们的收音机，因为犹太人不能拥有收音机。我们不能去公园或剧院。在街上，人们可以对我们为所欲为，没有人会阻止他们。”

鲁思拔着草，没有看科尔的眼睛。科尔觉察到，如果她看着他，就没法继续说下去了。

“爸爸失去工作的时候，他说我们唯一的希望就是离开德国来英国。我们会一起安全地生活在这里。”她不停地拔着草，“我们花了好几个月来筹划这件事。前一天我们以为已经有了正确的文件，第二天就发现这些文件全是错的，不得不从头来过。我们觉得随时会出台新的法律，爸爸会被逮捕，无法离开。最后，爸爸找到一家慈善机构，说能带我们离开德国，还能在英国给我们找一个住处。”

她的眼睛一直凝视着蜡烛。她集中全部的精力，设法找到合适的词语来解释。

“我们去到火车站，那里有很多儿童和家长，他们全都在哭。我不明白为什么所有人都在哭。我不明白为什么妈妈和爸爸没有带上他们的包。”她停顿了一下，“我上了火车，但是……妈妈和爸爸没有上车。他们说他们还要多待几天，他们会在我后面乘坐下一趟火车。他们说我要自己一个人走。他们说我必须勇敢。他们说这只是暂时的，我们很快就会重新在一起了。”她咽了口唾沫，“那就是我最后一次见到他们。”

科尔沉默了。也就是说，鲁思的父母被迫留在了德国。他们仍然被困在敌国，任何事情都有可能发生在他们身上，这让她如何能受得了？他有太多问题要问，但是现在不是时候。他只是任由她继续说下去。

“火车上只有小孩。”鲁思解释道，“有些人还带着他们的小弟弟或小妹妹。我不太记得那段旅程了，只记得它相当漫长。我记得当我们越过边境进入荷兰境内时，车站里有许多人都在为我们欢呼，为我们出了德国而高兴。我不明白这有什么好高兴的。”她的脸色阴沉下来，“我们终于到了荷兰，那儿有一艘船带我们来英国。太可怕了。船很大，但是船舱很小，还没有窗户。金属门、金属墙和船都在我们周围呻吟，仿佛处于某种极大的痛苦之中。我能想到的只有，等妈妈跟随我的脚步来英国时，她会多么讨厌这些啊。坐船她可受不了！”

有那么一会儿，她的声音弱了下去，但她马上又接着说了起来。

“最后，我们抵达了英国。我的父母给一位住在伦敦的德国老友写了封信，他可以负担我上寄宿学校的费用。在那所学校里，我什么都不懂。我只会说一点儿英语，而且一切是如此不同——食物、电灯开关、铺床的方式。老师们说我能在那里上学非常幸运，我必须感激得到的所有帮助。但我并不感到幸运。我不能跟任何人交谈。他们甚至让我和小宝宝们待在一起，因为我只会说德语。所以我整日都在读读读，努力学习英语单词。不久，我甚至开始用英语做梦了！妈妈和爸爸一直给我写信，说他们为我感到骄傲，说他们很快就能跟我在一起了，不用担心……”

她终于抬头看着科尔，他看见她的眼睛红红的。

“然后战争来了。妈妈和爸爸的信停了。爸爸的朋友被捕了，因为他是德国人。于是，没有钱再供我上学了，我必须离开。后来空袭开始了，我被送去农场和威尔克斯夫妇一起生活。我等着妈妈和爸爸的消息，但是当然没有任何消息传来。根本没人知道我在哪儿！”

科尔理解她的恐惧。所有人都听过这样的故事：士兵们从战场归来，发现全家都在空袭中遇难了，却没有人能告诉他们。战争使一切都陷入了混乱。

“我设法打听妈妈和爸爸的消息。”鲁思说道，“伦敦有一个地方，叫作布卢姆斯伯里之家。逃离纳粹的人可以在那里找到他们亲属的消息。我想给他们写封信，看看妈妈和爸爸是否来了英国，是否在找我……但是威尔克斯夫妇连一张邮票钱都不肯给我。”她的脸瞬间充满了仇恨，“你现在明白我为什么必须去伦敦了，对吗？我必须打听一下有没有妈妈和爸爸的消息，他们有没有在找我。”她开始颤抖起来，“如果布卢姆斯伯里之家在这次空袭中被炸毁，那我就永远无法得知他们的下落了……如果妈妈和爸爸已经来伦敦找我了，而轰炸开始……”

科尔抓住她的手，他想也没想就这么做了。他感到很羞愧。他一直专注于他自己和营救罗丝的重要性之中，没有考虑过鲁思可能在为什么而战，没有想过她可能比他还要痛苦。他想回家想了好几个月，但是鲁思却无家可回。

“我们能成功的，鲁思。我保证。我们会及时赶到那里。我们会查出你父母的下落。”

他做出了明知无法信守的承诺。他根本不知道布卢姆斯伯里之家在哪儿，不知道他们究竟要怎么去到那里、找到罗丝……但是他怎么能听完鲁思的故事而不想帮助她呢？

鲁思擦了擦眼睛：“我只希望我是个更好的小孩。或许那样妈妈和爸爸就会让我留在他们身边了。我们现在还会在一起。”

科尔很震惊：“你不能这么说。他们这么做是出于爱——他们想要保护你。你很幸运，你那时逃出来了。”

鲁思抽了抽鼻子：“是的。或者，也许在发生了这一切之后，纳粹还是会来到这里。所以一切都是徒劳。”

科尔想要争辩，但却打住了。鲁思说得没错。他知道为了自己的安全而失去所爱的一切却不确定这样做是否值得是什么滋味。但鲁思的情况就是这样，比他要糟糕得多。如果纳粹入侵，她所逃离的一切又会再次出现在她家门口。他想着他认识的所有那些为了逃离纳粹而来到伦敦的人，得知敌人又如此接近，他们现在一定很害怕。空袭之后，他们究竟会发生什么事呢？而他没有做任何事来帮助他们……

“科尔。”

科尔抬起头。他再次猛然发现鲁思的脸是如此严肃。他从未见过这么严肃的面孔。

“就算我们到不了伦敦，我也想说，非常感谢你为我所做的一切。我很高兴遇见了你。”

科尔笑了：“我也很高兴遇见了你。”

他是认真的。鲁思或许没有像彭德尔伯里一样驮着他，没有像诺克斯先生一样保护他，也没有像罗格王一样为他而战，但是她仍然以一种他自己也说不清道不明的方式帮着他。如果没有她，他不知道要如何完成这一切。

她用手拍了一下自己的脑门儿：“啊！我差点儿忘了！”她把手伸进包里，“我有一件礼物要送给你，没什么了不起的，就是我之前从地下室拿的一样东西。”

科尔皱起了眉头：“鲁思！你偷……”

他还没说完，鲁思就把礼物递给了他。科尔困惑地看着它。那是一条绿色的灯芯绒长裤。

“代替短裤！”鲁思说道，“这样你就不会再那么冷了。裤子挺好的，对吧？会合身吧？”

科尔惊讶不已。鲁思经历了这么多，居然还有时间来关心他。他不知道该说些什么。

“裤，裤子好极了。谢谢你。”他难为情地说，“我什么礼物都没给你准备。”

鲁思耸耸肩：“没关系。圣诞快乐，科尔。”

科尔笑了：“圣诞快乐。”他停顿了一下，“光明节的时候人们会说些什么吗？”

“查格萨米尔[1]。”

他试图模仿这句话的发音：“掐个虾米人儿？”

“嗯，差不多，但是是祝福。”

他们咯咯笑了起来，笑声飘过山坡，飘进了黑暗中。

---

① Chag sameach，希伯来语的英文转写，意为“节日快乐”。——译者注

溪谷

隆冬之王闭上眼睛。他向南搜寻。他向东南和西南搜寻。他黑色的目光扫视着每一片土地，寻找科尔的思想，寻找他的一点一滴，一呼一吸……

什么都没有。男孩的思想遍寻不着。他失去了他。

隆冬之王沉默片刻，随即尖叫起来。树木在大地上畏缩枯萎，动物们惊慌逃窜，孩子们从梦中哭醒。马在他身下痛苦地扭动，逐渐苍白，逐渐坍塌，直到马腿突然断裂，马向前屈膝，在地上摔得粉碎，扬起一大片灰尘。

隆冬之王站在马后。巨人让他失望了，他的计划落了空。守护者再次从他手中溜走。又一天过去了，他变得更加虚弱。无论绿人在做什么，都起了作用。他不能容忍此事发生。他已经如此接近成功，不能再让这一切从他手中溜走。

他环视着他所在的荒凉溪谷。他面前立着一块凹凸不平的巨石，像一座圣坛一样拔地而起。他知道自己该做什么。现在是午夜，是他的时间，仍是他的时间。他爬上石头圣坛，闭上眼睛开始召唤。

一切都发生在瞬间。他不需要抬头看，就知道他的召唤奏效了：他总是知道自己什么时候是一个人，什么时候不是。

“陛……陛下？”

犬魔站在他面前的大地上，她的脸吓得僵住了。

“您，您做了什么？”

溪谷里充斥着蠕动的黑暗。王的军队里所有的幻灵都站在他面前：嗥叫不止的黑狗军团；铁爪指尖的无眼女人；身穿干枯皮衣，形容枯槁，满面血痕的男人；数以千计的妖精和山精。隆冬之王在沸腾的深谷里抬起胳膊。

“王的军队，我把你们召唤至此，只为了一个目的：填满这里到伦敦之间的土地，找到守护者，带他们来见我。”

他等待着一声胜利的咆哮，却没有等到。幻灵们迷失了方向，不知所措，惊恐万分。许多幻灵从未离开过幻灵世界。现在，他们在毫无预兆的情况下被拽过关卡，穿越遥远的距离，来到了另一个世界。在这里，就连空气都能将他们灼伤，让他们干瘪。

犬魔战战兢兢地走上前去：“陛下，您不能这么做。幻灵世界一片混乱！许多原本效忠于您的幻灵已经开始反叛了。反抗军的势力日益壮大！您必须回到王座去！您把所有的军队都召来这里，现在……”

隆冬之王凝视着犬魔。

“你竟敢违抗我？”

他把手伸进袍子里，抽出一个漆黑无比的柄，那是由焦黑而扭曲的金属制造而成的。幻灵们立刻畏缩了。他们很清楚这是什么，他们知道它能做什么。犬魔吓得说不出话来，直往后退。

“我是黑暗之王。我拥有不可估量的力量。任何人若胆敢违抗我，我就让他从世界上彻底消失。”

隆冬之王向犬魔走去，他的眼里满是怒火，他长袍的边缘卷曲如烟。

“找到守护者。带他们来见我。去吧！”

他不需要说第二遍。犬魔从溪谷中飞驰而出，黑狗军团跟在她身后，在夜色中不停地嗥叫。黑压压的怪物群从山谷里奔涌而出，如同条条巨蛇奔向四面八方，直到隆冬之王再次孤身一人。

当他确定他们全都走了以后，他跪倒在石头上。他已经突破了自己的绝对极限。将他的军队召唤至此的魔法是巨大且不可想象的。他视线模糊，头晕目眩。

但他现在不可能被打败。守护者永远不可能战胜这么多幻灵。他们将被找到，绿人的计划将被终止，黑暗的平衡将被恢复。空袭将会到来，隆冬之王的力量将会变得比以往任何时候都更加强大，他将永远统治两个世界。他现在不能被阻止。这是他的时刻。

而且就算守护者设法躲过了他的军队……他也知道他们要去哪儿。

他将目光集中在往南许多英里的一个地方。

伦敦。

赫恩希尔。

罗丝。

“你在那里。”隆冬之王说道。

1940年12月27日

一个人的压力导致了其他二十七人的死亡

今天有消息透露，发生在汤顿附近，造成二十七人死亡的特快列车事故，是由“战争压力”造成的。

“司机身体健康，有四十年的工作经验。”交通部的一名检查员说道，“但是最近他的家在一场空袭中被毁，他因此备受压力。他的崩溃也有可能是灯火管制时期特别困难的工作条件所造成的。

“问题主要出在心理上：他无法集中精力，最终导致了事故的发生。”

新的一天

科尔睁开眼睛，他好几天都没有睡得这么香了。

他坐起来。天将破晓，油光闪闪的墙已经消失了。那条长裤让他觉得很暖和。科尔答应自己，从现在开始，他每天都要穿长裤，如果他想，甚至可以穿两条。

其他人已经醒了。诺克斯先生正在给鲁思收拾包袱，而鲁思正在帮罗格王把盔甲上的凹坑敲平。看到他们相互配合，科尔的心雀跃起来。

“你终于醒啦！我们还以为你永远都醒不过来了呢。”

彭德尔伯里看上去比前几天更精神，更机警了。科尔皱起了眉头，事实上，每个人的气色都很不错。罗格王昨晚的伤口和淤青已经完全好了。

“发生了什么事？”科尔疑惑地问道，“我感觉好极了。”

“是那些石头！”彭德尔伯里说道，“事实证明，这个石圈不仅有保护作用，还具有治愈功能。往南四十英里处还有一个。如果我们能在日落前赶到那里，就能及时到达伦敦了！”

科尔的心为之一振：“你确定你一天能走四十英里吗？”

“我感觉能走一百英里！”彭德尔伯里骄傲地说，“瞧瞧这天气——比昨天还要好！”

她说得没错，大范围的积雪已经覆盖了大地好几周，而现在终于开始融化了。他们比以往更加接近此次探险的终点。

“我们应该尽早离开。”彭德尔伯里说道，“这些石头正在给我指路，告诉我下一个圣所的方位。”

但听起来并不像是石头在给她指路，听起来更像是石头们在互相斗嘴。

“不，不，不！那座山以前在那边。”

“不是的！”

“我想我记得那座山在哪儿，亲爱的，我就来自那座山。”

彭德尔伯里无奈地看了他一眼：“呃……可能还要一小会儿。不如你和诺克斯先生去看看能不能找点儿食物路上吃？”

科尔皱了皱眉头：“我们难道不应该一起行动吗？如果我离你们太远，你们就受不到保护了……”

彭德尔伯里摇了摇头：“只要我们待在石圈里，就是安全的。你们一定要在九点之前回来——我们今天要赶很多路。注意听教堂的钟声！”

她朝山脚下一座古老的石头教堂点点头。那座教堂坐落在森林的边缘，它的门口堆放着沙袋，彩色玻璃窗上贴着粗棉布，保护窗户免遭炸弹的破坏。

科尔摇了摇头：“他们不再敲响教堂的钟了。现在教堂的钟声意味着英国被入侵了。”

诺克斯先生拍了拍他的后背："你不用担心这个，我会及时把咱俩带回来的，科尔少爷！"

"叫我科尔就好。"

"什么？"

"你又叫我科尔少爷了。"

"我有吗？"

"你有。"

"噢！抱歉，科尔少爷。"

"叫我科尔就好。"

"我就是这么叫的。"

獾说完就离开了。科尔笑了。事实上，他不再觉得厌烦了——守护者们的保护让他感到前所未有的骄傲。

他和诺克斯先生大步走下山坡，一起向森林走去。他们来到一个黑色的金属大门前，那里有一小片树林被围了起来。

"我们可能不应该再往前走了。"科尔说道，"这道围栏说明这是私人领地。私闯是违反法律的……"

他的声音弱了下去。诺克斯先生已经跳过了大门，在最近的一棵大树下采起了蘑菇。他一边哼着歌，一边把蘑菇塞进马甲口袋里。科尔跟着他爬过围栏。

"住手！"他说道，"还记得上次我们拿了不属于我们的食物，发生了什么事吗？"

"我只拿一点点！"诺克斯先生说道，"几把蘑菇，再来一两颗鸡蛋，我们或许就能做煎蛋卷了……"

“但如果它们有毒呢？”

诺克斯先生咯咯笑了：“我的天哪，科尔，我从百里开外就能闻到毒蘑菇的气味！”他摇了摇头，“说实话，你什么时候变得这么杞人忧天了？自从我们离开小屋，你就一直担忧个不停！你小时候那么爱冒险，所有那些想象中的探险你都孤身前往。发生了什么事让你变得如此……”

他话还没说完，声音就弱了下去。接下来是一阵沉重的沉默。诺克斯先生满怀歉意地挪动着身子。

“啊，当然，科尔少爷。我没有想到。你当然想要谨慎一点儿，在……在你爸爸的事故之后。谁都会这样的。”

科尔点点头。他不想再哭了，但他感觉眼泪就快流出来了。“我只是不想任何人再受到伤害。我知道失去你在乎的人是什么感受。而且我们还面临着这么多的困难。如果现在出了什么差错，我不只会失去罗丝，我还会失去你们所有人。”

诺克斯先生将一只爪子放在他的肩膀上：“孩子，我们守护者立下承诺，要陪伴你，保护你，直到你死的那一天为止。这是我们的职责。即使很艰难，但职责就是职责。”

科尔的心中涌起一股愧疚之情：“但是如果不是为了我，你们也不会冒这么大的风险。如果你们被彻底消灭了，那就是我的错！”

诺克斯先生摇了摇头：“不，科尔，不是的。我们闯过关卡的时候，很清楚自己在做什么。我们不是因为必须来才来的，我们这么做是因为我们爱你。”

“有爱就够了吗？”科尔问道。

獾笑了，那是一种科尔无法完全理解的笑容：“噢，爱能做的事会让你惊讶不已的，科尔。爱一直保护着我，不是吗？你对守护者的爱，让我们躲过了黑暗之神！想想看！他所有的力量，所有的军队，都比不上一个男孩的爱。嘿，这难道没有让你觉得一切或许会好起来吗？”

科尔笑了。诺克斯先生一直是守护者中最安静的那一个，但事实证明，在他破旧的马甲和冷漠的外表之下，是一个老派的浪漫主义者。科尔意识到诺克斯先生让他想起了谁——爸爸。

诺克斯先生伸出爪子，揉了揉科尔的头，就像爸爸以前那样：“记住我的话，孩子，有了爱的支持，我们就有了隆冬之王求之而不得的东西。爱帮助我们闯过了关卡，爱也会带我们回家！”

科尔忽然想起了几天前的一件事。

“诺克斯先生，你们是怎么闯过关卡的？莱昂纳德说仅凭你们三个，是不可能……”

诺克斯先生慌得蘑菇都掉了：“好了，聊得够多了！煎蛋卷可不会自己做好的，对吗？哈哈，想象一下！一个煎蛋卷自己就做好了！哈哈哈！”

科尔皱起了眉头。诺克斯先生依然在试图隐瞒一些事情，而且他依然做得很糟糕。科尔不知道是什么事，但他不会很快得到答案的。“我们回去吧。这附近是找不到鸡蛋的。”

诺克斯先生拍了拍自己的鼻子：“这你就错了，科尔！告诉你，我能闻到附近有一栋房子，里面装满了——”

“喂！”

科尔差点儿吓得灵魂出窍。他转过身。一个头戴平顶帽，身穿外套的男人正从他们身后的大门上跳下来。那是一名场地管理员，带着一只猎犬。

“你以为你在做什么？这里可是私人财产！”

科尔慌了：他们现在得赶紧逃跑。他转身去抓诺克斯先生，但是诺克斯先生再次消失了。如果有一件事是獾擅长的，那就是消失得无影无踪。

“快点儿，坦白！”管理员愤怒地说道，“他去哪里了？我从山顶看见你在跟一个人说话！”

“呃……”科尔倒是希望自己知道。他根本不清楚诺克斯先生去了哪里，他只看见管理员的狗在最近的一棵大树底下嗅来嗅去……

科尔僵住了。诺克斯先生紧紧地抓着管理员头顶最低的一根树枝，刚好位于他视线之外。狗已经闻到了诺克斯先生的气味，随时会发现他。

“我……嗯……”

“天哪，你穿的都是什么啊？”

科尔低头看了看自己的着装。他的样子一定非常古怪：少年军制服现在变成了一块由裂缝、泪水和干掉的污泥组成的拼布。而那条肥大的灯芯绒长裤更是雪上加霜。

管理员顿时恍然大悟：“等等，你不会是待在黑文克罗夫特吧，是吗？”

科尔眨了眨眼睛：“黑文克罗夫特？”

男人朝树林点点头。远处，一座宏伟的石头庄园就隐藏在树林后面。科尔的心为之一振，趁着猎犬还没发现诺克斯先生，这是他甩掉管理员的好机会。

“是的！”他说道，“就是那里。我待在黑文克罗夫特。很抱歉引起了混乱。”

管理员摇了摇头。“我的天哪，我不知道他们现在还接收小孩。”他一把抓住科尔，“好了，来吧，我带你回去。你不应该来这里的！”

科尔慌了：“等一下！我——”

猎犬开始叫了起来——它发现了诺克斯先生。管理员转过身：“怎么了，梅齐？你发现什么了？”

“不！”科尔大叫一声，让他转了回来。

管理员满脸困惑：“嘿！你在搞什么把戏？”

科尔飞快地思索着。他现在不能逃跑，这个男人已经起了疑心，如果他叫来警察，那一切都结束了。他必须拖住管理员，越久越好，然后一有机会就溜走。

“我说‘不’了吗？”科尔说道，“我的意思是……是的！带我回黑文克罗夫特吧，拜托了！”

管理员瞪着他，随后摇了摇头，似乎接受了他的古怪行为。他低声嘟囔着带着科尔走了，猎犬不情愿地跟在后面。科尔偷偷向后瞥了一眼。诺克斯先生依然紧紧地抓着树枝，一脸惊恐地看着科尔离去。他想要跟上去，但是科尔摇了摇头。守护者们为他赌上了一切，现在轮到他来帮助他们了。

“你确定没有其他人跟你一起？”管理员问道。

科尔点点头：“没有了，只有我。”

科尔最后一次向后张望，他看见诺克斯先生跳过围栏，朝山上的石圈跑去。

六天以来，科尔第一次只能靠自己了。

黑文克罗夫特

科尔和管理员朝庄园走去。每走一步，科尔决定留下的主意似乎就显得愈加鲁莽。他究竟要如何脱身？他们的时间已经所剩无几。而现在，只要他没回去，守护者们就会被困在石圈里，若是他们敢迈出一步，就会被隆冬之王发现。科尔只能祈祷诺克斯先生可以平安地回到他们身边。但如果他没有呢？

管理员带他穿过庄园的大门，科尔皱起了眉头。黑文克罗夫特完全不是他期望的那样。他以为这里到处都是上流人士和仆人。但事实上，所有人都穿着睡衣和晨袍。大厅里摆放着一排排的椅子和病床，戴着紫色臂章的护士正在给每个人发放毯子和茶水。

科尔终于明白他们在哪里了。他听说过乡间有这样的临时医院，城里的人会来这里休养几天。防空队员、救护车司机、瓦砾清理员……那些被持续的轰炸逼到边缘的人。他看到的每一处都有受伤的痕迹。有些人脸上有伤，或是胳膊和腿上缠着绷带。有个人颤抖得太厉害，不得不在护士的帮助下喝茶。他现在明白了罗丝说伦敦的情况很糟糕是什么意思。他一直待在巴克斯顿，远离着这一切。

“这么多人。”科尔低声说道。

管理员瞥了他一眼：“你不是说你待在这儿吗？”

科尔点点头：“我，我是啊！跟我的父母一起——噢，瞧，他们在那儿呢！”

他指着男人身后。管理员转过身去。科尔一秒都没有浪费，他挣脱出来，飞快地跑进人群中。

“喂！回来！”

科尔拼命奔跑，现在，他必须想法子离开这里。分秒必争。今天是他和守护者们补回失去的时间的最后机会了。他必须赶回石圈，趁着……

“菠萝？”

科尔猛地停住脚步。他被前面一桌下国际跳棋的男人挡住了去路——其中一个人站起来指着他。是加里，两天前试图射杀诺克斯先生的国民警卫队士兵。

“就是他！那个……那个东西袭击我的时候，这个男孩就在现场！”

科尔的脸色变得苍白。人们都在往这边看，询问这里闹哄哄的是怎么回事——他们很快就会开始问问题了。

一个戴着紫色臂章的女人拍了拍加里的肩膀：“别闹了，迪格比先生，放过这个可怜的孩子吧。你知道医生是怎么说的，别再谈‘夜魔’了！你受到了严重的惊吓，但你现在安全了。”

加里勉强离开了：“再说最后一次，那不是我编的！问问菠萝！问问他那个怪物的事！”

“没错！”坐在他身旁的男人说道，他从头到脚都缠着绷带，“既然他在场，那他就可以解决关于那只隐形獾的争端……”

“闭嘴，内夫。”

趁着还没人阻拦，科尔急忙跑开了。他必须在管理员追上他之前找到一条出去的路，这样他才能偷偷翻过围栏，回到守护者们身边。他看到大厅的另一头有扇通向庭院的门，便冲了过去。

这一次，他差点儿就成功了。然而就在最后一秒，他被一名护士拦住了。她一脸厌恶地瞪着他：“我的天哪，瞧瞧你的样子！你叫什么名字？”

“科……我是说，菠萝。”科尔迅速说道。

护士叹了口气，然后摇了摇头：“又是伦敦来的。”她一把抓住他的胳膊，“好了，菠萝，我带你去除虱子，再换件干净的衣服。”

科尔的眼睛瞪得大大的：“除虱子？”

护士嫌弃地瞥了他的衣服一眼：“最好除两次。”

她把他扔进一个热气腾腾的房间，里面摆放着盛满水的大铁盆。她剥掉他的衣服，把他搓了个遍；再给他的头发涂上臭不可闻的药膏，熏得他睁不开眼；接着把一根棍子戳进他的嘴里；然后塞给他几件浆过的睡衣和一件至少大了五个码的二手套头毛衣；最后塞给他一杯茶和一个咸牛肉三明治，把他扔回门厅，让他像一条被剃光毛的狗一样瑟瑟发抖。

“哎哟！这是张刚除过虱子的男孩的脸。”

科尔抬起头。一个女人坐在他面前的柳条椅上，她头上戴着卷发筒，嘴里抽着烟斗。她拍了拍身旁的椅子。

“来吧，休息一下！你可以听新闻放松放松。”

她咯咯笑着，朝前面的房间点了点头。在那里，有许多人挤在一个巨大的收音机旁，听着最新的头条新闻。新闻广播员正在描述前一晚的空袭。但是像往常一样，他不能说出任何真实的地名，以防被敌人听见。于是人们都在扯着嗓子争论，试图理清到底发生了什么。

“听见没？又开始轰炸了！”

“一个北方城市，肯定是曼彻斯特！”

“胡说！一定是利物浦，圣诞集市都被轰炸了那么多次……”

“他们说，火鸡还在摊位上烤着！”

“还是没有美国人的消息……”

“所以呢？我们才不需要美国佬的帮助……”

“哈！我猜你宁愿让纳粹把我们炸进一个新的黑暗时代？”

“那你想怎样？投降？”

“唉，如果美国人再不尽快采取行动，我们就输了。”

科尔注视着争论不休的人群，心里一沉。在与魔法生灵大战了六天以后，战争的现实突然再次摆在他面前。守护者们说得没错，空袭带来的不仅是炸弹。空袭还带来了黑暗、恐惧、分裂，所有那些隆冬之王尽情享用的东西。伦敦被摧毁之后，情况只会变得更糟。

科尔不能待在这儿，他现在必须离开，去完成他的冒险。他蹑手蹑脚地朝最近的那扇门走去……就在这时，管理员带着猎犬闯了进来。

“有人看见一个穿得像个猴子的男孩了吗？他刚才还在这里！”

科尔转过身，迅速坐回女人身旁，尽量让自己看上去很正常。幸好，管理员没有认出换了身衣服的他，更幸运的是，臭烘烘的除虱药膏似乎遮掩了他的气味，猎犬也闻不到他。管理员离开房间，又开始在大厅里走来走去，寻找他的踪影。科尔现在不能冒险离开——他必须等到警报解除。在那之前，他都得尽量让自己看上去很正常。他咬了一口三明治，这好吃到超乎想象。

“那么！你是从哪儿来的？”

科尔抬起头。满头卷发筒的女人正笑眯眯地看着他。

“呃，伦敦。”科尔说道，“赫恩希尔。”

女人笑了：“真的吗！那我们差不多算是邻居。我在斯特里汉姆开公交车。如果你坐过 133 路公交车的话，你一定见过我。”

科尔咧开嘴笑了：“我经常坐那趟车！”

谈起公交车让人感觉是那么容易又那么自然。女人握了握他的手：“我叫艾达。很高兴认识你。”

“我叫科尔。”他觉得自己不需要用一个假名字，他觉得在艾达身边很安全。他一只眼睛仍盯着正在隔壁房间里寻找他的管理员。

“那么，是什么风把你吹到黑文克罗夫特的，科尔？”艾达说道，“来看望父母吗？”

科尔不知道该说些什么。幸好，她在他试图说谎之前阻止了他。

“不！别回答，我太多管闲事了。我不需要知道。”

科尔皱起了眉头：“你为什么在这里呢？”

她开怀大笑：“很公平！嗯，有一次空袭的时候，我在开车。一枚炸弹正好落在公交车旁边。他们说那枚炸弹有一百公斤！我被从车窗炸飞了出去，大半条马路也被炸毁了。幸好那时车上没有乘客。”

科尔被三明治噎住了：“你在空袭期间开着一辆公交车？”

艾达耸耸肩：“是否停运由司机决定。公交车是唯一能让伦敦继续运转的东西了，不是吗？再说，但凡你开过周五晚上停运前的最后一班公交车，就没有什么能吓到你了。”

科尔抬起头。管理员已经不见了——警报终于解除了。但有件事却让他留在了座位上。一个在他心中燃烧已久的问题。

“艾达……空袭是什么样的？”

她瞥了他一眼：“你不知道吗？”

科尔不停地摆弄着睡裤的裤腿：“空袭开始前，我就被撤离了。我一直想知道空袭是什么样的。我的姐姐还住在伦敦，空袭的时候，她骑车四处奔波，我……”

他的声音弱了下去。艾达叹了口气。

“好吧……每次都不一样。有时候防空警报响了，你跑去防空洞等上一整晚都无事发生。还有的时候，炸弹就在门外，你的牙齿在脑袋里打战，灰尘每隔几秒就会落下来，人们对着天花板破口大骂。但是等待才是最糟糕的。你整晚都躺在那儿，想着可怕的事情随时都会发生。然后，黎明时分，警报解除，你必须起床去上班！”她咯咯笑了起来，“这是如果你愿意去公共避难所的情况。有时候，防空警报在半夜响起，我甚至懒得从床上爬起来。我就躺在那儿，听天由命。”

科尔惊奇地盯着她：“你真勇敢。”

艾达摇了摇头：“我跟其他人一样害怕。人们说你会习惯的，但这全是胡说八道。你应该感到害怕。如果你不怕就不对了。”她抽了一口烟斗，“太多勇敢的人都死了。”

她看着他，然后停了下来。科尔的手抖个不停，茶水全都洒在了大腿上。

“天哪，这是怎么了？”她关切地问道。

科尔最不希望的就是引人注意，但他实在忍不住了。突然，他又哭了起来：“对不起，只是……我一直很担心罗丝，我的姐姐。我们从圣诞节前起就没通过话了。我一直在想她可能会遭遇到的所有可怕的事情……”

艾达一脸难过：“噢，可怜的孩子！我不是有意要让你担心的。我敢肯定你的姐姐绝对没事。”她拍了拍他的肩膀，“听我说，我儿子后天会开车带我回家。他是名军官，有自己的车！

他会很乐意送你去伦敦的，你又可以见到你的姐姐了。”

科尔摇了摇头。后天太晚了。到那时，空袭应该已经开始了。“你真好，艾达，但是……”

“或者你现在就可以去办公室，给她打个电话？”

科尔顿了一下：“电话线又通了吗？”

艾达点点头：“暴风雪一停就通了。去吧！去跟你的姐姐说说话，我保证你会感觉好点儿的。我会帮你看着你的三明治。”

科尔感到自己的心跳加快了一些。这可能是个机会，他可以提醒罗丝将会发生的事。她甚至可能会相信他所说的空袭。科尔现在就能让她离开伦敦，结束他的冒险。不仅如此，他还能再次听到她的声音。他已经六个月没听过她的声音了。他想知道她的声音是否一如往常。

“谢谢你，艾达！”

她笑了：“这没什么。我们都得彼此照顾，不是吗？”

他偷偷溜到办公室。果然，桌后的女人允许他使用电话。他让接线员为他接通赫恩希尔的同线电话——他们和同一条街上的其他住户共用的电话。电话响了。科尔向后瞥了一眼，心怦怦直跳，他祈祷着在被抓之前能有机会跟罗丝通话……

“喂？”

科尔倒抽了一口气。电话线那头不是罗丝，而是跟他们相隔两户的邻居贝内特夫人。

“贝内特夫人？拜托您，我没有太多时间。罗丝在吗？”

贝内特夫人听上去十分震惊：“科尔！我的天哪，你在哪儿……？”

“他在这儿！”

科尔转过身。来不及了，管理员正穿过门厅大步向他走来，身后还跟着一队护士。

“就是他！我查过记录了，上面根本没提到这里有个小孩！”

现在，门厅里的每一个人都注视着他。一名护士从他手中夺过听筒，啪的一声挂断电话：“好了，你跟我走。让我们把这件事查清楚。”

科尔倒抽了一口气。全完了。他冒着重重危险，只是为了能跟罗丝通话，而现在他永远都无法回到守护者身边了。“求求你！你不明白。我必须去——”

他沉默了。一个声音穿过门缝，响彻大厅，在大理石地板上回荡。每个人都突然停了下来。这是一个很久很久都没有人听过的声音。

“教堂的钟声。”管理员不可置信地说道，“他们……他们敲响了教堂的钟。”

一名护士手中的茶杯托盘哗啦一声掉在地上。一个绑着绷带的男人从病床上一跃而起。

“你们不知道这意味着什么吗？我们被入侵了！纳粹来了！”

房间里瞬间炸开了锅。忽然间，人们往四面八方跑去，拿上能拿的东西，把所有的物品都塞进箱子里，而护士和戴着臂章的女人则努力维持秩序。

“保持冷静！大家请待在原地！”

科尔一下子就被遗忘了。他愣在原地，脑袋里一片混乱。自战争开始以来，整个国家一直在害怕这一刻的到来：纳粹入侵，英国沦为战区。这对鲁思和她的父母意味着什么呢？还有那些睡在雪地里的人？那些待在这里的人？他现在到底要怎样才能去到伦敦？罗丝要怎样——？

他被一把揪住脖子，拖出门外。科尔恍然发现自己躺在花圃里，一只手捂住了他的嘴巴。

准确地说，是一只爪子。

“从现在开始，”彭德尔伯里在他耳边咆哮道，“没有我，你哪儿也不许去。”

科尔开心得都要哭了。他们全都蹲在他身边的花圃里——彭德尔伯里、罗格王，还有鲁思。他们都很好。唯一缺席的是……

“诺克斯先生到哪儿去了？”科尔问道。

“去帮我们转移注意力了。”彭德尔伯里说道，“在那样失去你之后，这是他最起码能做的事。说实话，你给了那只獾一桩美差！”

她把科尔甩到背上，然后匆匆穿过庭院。当教堂的钟声响彻树梢时，他们从围栏上一跃而过。

“可是你们没听见吗？”科尔说道，“他们在敲钟！我们被入侵了。”

“这个，呃……并不完全是真的。”鲁思说道。

彭德尔伯里在小路旁的一组木门边猛然停住。路对面是他们之前见过的那座教堂，钟塔里回荡着最后的钟声。两名国家警卫队的士兵刚冲进去，诺克斯先生就从另一侧的百叶窗里挤了出来，朝他们飞奔而来。

科尔恍然大悟。

“教堂的钟，是你敲的？”科尔喘着气问道，“我们没有被入侵？”

“没有。”诺克斯先生跳到彭德尔伯里的背上，说道，“但除非我们马上离开，否则我想我们会有一个非常愤怒的牧师要对付……”

科尔皱起了眉头——这件事还是有点儿说不通。

“等等，你们是怎么来到这里的？”他问道，“你们说过你们必须一直待在我身边，否则就会被隆冬之王看见！待在我爱的口袋里，对吗？”

彭德尔伯里咳了一声：“呃……嗯，是的，没错。但事实证明，有别人的爱，我们也能离开石圈。”

科尔眨了眨眼睛：“谁？”

守护者们转过身来。鲁思的脸涨得通红。科尔吃惊地张大了嘴巴。

“鲁思？你，爱他们？”

鲁思耸耸肩：“所以呢？这也不是特别重要。”

守护者们回避着彼此的目光，他们全都尴尬极了。科尔笑了。分享他的朋友起初感觉很怪异：他们一直是他的私人专属伙伴。但是与鲁思分享他们，感觉却是世界上最自然不过的事了。

“好了！”罗格王突然说道，“最好快点儿走吧！”

“没错！”诺克斯先生同意地说，“今天还要赶很多路！”

“机不可失，失不再来！”彭德尔伯里说道。

他们以最快的速度穿过树林，最后的钟声在森林里回荡。他们试图表现得随意一些，但是科尔不由得注意到，现在他们之间的联结更加紧密了。

黑暗大军

人的迹象越来越少。

道路变得稀疏，山峦高低起伏，天空愈加宽广。在短暂地回归现实生活之后，科尔似乎再一次将世界抛在身后了。

“下一个石圈是到达伦敦前的最后一个圣所。”彭德尔伯里提醒他说，“如果我们今天能赶到那里，那么最后一天我们就只需要走三十英里了。”

“你确定你可以做到吗？”科尔问道。

彭德尔伯里坚定地绷紧嘴巴：“我们别无选择。”

她匆匆跑过这片大地。正如她所说的一样，在圣所待了一晚之后，她的力量比以往任何时候都更加强大。可她现在要走的路也比以往任何时候都更加艰难。大雪压垮了河岸，将泥土变成了淤泥，引发了可怕的洪水。他们在淹水的田地里奔跑了好几个小时，爬过百年来磨损严重的岩壁，翻过如同碎头骨般坍塌的石墙。不一会儿，科尔的腿就因紧张的骑行而疼痛不已。而彭德尔伯里好几个小时都把所有人驮在背上，他无法想象她有多累。每走一英里，她的脸上就多一份倦容——她的步伐慢了，她的呼吸变得沉重，但她依然继续前行。

终于，当太阳开始悄悄溜向地平线的时候，他们来到了一座小山跟前。小山俯瞰着一片贫瘠的棕色田野，周围是一圈树墙。

彭德尔伯里皱起了眉头：“不对。那些石头说这里有一片森林——一片很大的森林。”

“曾经有过。”罗格王说道。他指着前方，一个参差的树墩戳在地上。这里有几百个树墩，像胡茬似的覆盖着这片田野。

科尔脸色一沉：“他们把树木用于战争物资。他们把树全都砍了。”

鲁思皱起了眉头：“战争物资？请问这是什么意思？”

“为武装部队准备的东西。”科尔说道，“木材、燃料、报纸、牛奶瓶盖。”他搓着指关节，不停地拉扯手指上的皮，“甚至还有金属围栏。”

他们默默凝视着荒凉的大地。这是一幅凄凉的景象，感觉就像站在墓地里。

“我不喜欢这个地方。”鲁思低声说道。

“我也不喜欢。”科尔说道，“我们——”

“彭德尔伯里。”诺克斯先生一只爪子按在棍子上，毛发直立，“这里还有其他人。”

科尔倒抽了一口气。诺克斯先生说得没错。科尔也感觉到了：风中飘来了一丝腐烂和怨恨的气息。可怕的东西即将到来。非常可怕的东西。他的胸口立刻腾起一阵恐慌：“我们必须去圣所！”

“不。”彭德尔伯里惊恐地睁大双眼，“没时间了。我们必须在这里扎营，就现在！”

科尔惊愕地环顾四周。山顶上，一棵孤零零的树若隐若现，看上去就像一根死人的手指。除此之外，什么都没有。他们暴露在外，没有任何防护。没有比这里更差的地方了。“我们不能待在这里！”

“我们必须待在这里。”彭德尔伯里说道，“他们随时会来。我们必须把火生起来。在他们到来之前生一堆大火。”

科尔倒吸一口气：“在谁到来之前？”

她没有回答，而是飞奔到树墙边。守护者们在紧张的沉默中拾起一根根树枝，架在彭德尔伯里的背上，运往山顶。科尔也加入进来，他不明白他们为什么要这么做，却不敢问。不久，他们就在山顶上堆起一摞比科尔还要高的木头。

“科尔，快点儿生火。”彭德尔伯里说道，“我们没有多少时间了。”

科尔用定量配给的火柴生起火来，他努力让自己的双手停止颤抖。唯有专注生火，才能让他不至于陷入完全的恐慌。他机械地快速添柴，一次尽量不要添得太多，以免将火闷熄。一小簇火焰很快在地上燃烧了起来。

“罗格，诺克斯先生，去多拿些木头，能拿多少拿多少。”彭德尔伯里说道，“我们必须让火整夜燃烧。这是唯一能阻拦他们的东西。”

科尔的整个身体都僵住了：“阻拦谁？”

守护者们没有理他，而是向之前森林所在的地方奔去。科尔看着他们离开，心中愈发恐惧。

“他们不能单独行动，他们会失去保护的！”

彭德尔伯里摇了摇头：“这已经不重要了，科尔。”

科尔惊恐地环顾四周。夜幕正在迅速降临。月亮现在不过是天空中的一道缝。暮色渐浓，而他脚边的火堆显得如此渺小。突然，他受不了了。只剩下一天时间了，他们却在这荒郊野外，可怕的东西正在袭来……

“我去帮他们！”他大叫道。

他跟在诺克斯先生和罗格王身后，冲下了山坡。

“科尔，别去！”彭德尔伯里大叫道。

但他没有停下。他飞快地跑下山，很快就回到了那片只剩下树墩的森林里。他尽量将每一根树枝都捡起来，塞进怀里，直到他的肩膀累得酸痛，他的双手扎满了木刺。他不知道即将向他们袭来的是什么，但他知道情况很糟。他从内心深处就能够感觉得到。他不能让自己惊慌失措，他必须集中精力完成任务，拾起尽可能多的柴火，趁着……

他停住了。

他的眼角余光处闪过一丝光亮。光亮来自森林深处的某个地方。一个微弱的黄色光球，在树木间静静地摇曳。

科尔一动不动地看着它。光球很美，而且它似乎……在跟他说话，说着什么重要的事情。

“科尔，你在那里吗？快过来！”

科尔倒抽了一口气——是罗丝。她听起来需要帮助。终于又听到了她的声音，这感觉真好。他都忘了自己有多么怀念她的声音。他扔下木头，向光球跑去。他隐约意识到自己刚刚受了惊吓，但他不再担心火堆，也不再担心空袭。他没有任何尘世的烦恼。他只想接近那个光球，这样他就可以……

有什么东西把他的肩膀狠狠地扳了回去，感觉就像肩膀被浸在了冰水里。科尔转过身来："嘿——！"

他身后空无一人。森林里空荡荡的。

科尔咽了口唾沫。这不是他的幻想，有什么东西把他拉了回来，就像他上次被从噩梦中拽出来时一样。他环顾四周，收集来的柴火都被他扔掉了。他皱了皱眉头，他为什么要那么做？他现在得回到其他人身边，趁着……

就在这时，他看见了诺克斯先生。

獾就在他前面几英尺的地方。科尔之前甚至没有注意到他在那里。诺克斯先生所有的注意力都集中在他面前漂浮着的光球上。光球也在对他说话，但不是罗丝的声音。

而是科尔的声音。

"救救我，诺克斯先生！求求你！"

泪水刺痛了诺克斯先生的眼睛："我来了，我的孩子。我不会再让你受到任何伤害，我发誓……"

科尔惊恐得胃里一阵紧缩。突然，他看清了光球的真面目——一个陷阱。诺克斯先生走得更近了，光球向后摆动，露出后面蹲伏在黑暗中的身影，它安静地呼出沸腾的白气……

“诺克斯先生！”

獾猛地转过身子。与此同时，一只手伸了出来，离獾就差几英寸。光球缓缓升起。那是一个挂在枯枝上的灯笼。灯笼后面有一个人，看上去仿佛一辈子都生活在黑暗之中。他有着苍白的大眼睛，病态的白皮肤以及蝙蝠般干瘦带蹼的手。他懊恼地发出一声尖叫，再次扑了上来。诺克斯先生向后一跳，挥起棍子将灯笼打得粉碎。那个苍白的男人仿佛自己被打中了似的，大声咆哮着跑远了。破败的树林再次陷入了黑暗，而这一次，比他们意识到的更加黑暗。

“诺克斯先生！”科尔大叫道，“那是？”

“提灯人。”他害怕地迅速说道，“他不会孤身一人。噢，我们得走了，我们必须走了！”

他一把抓住科尔，把他拽出了森林。彭德尔伯里、鲁思和罗格王站在山顶的篝火旁，满脸惊恐。恐惧感在他们周围聚积，一秒比一秒更严重：科尔能在胸口，在胃里，在喉咙深处感受到它像反胃一样涌了上来……

嗥叫声从四面八方传来。这是科尔听过的最恐怖的声音：它响彻他的骨头，像寒针一样刺痛他的皮肤。一声，一声，一声，又一声，从林地的各个方向传来。

“隆冬之王的军队！”罗格王大叫道，“噢，我们完蛋了！”

彭德尔伯里迅速行动起来：“架火！把火架高，把火烧旺！这是唯一能阻拦他们的方法！”

守护者们把能找到的所有木柴都堆到了篝火上。木头劈啪燃烧，照亮了山坡。而此时，黑暗像雪崩一样朝他们压了过来……

“他们来了！”

一群狗从林地的各个角落跑了出来，像洪水一样轰隆隆地扑向光秃秃的大地。科尔立刻发现他们面对着上百条狗，寡不敌众。狗群绕着山坡，将科尔他们团团围住。他们在火光的边缘嗥叫、狂吠，却无法靠近分毫。光就像酸一样灼烧着他们。守护者们站在一圈吠叫的狗面前，与他们对峙。

一条狗挤到了前面。她比其他狗都大，但也只大一点儿。她身上伤痕累累，脊柱将脑袋推近地面。

“犬魔？”彭德尔伯里低声说道。

科尔很震惊——彭德尔伯里认识这个可怕的怪物。而且犬魔似乎也认识她。她们俩面对面地站在火光边缘的两侧：一个在光明中，一个在黑暗里。

“你违抗隆冬之王的时间够久了，彭德尔伯里。”犬魔说道，“现在投降吧。”

彭德尔伯里冷冷地笑了笑。如果她很害怕，那么她掩饰得很好。

“我一直在想，我们什么时候会再见面，但我从没想过会是这样。所以，你现在是隆冬之王的将军了？向他隐瞒你认识我这件事，容易吗？你一定很怕他发现……”

“够了。”犬魔怒叱道，“你们陷入的麻烦比你们想象的还要多。投降吧。”她挪了挪爪子，“如果抵抗……我们就把这个男孩带走。”

诺克斯先生和罗格王倒抽了一口冷气。就连犬魔身后的狗群都被吓了一跳——他们不高兴地咆哮着，在黑暗中来回踱步。

彭德尔伯里连眼睛都没眨一下：“你已经沦落到这种地步了吗，犬魔？为了取悦他，你要违背我们族类最神圣的法则，去伤害一个人类？”

犬魔眯起眼睛：“隆冬之王在位时，法则就不再重要了。你们自己投降吧，否则我们就把他带走。”

科尔的心怦怦直跳。他在彭德尔伯里和犬魔之间瞥了一眼，她们俩沉默地面对着对方。

“如果你想要他，”彭德尔伯里冷静地说道，“那就从阴影里出来，把他带走。”

狗群吼叫起来，声音越来越大，好似暴风雨中的大海。

犬魔撇了撇嘴：“如你所愿。”

狗群步步逼近，黑暗从四周围了上来，形成一堵扭曲的墙。火光阻拦了他们，但也只是勉强拦住而已，无法穿过他们，无法越过他们。守护者们被困住了，成了黑暗之海上的一座光明岛屿。

“彭德尔伯里，”科尔低声说道，“他们的数量太多了。”

“我知道。”她说道，“不过我们还是要战斗。”

“但我们没有足够的柴火……”

“科尔。”彭德尔伯里给了他一个眼神，起初看上去似乎是恐惧，但却根本不是恐惧，“待在火边，把火架高。把火烧旺。

别让他们赢。”

战斗开始了。狗群围着篝火嗥叫、狂吠，他们一次又一次地跳进光明，试图抓住科尔或鲁思。但每一次，守护者们都会把他们打回去。罗格王拿着剑左戳右刺；诺克斯先生用力地挥舞他的棍子，将狗打得四脚朝天；彭德尔伯里把自己变到最大，用爪子扫来扫去。每次有狗想抓她，她就向后跳。这些狗只能在光明处待上几秒钟，再久就会被灼伤。但即便如此，这也像是在试图阻拦洪水。

“让火继续燃烧！”彭德尔伯里大声对科尔和鲁思喊道，“别让他们再靠近了！”

科尔和鲁思抓起一根又一根树枝，架在火上，直到山顶上的篝火变成一片熊熊燃烧的地狱之火。很快，火焰蹿上他们无法企及的高度，炽热得让人难以忍受。科尔被灼伤了脸，呛了喉咙，眼睛也看不见了，他的衣服烧焦了，胳膊上的汗毛也被烧化了，但他仍在继续。现在，篝火之外的世界已经跟他完全失去了联系，风声湮没在狗群无止境的吠叫之中。守护者们一次又一次地击退涌向他们的黑暗……

“就是这样，科尔！”彭德尔伯里大声喊道，“继续！继——”

突然，变故发生了。犬魔从黑暗中冲了出来，紧紧咬住彭德尔伯里的一条腿。彭德尔伯里痛苦地叫着，试图挣脱。然而其他的狗立即向她扑来，将她拖进了黑暗中。

“彭德尔伯里！”科尔尖声叫道。

他想也没想就采取了行动。他从篝火里抓起一根燃烧的树枝，树枝末端离火焰的距离刚好够他握住而不被烧到。他追着她冲进了黑暗。

“科尔少爷！不！”诺克斯先生大喊道。

科尔没有停下来。他不能失去彭德尔伯里，他必须去救她。他能看见她就在他前方的黑暗中，与龇牙低吼的狗群搏斗。科尔猛扑上去，左右挥舞着燃烧的树枝。狗群嗥叫着躲开火光。

“滚开！我不会让你们抓走她的！”

他辟出一条路，直奔她而去。她被咬得遍体鳞伤，整块整块的皮都被撕扯下来。她惊恐地望着他。

“科尔，你在做什么？”

“救你。”他把她拉了起来，“快点儿！我们必须回去！”

然而话音刚落，他手中的火光就开始渐渐熄灭。树枝快要烧完了，狗群知道这一点，将他们团团围住，随着火光逐渐衰弱、暗淡，黑暗的包围渐渐收紧。科尔转过身来，在狗群从四面八方逼近时，绝望地挥舞着最后一丝光亮。现在没有办法回到篝火旁了，科尔甚至连火焰都看不见了。

“科尔！”

一道白光乍现，令人目眩。狗群嗥叫着四散开来。科尔挡住脸。鲁思和守护者们拉倒了那棵枯死的树，把它直接靠在了篝火上。所有的树枝都烧着了。这棵树变成了一根熊熊燃烧的火柱，逼迫狗群从科尔和彭德尔伯里身旁退开，开辟出一条通往安全的道路。

“我们能做到，我们必须继续前进！”科尔大喊，“我们只需要阻止他们上前！”

于是，他们就这么做了。他们奋战了一个又一个小时，将一根又一根的木头堆在燃烧的大树上，直到整个山坡几乎都成了火炉。他们打败了一个又一个妖怪，在黑夜逼近时，击退了无尽的黑暗浪潮。

当然，没人看见这个场景。这个国家的其他人都安全地躲在家里。那晚透过窗帘瞥见远处荒野中熊熊火光的人，会以为那只是空袭中被击中的另一栋建筑。没有人知道，那晚守护者们和黑暗军团就在毫发之外展开了一个小时又一个小时的秘密战斗……

突然，战斗结束了，就像战斗开始时一样迅速。

狗群仿佛被烫伤了似的，缩了回去。吠叫声停止了。科尔抬起头，高兴地大叫起来。冬日幽暗阴冷的晨光掠过大地，朝他们飞奔而来。太阳正在升起，白昼再次到来，他们成功了。

犬魔疲惫不堪的脸因恐惧而垂了下来：“不！我们现在不能停下！我们不能让隆冬之王失望！我们不能让他们跑了！”

但其他的狗并没有听，他们一窝蜂地向远处跑去，回到他们来时的黑暗之中。犬魔绝望地看着他们逃走：“回来！”

“现在还不晚，犬魔。”

犬魔转过身，彭德尔伯里站在冒着烟的余烬上看着她。彭德尔伯里的脸烧伤了，斑驳一片，毛发也被烟熏黑了。

“你不必跟随他。你可以为绿人而战。你可以帮忙制止这一切。”

犬魔浑身颤抖——科尔一生中从未见过有谁如此害怕、如此绝望、如此无助。“我，我不会听从像你这样注定失败的幻灵的建议！我已经做出了选择……”

“你可以重新选择。”彭德尔伯里平静地说，“你可以的。”

犬魔盯着老虎看了一会儿，接着发出一声痛苦的嗥叫，转身跑开了。科尔看着她消失在森林里。山坡又空了。他跪在烧焦的土地上，身体的每一个部位都发出疲劳的声响。但是他们做到了。他们和黑暗奋战了一整晚，并且取得了胜利。眼泪从他脸庞上滑落，在他满是灰烬的脸上和衣服上留下一道道水痕。他不知道眼泪是被烟熏出来的，还是来自纯粹、无忧的解脱，但是泪水流个不停。

“我们做到了，我们把他们挡住了！”科尔大叫道，“我们还来得及！”

没有人回应。他们全都看着彭德尔伯里。她待在火边，一步都没有移动。她左右摇晃，她的腿在颤抖。

“彭德尔伯里？”

她试图转过身来，但是没有做到。她重重地倒在了地上。

“彭德尔伯里！”科尔大叫道。

他连忙爬到她身边，接着倒抽了一口气。她的毛发上沾满了鲜血。犬魔咬伤她的地方比他想象的要严重得多。她抬起头看着他，眼睛突然变得像石头一样暗淡。

“科尔，对不起。我应该跑得再快一点儿，我应该及时把大家带去圣所……”

科尔摇了摇头：“没，没关系。圣所很近了，我们可以带你过去，治愈你！我们还是可以做到……”

他停住了。彭德尔伯里又看了他一眼，这是他从未见过的眼神。

“我，我想我只能带你到这里了，科尔。”

科尔眨了眨眼睛：“你是什么意思？彭德尔伯里？”

她没有回答。她的眼睛注视着他身后的某个东西，他视线之外的某个东西。

“对不起。”她再次低声说道。

她的头触到地面，不再说话了。唯一的声音是山坡上逐渐熄灭的火花声。新的清晨，太阳升起。

1940 年 12 月 28 日

天黑以后
出门散步时，
为了安全，
请穿白色衣服！

行人：

· 记住，你能看见驾驶员，但驾驶员很有可能看不见你。

· 所以，要穿戴或携带白色或发光的衣物。

驾驶员：

· 记住，你掌控着可以杀人的武器。

· 小心谨慎，考虑周全。

由于灯火管制，上个月有 1146 人死于交通事故……其中大多数都是可以避免的。

彭德尔伯里

科尔凝视着面前躺在泥地上的老虎。她目光呆滞，呼吸沉重而急促。突然间，她看上去十分渺小。她一直都很坚强，即便在忍受痛苦的时候也是。他从没见过她这个样子：如此虚弱，如此无助，如此绝望。而这都是他的错。为了帮助他，她将自己逼得太紧。现在她伤得很重，很重。

“彭德尔伯里，等等！我们会把你带去圣所，坚持住……”

“不，孩子。”诺克斯先生站在他身后。他的马甲已经被撕成了碎片，“我们必须继续前进。只剩下一天时间去伦敦了，我们现在不能耽搁。”

科尔惊恐地摇了摇头：“不，不！我们得找到圣所，这样她才能痊愈！帮帮我！”

他试图把彭德尔伯里抬离地面，然而却是徒劳。她太沉了，似乎有千钧重。

“彭德尔伯里，缩小一点儿，这样我就能抬着你了。快！”

但她似乎听不见他说话，她只是躺在地上喘着粗气。

科尔感到有一只手搭在他的肩膀上，是罗格王。他的盔甲被熏黑了，眼睛红红的："我的王，她不会想要拖累我们的。"他停顿了一下，"她会希望你留下她，继续赶路。"

科尔盯着他，一言不发。他一定是在开玩笑。他们不能把她丢在这里，丢在荒郊野外，丢在这个可怕的地方。她是他最早的朋友之一。她把一切都给了他。

"我们不能这么做。"他低声说道。

"我们必须这么做，我的王。"

"但是……"

"不。"

鲁思走上前来。她的裙子被撕烂了，上面沾满了污渍。她的头也在夜里某个时候被严重割伤，鲜血顺着额头慢慢流下来，但她的眼神却异常坚定。

"科尔说得没错。"她说道，"之前是她驮着我们，现在轮到我们抬着她了。来吧。"

诺克斯先生和罗格王对望了一眼，然后点点头。他们四个把彭德尔伯里从地上抬起来，扛上肩头。

科尔抚摸着她耳朵后面的毛发，凑了过去。"彭德尔伯里，去圣所走哪条路？"他低声说道。

她虚弱地呻吟道："科尔，不……"

科尔孤注一掷："不！你是我的守护者，无论我提什么要求，你都得照办，对吗？那么告诉我圣所在哪儿！"

她凝视着他，她的眼睛发灰，她的呼吸急促。她朝前方点点头："在林地后面。我们得穿过去。"

他们抬着她穿过森林，一路走得缓慢而艰难。他们跌跌撞撞地走下山坡，穿过冰冷的小溪，滑倒在岩石上，还被树枝划破了皮肤。过了一会儿，抬着彭德尔伯里开始变得轻松了，科尔起初松了口气，但后来他意识到这是因为她变小了。她不是故意这么做的，她在他们的臂弯里慢慢缩小，就像一个漏了气的气球。他不愿去想这意味着什么。很快，她已经变得很小很小，只靠诺克斯先生和罗格王就可以抬着她。

"彭德尔伯里，你一定要坚持住！"科尔恳求道，"我们就快到了，再往前走一点儿。"

他不知道这是不是真的。他完全不清楚自己身在何处。但为了她，他必须继续寻找。他现在无论如何都不能让她失望。

时间渐渐流逝，森林不断延伸。他们往荒野深处走去，直到他们所转的每一个方向看上去都和上次的一模一样。科尔的头一抽一跳地疼，他的腿不停颤抖，胳膊和脸上的烧伤持续刺痛。不一会儿，他们全都疲惫不堪。而彭德尔伯里已经变得那么小，诺克斯先生把她抱在怀里，仿佛抱着一个熟睡的孩子。

终于，他们来到了一个满是泥和雪的滑溜溜的陡坡顶上，小路到了尽头。他们无处可去，四周的森林暗了下来。

科尔发狂地转过身来："圣所一定在这里！必须在这里！"

"科尔少爷，"诺克斯先生说道，"我们快没时间了……"

"不！"科尔坚定地说道，"我们能找到的。我们能治愈彭德尔伯里，赶去伦敦……"

"我说的不是这个，科尔少爷。"

诺克斯先生把彭德尔伯里递过来。科尔的心揪了起来。老虎现在是那么的小，诺克斯先生都可以用两只爪子捧着她。她缩小的速度越来越快。科尔强忍住内心的情感。

“请，请让我抱抱她。”

诺克斯先生默默地将她递了过来。科尔低头看着她，温柔地抚摸着她脸上的毛。她看上去如此虚弱，如此脆弱。她的骨头就像火柴一样不堪一击。

“你必须坚持住，彭德尔伯里。我们马上就能找到圣所了，我保证。然后你就会好起来，我们会救出罗丝，就像我们一直计划的那样。我们还有时间……”

他抬头看着天空，声音弱了下去。

他从南看到北，从东看到西……但是他找不到月亮。没有它的踪迹。天空一片漆黑。

这一发现如同一记重拳打在他肚子上。

“是新月。”科尔惊愕地说道。

鲁思盯着他:“什么意思？”

科尔咽了口唾沫。这件事太大，太可怕，几乎无法大声说出来。

“在幻象里……夜空中没有月亮。”他勉强说道，“那就是空袭发生的时刻——新月，已经到了。”他看着她，“我们太晚了。我们失败了。”

诺克斯先生和罗格王张开嘴巴，但却无话可说。鲁思摇摇晃晃地站起来，累得哭不出来。最糟糕的事情发生了。他们走了那么远，离得那么近，却失败了。一切都结束了。科尔一屁股坐在地上，注视着手中的老虎。就连他此刻看着她的时候，她都在缩小。她的心跳轻轻地敲着他手掌的皮肤，直到微不可察。

“噢，彭德尔伯里……对不起。”

他的眼睛里噙满泪水。为了帮助他，她放弃了一切。她击退了一整个黑暗军团，只为了那百万分之一的机会去救他的姐姐。然而这一切都白费了。他辜负了她。他失去了爸爸，失去了罗丝，现在连她也失去了。

“你拥有她的声音，你知道的，对吗？”他说着，泪如雨下，“罗丝。我给了你罗丝的声音。我一直是这么想象你的。可现在我失去了你们俩。”

他感到一只手搭在他的肩膀上。

“我的王，我们必须在夜幕降临前找到圣所。”

“她快死了，罗格。她快死了，而我们却什么都做不了。”

“科尔少爷，隆冬之王的军队很快就会回来找我们，而且——”

“那不是炸弹造成的，你知道吗？”

科尔抬起头，望着树林外。前面什么都没有，只有黑暗。但是科尔并没有看他面前的东西。他在看其他东西，他内心深处的某个东西，过去几个月来他一直隐藏着的东西。

“那次事故。我知道大部分人都以为爸爸是被炸弹炸死的，其实并不是。灯火管制的时候，他像往常一样骑车回家。马路上有一块砖头，但是天太黑，他没看见。他撞到了砖头，然后突然转向，冲向了马路对面的一辆小汽车。他从自行车上摔了下来，头磕到了金属栏杆上，就是这样。医生说他应该没有任何感觉。”他咽了口唾沫，“那些栏杆已经不在那儿了。一周后，他们把栏杆拿走，用作战争物资了。”

他们周围的森林一点一点地暗了下去。科尔凝视着他手中小小的身影，还没有一只瓷老鼠大，她的呼吸渐渐停止。

“这就是问题所在，不是吗？如果他是被炸死的，我可以因此而憎恨某个人。等我长大了，我可以参军，和纳粹作战，让他们为自己的所作所为付出代价。但他不是被谁杀死的。只是……黑暗。”

前面的森林在移动，树干弯曲，嘎吱作响。科尔抬起头。

“你怎么能跟黑暗作战呢？”

守护者们拔出武器。

“科尔，他们来了！”诺克斯先生大叫道，“隆冬之王的军队，他们发现我们了！”

但是科尔一动不动。他待在原地，注视着一个巨大的怪物穿过树林朝他们走来。他们无处可逃，也无力抵抗。科尔甚至不再害怕了。他已经没有什么可怕的了。

罗格王一把抓住鲁思，将她推到科尔身旁。他和獾在他们前面筑起了最后一道保护墙。

“要来的已经来了。”诺克斯先生拿着棍子说道，“祝你好运，罗格。”

“罗格王。”

骑士热烈地抓着他的肩膀。

“再见了，老朋友。”他说道。

那头怪物缓慢地从黑暗中走了出来。他是那么的高，以至于他的头顶几乎越过了森林。起初，科尔以为他戴着某种王冠，接着他意识到是他的头被树枝覆盖了。他的整个身体都由木头雕刻而成，眼睛是深深凹陷的窟窿，嘴巴是道裂口。长而枯萎的卷须从他体内生长出来，顺着他的肩膀垂到地上。科尔一生中从未见过如此扭曲、如此古老、如此破败的东西。他是如此衰弱，几乎奄奄一息。

但并不完全如此。

“看，你找到我了。”绿人说道。

绿人

诺克斯先生和罗格王扑倒在地。

“快趴下！”

鲁思照做了，但是科尔却一动不动。他看着绿人朝他们走来。这位生命之神跟他们在酒馆门上看到的那幅画像一点儿都不像。他如此阴郁，又如此衰老。他每走一步，树根就从他的脚下钻进地里，让他稳稳地站着。

“你们不应该来这里。”绿人说道，“你们会把他的密探引到我这里来。你们必须马上离开。”

“请原谅我们，大人！”诺克斯先生颤抖着说道，“我们不是有意要……”

他的声音弱了下去。科尔经过他身旁，向绿人走去。

“科尔，不要！”罗格王大叫道。

但是科尔继续往前走。他很害怕，但不是害怕绿人。他现在只能专注于一件事。他捧起彭德尔伯里。

“我的朋友快要死了。”他说道，“求你了。你一定要帮帮她。”

绿人低头看着科尔掌心里小小的老虎，摇了摇头。

“这件事我无能为力。”

“不，你能。你是生命之神，不是吗？那就救救她。”

绿人瞪着他。

“我不是你的仆人，孩子。我不会因为你的要求而让她起死回生。”

“她还没有死，她只是快死了。”科尔强咽下眼泪，说道，“而且我不是在要求你，我是在求你。求你帮帮她。求求你。”

绿人同情地凝视着科尔，再次摇了摇头。他脖子上的木头肌肉因转动而噼啪作响，听起来十分痛苦。

“事情不是这样的，孩子。我比任何人都更了解死亡。它是只能往一个方向转动的轮子。你不能让轮子倒转，就像你不能让河水倒流一样。”

科尔咆哮着说：“别跟我说这个。别假装谁生谁死是有规则的。如果有的话，那我的爸爸还会活着，我的姐姐会很安全，彭德尔伯里会因为她的所作所为被加冕为女王。”他再次将她捧起，“你打破了规则才进入这个世界，不是吗？那就再打破一次规则。我知道你能让她复活。别对我撒谎。”

绿人注视着他，他凹陷的双眼没有流露出任何情感。

“不，我现在不能这么做。”

“为什么不能？”

“看看我。”

绿人举起他手上垂下的枯萎藤蔓。

“我比以往任何时候都要虚弱。我必须把所有的力气留到春天，那时又是我的时节了。那将是我夺回王座的唯一机会。”

科尔终于明白了。绿人不只是用圣所来躲避隆冬之王，他还在设法疗伤，以便反击。

“但你不能等到春天。”科尔说道，“伦敦随时会发生一场空袭——一场迄今为止最严重的大空袭。这场空袭一旦发生，隆冬之王将比以往更加强大。你必须现在就反击，阻止空袭发生！这是你唯一的机会！”

然而绿人只是再次摇摇头。他看起来如此泄气，如此绝望。

“我不能冒这个险。如果我输了，那么一切都输了。我必须等到我足够强大的时候。”

科尔沮丧地颤抖起来：“你不明白吗，如果空袭发生了，那么隆冬之王将会变得不可战胜。你现在再不战斗，就永远没有机会了！几百万幻灵都仰仗着你，几百万人类也是一样！”

“不，现在不是我的时节。”

“那就把它变成你的时节。”鲁思说道。

她站起身来，也面对着绿人。

“在你东躲西藏的这段时间里，幻灵们一直在为你而战。”她说道，“他们冒着重重危险来找你，想带你回去。他们没有等到合适的时机才行动——他们这么做是因为他们必须这么做。”

科尔的眼睛亮了：“没错！而且这也起作用了。隆冬之王的力量越来越弱，全都是因为幻灵在反击！”他举起彭德尔伯里，“瞧见没？她虽然不是神，但她带来了变化。因为她违抗了隆冬之王，闯过了他的关卡，这让他显得很弱小，也给了其他人继续战斗的希望。如果你现在反击，想想会有什么影响！一切可能都会改变！”

绿人若有所思地点点头。在他巨大漆黑的眼窝里，科尔似乎瞥见了一道绿光。

“也许吧。过去几天，我已经感觉到了世界的变化。我已经感觉到了力量的平衡发生了动摇……”

绿人凝视着四周的大树——树木凋零，一片叶子都没有……他摇了摇头。

“我必须耐心一点儿。两个世界的未来岌岌可危。”

科尔惊恐万分：“你就……任由所有人去死吗？”

绿人没有回答，他转身朝森林走去。

科尔追了上去，怒火中烧：“好！如果你不肯尝试，如果你打算转身离开，任由他们死去，那救救她！”他举起彭德尔伯里，“如果她这么无足轻重，那么不需要多少魔法就能救她，对吗？”

绿人瞪着他：“我不会拿我的力量去冒险帮助一个人。”

“为什么？总比什么都不做要好！”

“一条生命不会产生影响。”

“胡说！”科尔说道，“如果不是彭德尔伯里，我就不会在这里，不是吗？我会在巴克斯顿。相反，我在这里，为他们俩而战。比你做的还要多！”

绿人凝视着他，一动不动。科尔继续说道：

“那我爸爸呢？他不仅仅是一条生命，不是吗？他或许没做过什么，但是他对我和罗丝来说代表着一切。而且因为他对我们的教导，罗丝继续去帮助其他人。想想看她能够拯救的所有生命。每一条生命都可以继续挽救上百条生命。所以，别跟我说一条生命不重要。一切都很重要。”

绿人的身体开始发生某种变化，仿佛科尔说的每一个字都让他生长了。他的眼中绽出野花。他身体上的裂缝里涌出一波波的虫子，让他的皮肤起伏、摇摆。枯萎的藤蔓上长出了新芽，弯弯曲曲地缠绕在科尔的腿上，末梢还开出了花朵。

“瞧见没？”科尔说道，“看看你自己！你还有力量！你可以反击！”

绿人摇了摇头，但是他内心深处似乎有什么东西被点燃了，势不可挡。

“也许吧。也许。如果你们六个带着如此渺茫的希望，都已经走了这么远……”

科尔皱起了眉头：“我们五个。”

绿人停顿了一下，他的目光越过科尔的肩头。

“我知道了。”

他的视线又在科尔肩后停留了一会儿。接着他痛苦地大叫一声，开始向后移动。他的树根脚把泥土一块一块地翻了起来，他跌跌撞撞地走进了黑暗中。一簇簇雪花莲从他走过的地方破土而出，在他身后留下一串白色的印迹。

科尔追了上去：“不！别走！”

但是绿人并没有离开。他痛苦地弯着腰，设法在两棵树之间稳住身子。他的肩胛骨噼啪裂开，新的藤蔓像瀑布一样从他身体里冒出来，向森林的四面八方蔓延。科尔惊恐又惊奇地看着这一切。绿人正在发生变化，而且他停不下来。他站立着的那片荒枯的大地上鲜花盛开，花朵在林地上生长、蔓延。树木里爆发的生命力让它们颤抖不已，每一根树枝都抖动着长出新叶。空气中飘满了花粉，浓得可以饮用。

科尔的体内也发生了变化——他的血液在沸腾，他的内心在燃烧，他的大脑仿佛在冒烟。他从未感到如此清醒，如此有活力，几乎有些难以承受。而且这一切没有停下。生命的万花筒在他体内和周围爆发，越来越大，越来越强，越来越狂野和明亮……

“鲁思！诺克斯先生！罗格王！发生了什么事？”

他紧紧地抱住脑袋，转向守护者们，但是他看不见他们了。光太亮了。生命震荡着从森林里滚了出来，进入了黑暗，进入了远处的大地。世界旋转起来，科尔摔在了地上。青草像一只绿色的手包裹着他，将他抬上一个光明的宇宙，向着火焰熠熠不灭的中心，向着……

罗丝？

午夜守护者

“罗丝？”

“嗯？”

“蜡烛灭了。”

那是一个午夜。科尔四岁，罗丝九岁。暗井角小屋阁楼上的卧室里一片漆黑。

罗丝半睡半醒地呻吟了一声：“蜡烛总有熄灭的时候，科尔。”

“可是太黑了！”

“午夜本来就很黑啊。”

“如果有夜魔怎么办？”

楼梯上传来嘎吱嘎吱的响声，一个脑袋从门口探了进来。是爸爸，他的脸在煤气灯的光亮里微微发光。科尔只能依稀辨认出他的胡子，他稀薄的头发和他疲惫而温柔的眼睛。

“要知道，如果你们醒着的话，圣诞节就不会很快到来了。”他说道。

“科尔又在说什么夜魔了。”罗丝咕哝着说。

“没有，我没有！”科尔说道。

一想到在爸爸面前担惊受怕，他就感到无地自容。但爸爸似乎并不介意。他从不介意。他爬进阁楼，坐在科尔床边。这不是一间像样的卧室。楼下放不下的破烂儿全都堆在这里，屋子中间支着两张行军床。爸爸重新点燃蜡烛，蜡烛一根根亮了起来，房间里再次焕发出光彩。

“你可以放心啦。一切正常。”

科尔不安地扭来扭去：“如果蜡烛又灭了怎么办？”

爸爸微微一笑：“夜魔是不存在的，科尔。而且就算他们真的存在，你姐姐和我也会保护你不受他们的伤害。”

科尔想了想。

“怎么做？”

爸爸皱起眉头：“什么怎么做？”

“你没法及时赶来。”科尔说道，“而她不管发生什么事，都能睡得着。”

罗丝在枕头里呻吟了一声表示抗议，然后马上又开始打起了呼噜。

科尔睁大眼睛看着父亲：“你不在的时候，谁来保护我呢？”

爸爸看着他。烛光下，他的身影半隐半现。科尔看见他眼角的皱纹在微微抽动。科尔立刻就知道，爸爸想到了好主意。

“嘿，”他说道，“当然是你的守护者了。”

科尔眨了眨眼睛：“我的守护者？”

爸爸点点头：“嗯，没错。善良、勇敢、温柔的家伙，在你睡着的时候保护你。他们全在这栋小屋里。”爸爸环视着阁楼，“像是……他。”

他指着角落里一个落满灰尘的旧玩具——一只毛绒獾坐在椅子上，身上穿着一件破旧的马甲，手里拿着一根疙疙瘩瘩的木棍。爸爸把蜡烛靠近獾，火焰在它琥珀色的眼睛里闪耀。

“这是诺克斯先生。他在一英里外就能闻到夜魔的气味。当他看到他们时，梆！他一棍子敲在他们头上，把他们吓跑了。”

科尔咯咯笑了起来:“真的吗？”

“真的。”爸爸说道，“而且照顾你的守护者可不止他一个。你瞧。”

他指着远处墙上的一幅陈旧的画——一位鼓着眼睛，蓄着大胡子的英勇骑士。画家弄错了比例，所以骑士看上去只有四英尺高。

“他看上去很没用。”科尔说道。

“你可不能当他的面这么说。”爸爸警告道，“他是罗格王，是整个英格兰地区最勇敢的骑士！他会与怪兽搏斗，还会屠龙。必要的时候，他还会向一整支军队发动进攻。但是他宣誓，他的首要职责是保护你。夜魔根本没有机会。”

科尔从没听过爸爸这样说话。他平时是那么安静、沉稳且镇定。而他却在这里，为他编织傻乎乎的故事。这让科尔从头到脚都温暖起来。

“诺克斯先生和罗格王总是为谁来照顾你这个问题而争论不休，他们大部分时间都在吵架！”爸爸说道，他从身旁的五斗柜上拿起一个摆件，“他们很幸运，有彭德尔伯里来管住他们。”

爸爸举起那个摆件——一头瓷老虎，不比一只老鼠大多少。

“他不能当老大。”科尔说道，“他太小了。”

爸爸笑了：“她是一头母老虎。而且只要她愿意，她随时可以改变体形，变大或变小，变高或变矮。她是最强、最快、最聪明的守护者，并且她也发誓要保护你。他们全都如此。”

“为什么呢？”科尔问道。

“因为他们爱你。”爸爸说道，“还因为这是他们的职责所在。”

他吻了吻科尔的额头，他的胡茬蹭着他的鼻子。科尔喜欢爸爸这样做。

“每当天黑的时候，科尔，你的守护者总是在保护着你。无论发生什么事，他们都会照顾你。”爸爸给他掖好被子，“就像我走了以后，你和罗丝会互相照顾一样。答应我你会这么做，科尔。我知道罗丝比你大，但她也需要有人照顾。每个人都需要。”

科尔不太明白，但他还是点了点头：“我答应你。”

“真是我的好孩子。”爸爸说道。

科尔听着爸爸嘎吱嘎吱地走下楼梯，回到楼下他自己的卧室里。那里比阁楼的房间更小，也更冷。爸爸把最好的房间让给了他的孩子。

科尔又睁着眼睛躺了一会儿。他感到刚刚发生了一些重要的事——不仅仅是一个故事，还有一些他不太明白的事。他感到世界好像发生了某种变化。他凝视着周围烛光中微微发光的身影：獾、骑士和老虎。

他的守护者们。

“在这里保护我，”科尔低声说道，“无论发生什么事。”

1940 年 12 月 29 日

空袭炮火，
注意安全！

在这个短暂的圣诞假期里，你是否采取了一些预防措施来保护你的家免遭燃烧弹的烈火侵袭？以下是一些安全提示：

· 如果你要去外地过圣诞节，务必确保遮光窗帘已经拉好，所有的灯都熄灭了，煤气表关掉了，浴缸里放满了水。

· 务必确保屋外的沙桶、泥桶和水桶都已装满，且便于取用，以便帮助其他人扑灭任何由燃烧弹引发的火灾。

· 告知你所在地区的防空队员你要离开，以及在哪里可以找到你。

地动山摇

科尔睁开眼睛。

黑暗消失了，阳光普照。曾经的寒冷、困倦、垂死的感觉此时被温暖、清爽和生机勃勃所取代。

他已经不在森林里了。他正躺在一个巨大的岩石山坡旁，湛蓝的天空一望无际。他不知道他在什么地方，也不知道他是怎么来到这里的。他破烂的睡衣和套头毛衣不见了。他穿回了少年军的制服。但它们不再破旧不堪。它们看上去从没这么光鲜亮丽过，制服上的泥巴已经被弄干净了，纽扣也闪亮如新。

“科尔？”

鲁思茫然地坐在他身旁。她的裙子一尘不染。她额头上的伤也消失了。

“发，发生了什么事？我们在哪儿？”

科尔坐起来，四处张望。守护者们也一一醒来。罗格王的盔甲亮堂得如同抛了光的玻璃。而诺克斯先生从未显得如此不邋遢。

他们身旁，她正在用爪子把自己撑起来……

“彭德尔伯里！”

科尔简直不敢相信他的眼睛。她还活着。她腿上的伤已经完全好了。此前，她离死亡只有毫发之隔。而现在她仍在这里，恢复了原来的模样，她皮毛的色泽比任何时候都要明亮。这真是个奇迹。

“真的是你吗？”科尔低声问道。

“是的，科尔。”她说道，“而且我不是狐狸。”

所有人都注视着她。

“狐狸，”她说道，“‘唬你’。我是老虎。”

一阵长久的沉默。

她朝他们示意：“瞧见没？我都说了我能讲笑话。”

其他人大叫着、欢呼着扑到她身上。只有科尔还留在原地。他心里有一部分想高兴地哭出来，毕竟，彭德尔伯里还活着，不可能的事情发生了。

然而……

鲁思瞥见了科尔的脸。她立刻意识到事情不太对劲：“科尔？科尔，怎么了？”

他看着面前的守护者们被一道灿烂的阳光照亮。天气再好不过了。在这样一个世界里竟然会发生那么可怕的事情，想想都觉得奇怪。他的眼睛里泛起泪花：“你不记得了吗？新月。空袭已经发生了。我们来不及去救罗丝了。”

彭德尔伯里倒抽了一口气：“噢，科尔……”

科尔摇了摇头：“我们，我们都那么近了。再多一天就足够了。现在我们什么也做不了，只能——”

“歌革做到了！歌革找到了守护者！”

他们转过身去。一个人正从岩石山上向他们奔来——一个非常大，非常吵，还非常非常重的人。

“歌革？”科尔不可置信地说道。

确实是他。巨人朝他们跑来，活像一只兴奋的小狗——如果小狗重达八十吨，每一步都在大地上留下一英寸深的脚印的话。守护者们后退一步，拔出武器。

“不，不！歌革不打架。”他挥舞着胳膊说道，“歌革来帮忙！”

诺克斯先生皱起了眉头：“帮忙？你在说什么？”

歌革骄傲地笑了：“歌革遇见守护者后，经历了很多重要的变化。他离开了堕落、没有方向的犯罪生活，戴上了眼镜！看见了吗？”

他戳了戳自己的脸，力度堪比大锤砸砖墙。他在自己眼睛上方好几英尺的地方给自己画了一副上下颠倒的眼镜。

“歌革用新获得的智慧和丰富的词汇做好事！”他骄傲地说，“他找到其他巨人，说服他们加入对抗隆冬之王的战斗。歌革的话悦耳动听，很有说服力。现在所有的巨人都为绿人而战，多亏了歌革！如果不是好心的大猫的建议，他永远都不会这么做。”他拍了拍彭德尔伯里的头，把她拍出了轻微脑震荡。

科尔一句话都说不出来。难怪过去几天世界开始变得如此不同——幻灵世界的战争局势已经悄悄起了变化。正如他对绿人所说的那样，一个人就足以改变一切。

“不仅如此，”歌革兴奋地说道，“你们感觉不到吗？绿人回来了！整个幻灵世界都感受到了他的归来！”

这倒是真的——现在与其说是冬日，不如说是春日的早晨。笼罩大地数周之久的绝望、恐惧和黑暗全都消失了。

“他说得没错，我的王！”罗格王大笑道，“不管你跟鲁思对绿人说了什么，都改变了一切！你没有感觉到吗？形势已经逆转了！”

彭德尔伯里直愣愣地瞪着眼睛：“等等，你遇见绿人了？！”

“没错！”歌革说道，“他回到幻灵世界，夺回了王位！现在就连妖精和仙子都转而反抗隆冬之王了。整个幻灵世界都在找他，这样绿人就能在空袭发生之前把他关起来！”

科尔皱起了眉：“等等，你说空袭发生之前是什么意思？空袭昨晚就发生了啊！”

歌革摇了摇头：“恰恰相反！科尔大错特错。幻象还没有发生！还有时间阻止隆冬之王！”

科尔困惑不解：“但是……昨晚是新月。我亲眼看见的！”

彭德尔伯里眼睛一亮：“但是新月不是只有一天，对吗？它会持续两到三天。幻象显现的事可能发生在今晚，或者明晚！我们还有时间赶去伦敦救罗丝！”

希望突然像一股电流击中了科尔。她说得没错——他们还来得及。他看着天空，太阳快要落山了。难怪自他们遇见绿人后发生了这么多事，他们几乎睡了整整一天。再过几个小时，黑暗就会降临。

“但我们怎样才能及时赶到伦敦呢？”他叫道，“一旦进入灯火管制，空袭可能就开始了！”

“哈！你们以为歌革为什么会在这里?！”歌革说道，“他来帮助你们完成冒险！如果不是守护者们，歌革永远不会改过自新，遇见新的女朋友。他现在就带你们和她一起去伦敦！”

科尔眨了眨眼睛:“女朋友？”

歌革指了指他身旁空荡荡的地方。

“她的名字是卡冈图雅。”

科尔瞥了旁边的守护者们一眼。

“呃……卡冈图雅总是隐身的吗？”

他不说话了。歌革并不是指着空气，他指的是旁边的小山，正在站起来的那座小山。

卡冈图雅花了好长时间才直起身来，毕竟，她有一百多英尺高。当她完全站起来以后，她的头顶似乎刮擦着云朵。小鸟栖息在她的耳朵里，高山小山羊从她的肩膀跳过。她把如巨石阵中的巨石那么大的一根手指插进鼻孔里，页岩鼻屎顿时如雪崩般落下。

“卡——冈——图——雅——来——帮——忙。”她咆哮道。

“嘿，”罗格王说道，“这才是真正的巨人。”

科尔从未如此接近天空。

他紧紧地抱着卡冈图雅的头，风从他身边呼啸而过，大地在他们身下倾斜、滚动。这感觉就像在海上风暴中紧紧抓着悬崖的边缘。巨人一步就跨过了整个山谷。科尔身旁坐着守护者们，后面是歌革。歌革高高地坐在卡冈图雅肩头，正如玛各坐在他的肩头一样。

“卡冈图雅和歌革已经在一起快六个小时了！”歌革解释道，“我们是灵魂伴侣。她一下子就能把你们带去伦敦，而且她会小心谨慎！她会低调。”

“这是我见过的最棒的钓鱼方式。”诺克斯先生嘀咕道。

太阳已经开始落山了，这让他们移动的速度更加难以判断，但他们一定在以惊人的速度前进。科尔可以看见身下的道路蜿蜒曲折，如同掉落的丝线，工厂连墙接栋，火车轨道从全国各地汇聚到一个点。他们很快就会抵达伦敦。在经历了这一切之后，终点终于近在眼前。他们已经走了这么远，不可能有其他结局。

“你能相信吗，鲁思？”他大叫道，“我们终于能带你去布卢姆斯伯里之家，找出你父母的下落了！”

鲁思没有回答。

“鲁思？”

她抬起头，脸色惨白。过去两个小时，她一直把脸像海星一样紧贴在卡冈图雅头上。

“是的。”她尖声说道，“非常好。现在如果你不介意的话，我不想再说话，也不想再看任何东西了。”

卡冈图雅发出低沉的隆隆声，慢慢停了下来。歌革指着前方："就在那儿！伦敦！"

科尔透过黑暗仔细张望……然后倒抽了一口气。远处，一整座城市被粉色和红色的灯光所照亮。

"我们做到了！"他的脸色一沉，"但是……为什么亮着灯？太阳已经落山了，现在应该是灯火管制时间！"

呼啸的风声减弱了一会儿，一个声音隐藏在风声之下，科尔立刻认出来了。低沉的嗡嗡声，渐渐增强为轰鸣声。他一下子明白了。他几乎每晚都听到巴克斯顿的屋顶上传来这个声音，却从未习惯它。

这是飞机的引擎声。

伦敦上方的云朵散开了。它们就在那儿——一大群银色的轰炸机，底部被聚光灯照亮。然后是更多的声音：迫击炮遥远的爆炸声，炮火的轰隆声，防空警报的尖啸声。

科尔倒抽了一口气。伦敦上空的不是云，而是烟。那一片光亮不是路灯，而是火光。

空袭已经开始了。

他们来得太晚了。

空袭

科尔倒抽了一口气。伦敦着火了。他们面前，整座城市都被血红色的火光所照亮。这景象并不如他在幻象里看见的那么糟，但他猜测这只是时间问题。罗丝可能现在就在大街上，骑着车在各个哨所之间传递消息，完全不知道整座城市很快就会被大火夷为平地。

“空袭已经开始了！我们得去找罗丝，现在就去！”

歌革看上去有些紧张：“卡冈图雅不能再带你们继续前进了。人太多了。她可能会踩到他们！”

科尔很绝望：“但我们还在好几英里之外！怎样才能及时赶到赫恩希尔呢？”

“瞧！”

鲁思指着下面。黑漆漆的马路上，一对车灯正向他们蜿蜒靠近。那是一辆小汽车——几个月来科尔看见的第一辆。而且司机显然看不见魔法，车子朝着卡冈图雅的脚径直冲了过来。

“卡冈图雅！放我们下来，快！”

巨人弯下身子，守护者们从她的胳膊上跑下来，跳到了马路上。科尔及时挥手拦车，车子嘎的一声刹住了，离卡冈图雅的脚踝只有几英寸。坐在副驾驶座的女人从车窗探出头来。

“你们这些白痴！你们究竟在干什么啊，站在大马路中——？”

“艾达！”

原来是她——黑文克罗夫特的那个女人。驾驶座上那个穿着军官制服、挥舞着拳头的男人一定是她的儿子。

“我没从你俩身上碾过去算你们走运！”他喊道。

科尔瞥了其他人一眼。那么，艾达和她的儿子只能看见鲁思和科尔——至少这让事情变得容易多了。

他跑到她的车窗前：“艾达，你还回伦敦吗？”

她不可置信地盯着他：“当然不回！你没看见吗？整座城市都着火了！我们打算去我儿子的兵营待上一晚。”

“你们得带我们去伦敦。”他上气不接下气地说道，“求求你了。为了我的姐姐，我跟你说过她。她还在伦敦！我得去救她！”

艾达摇了摇头：“科尔，你这是去送死！”

科尔抓住艾达的胳膊：“你跟我说过我们要彼此照顾，记得吗？你说得没错。罗丝需要我的帮助。她是我的全部。如果我失去她，我就失去了一切。”

艾达仔细地端详着科尔，然后翻了个白眼，下了车。

“让开，艾伦。我来开车。”

艾达的儿子困惑地看着她：“妈？你在干吗？”

“科尔说得没错，紧急服务部门今晚会需要尽可能多的帮助。我已经休息得够久了，我要把这两个孩子送到赫恩希尔，然后去给救护车司机帮忙。”

艾伦不可置信地注视着她：“妈，我们根本接近不了伦敦，道路要封锁了！”

“那就利用你那该死的军官特权，你不是一直挂在嘴上吗！”艾达厉声说道，“喂，再说最后一次，让开。我已经憋得够久了，你车开得比你爸还差劲。”

艾伦瞪了她一眼，但还是让开了。

“你应该庆幸我很爱你。”他嘀咕道。

科尔的心跳得怦怦响。所有的事情好像终于开始步入正轨——就像世界不知怎的又回到了中心。“谢谢你，艾达！”

“晚点儿再谢我。”艾达说道，“现在别再拖拉了，赶紧上车！”

科尔和鲁思跳上汽车后座，守护者们也挤了进去。他们紧紧地挤作一团，罗格王的剑戳着科尔的肋骨，不过他们看上去勉强还算正常。艾达猛地踩下油门，他们在路上狂奔起来。

“慢点儿！”艾伦叫道。

“戴好你的帽子。”艾达嘀咕道，“伦敦着火了，没人会因为超速拦下我的。”

车子飞快地穿过黑暗。他们透过树林看着远处的城市大火越来越近。不久，田野和树林被房屋所取代，燃烧的气味从风中飘了过来。随着他们越来越近，就连空气都变得愈发暖和起来。

艾伦摇下窗户，呼啸的风声恰好盖过他们的声音。

“计划是什么？”鲁思问道。

“我们去赫恩希尔，罗丝会在那里。”科尔说道，“也可能在布里克斯顿或是斯托克韦尔，如果她在做通信员的话。”他咽了口唾沫，“前提是她还没有受伤……”

“别担心，科尔少爷。”诺克斯先生说道，“不管她在哪儿，我都会找到她的。”

“如果有人试图阻止我们，我会让他们后悔的！”罗格王说道。

“我们会带她出城。”彭德尔伯里说道，“我们已经走了这么远，科尔，我们不会失去她的。”

科尔心潮澎湃。此刻，他无比热爱他的守护者们。他们不只是保护他、为他而战，他们还让他记起拥有朋友的意义之所在。

他转向鲁思。她也需要朋友，她也有自己的探险要去完成。

“鲁思，听我说。一旦我找到罗丝，带她离开伦敦，我就把守护者们交给你。他们会协助你去布卢姆斯伯里之家，找到你需要的东西。”

鲁思呆呆地看着他：“你是认真的吗？”

科尔望向守护者们，他们点了点头。

“你会需要一切帮助的，守护者们也一样。隆冬之王被打败之前，他们仍处于危险之中，需要我们当中的一个去保护他们。”他捏了捏她的手，“我从没送过你礼物，对吗？那么，这就是我送给你的礼物，感谢你为我所做的一切。现在，他们也是你的守护者了。”

鲁思也捏了捏他的手:“不用谢，科尔。”

伦敦燃烧的火影越来越近，空袭声也越来越响：飞机引擎的轰鸣声，高射炮震耳欲聋的爆裂声，还有炸弹无止境的砰砰声。科尔一生中从未听过如此喧闹的声音。而这就是全国人民的生活，夜复一夜。他看着这座变了样的城市一闪而过，令人窒息的高温，难以呼吸的空气，闪烁的烟火中亮起的楼房窗户。他感觉离幻象中的地狱和噩梦中的荒凉世界又近了一步……

车子嘎的一声停了下来。艾达惊讶地凝视着风挡玻璃外面。

“我的天哪！”她说道。

前方是一个由士兵把守的路障。而路障之外，这座城市已经无从辨认了。伦敦有一整个平方英里的地区都在燃烧，火光照亮了天空，天空亮堂得都能读书。敌军的轰炸机朝下方的街道投下一连串炸弹，滚滚浓烟从屋顶上冒出来，涌上轰炸机的腹部。爆炸声持续不断，震耳欲聋。

“这边过不去！”艾达喊道，“我们必须开回城外，找另一条路去赫恩希尔。”

科尔摇了摇头:“我们没有时间了！”

艾达指着他们前方的熊熊火海:“从那儿过去，我们全都得死！那时你对你的姐姐还有什么用处？”

科尔看着她手指的方向，倒抽了口气。屋顶上分叉的火焰映衬出圣保罗大教堂穹顶的轮廓。伦敦桥在教堂的另一边，那是去到泰晤士河南岸的最快路线。科尔看着守护者们。

“我们继续前进。”他说道，“这是唯一的路。”

“穿过火海？”鲁思虚弱地说道。

科尔紧紧地握住他们的手：“无论发生什么事，我们都在一起。一如既往。我们所有人，直到最后一刻。好吗？”

突然，一连串炮火声从他们上方传来。英国皇家空军的飞机在轰炸机周围盘旋，试图阻止它们低飞。弹片如雨点般落在他们周遭的街道上，在鹅卵石上砰砰作响。把守路障的士兵争先恐后地寻找掩护。艾达开始手忙脚乱地倒车。这是分散注意力的完美时机。

“走！”科尔叫道。

他和守护者们跳下车。几秒钟内，彭德尔伯里就变回了正常大小。他们跳上她的背，一路狂奔。士兵们还没转过身来，他们就已经跃过了路障。

“科尔！”

科尔回过头来，恰好看见艾达和艾伦正目瞪口呆地望着车外。从他们脸上的表情判断，他们显然看到的是两个孩子神奇地飘浮在街道的半空中。

“谢谢你，艾达！谢谢你，艾伦！”科尔大声喊道，“我保证总有一天我会找到你们，把一切都解释清楚！”

“如果还有这座城，”他心想，“如果还有明天。”

说完，守护者们就消失在了马路上，消失在了熊熊烈火中。

地狱之火

街上到处都是救护车和消防车，它们全朝着市中心疾驰而去。没有人试图阻止守护者们，甚至没有人注意到他们的存在。那些本可以看见他们的人都忙着寻找着火点，忙着在飞机飞过时迅速寻找掩护……又或许，他们只是不敢相信自己的眼睛。

“哪条路？”彭德尔伯里喊道。

科尔指着前方：“伦敦桥！我们得去到泰晤士河南岸，趁着……”

“小心下面！”

随着一个骤雨般的声音响起，一束炫目的强光照亮了前方街道。那是燃烧温度可达两千度的燃烧弹，它能让接触到的一切都燃烧起来。燃烧弹像足球一样在鹅卵石上咣当咣当地弹了几下，接着迸发出白绿色的火焰，最后噗的一声在人行道上变成熔融的一团。

“快点儿！还有一个，在那边！”

科尔抬头望去。屋顶上站满了侦察员，他们正朝下面的街道大声叫喊。十几个人连忙带着沙桶和水泵从四面八方的黑暗中冲了出来，以最快的速度将火扑灭。

“就是这样！继续前进！去电线杆旁边……”

他说得太晚了。炸弹燃烧的热量烧熔了木制电线杆，电话线爆炸了，火星飞溅到下面的人身上。科尔倒抽了口气，这真是可怕的一幕，但他们却爱莫能助。现在，罗丝可能就在外面，身陷于这样的危险之中。他们快没时间了。到处都有燃烧弹喷射着白色的火焰。彭德尔伯里一边躲避着更多的燃烧弹，一边从鹅卵石街道上飞奔而过，拐过街角……

她向后打了个趔趄。前方的道路全都着了火，两旁的建筑熊熊燃烧。炽热的余烬沿街飞扬，卷入黄黑色如浓酸般呛人的浓烟中。消防员拿着消防水龙跑前跑后，将白色的水柱滋向四周的建筑。高温让人睁不开眼睛，就像打开了烤箱的门。到处都有人在大声叫喊着命令，消防车嘎吱嘎吱地开过弹坑，煤气主管道从马路的裂缝中喷出火舌。一个男孩骑着车飞快地经过他们身旁，他的两个车轮都着了火。到处都是一片混乱。

“哎哟！”

彭德尔伯里痛苦地用后腿站了起来。人行道就像滚烫的热炭，她的爪子已经焦黑起泡。

科尔从她背上跳下来。他刚一踩到鹅卵石地面，皮鞋就冒起了烟。“快！彭德尔伯里，爬到我肩上来！”

彭德尔伯里缩小到老鼠那么大，然后紧紧地抓着他的肩。诺克斯先生吃力地爬上罗格王的脊背。罗格王大叫一声，踩着他的金属鞋一路狂奔。科尔抓着鲁思的手一起向前跑，在浓烟中寻找出路。突然，他们找到了。血红色的天空映衬出圣保罗大教堂穹顶的轮廓。

“那边！”科尔大叫道。

他们沿着街道奔跑，经过轮胎已经熔化的废弃消防车，经过窗户在高温下变形的珠宝店，店里托盘上的婚戒在人行道上化成一摊冒泡的金子。他们迎面撞上一大群竞相逃离火焰的老鼠和鸽子。他们经过一座教堂，教堂的尖顶像圣诞树一样被点亮，里面的石像变得焦黑。那种炽热持续不断，难以形容，而且每一秒都在加剧。科尔隔着鞋子都能感觉到脚底的灼热。

“我们就快到了，继续前进！”他喊道，“过了这个拐角就——”

忽然传来一阵凶猛的咆哮声，接着是啸叫声，随后变成了尖叫声。一架飞机从他们头顶俯冲下来，他们感到整个大地都在颤抖，就像一个巨人朝他们大步跑来，咚，咚……

轰隆！

道路尽头起伏颠簸，科尔感觉他的眼睛被从脑袋上吸走了。他被猛地扯向爆炸的方向，又立刻被甩了回来，在空中打了个旋儿之后，重重地摔在地上。他顿时感到一阵寒冷，坐起身噗噗吐水。原来他落在了一个满是冰水的弹坑里，里面有一根水管爆了，把他从头到脚都浇得湿透，在鹅卵石上冒出热气。

“当心！”彭德尔伯里在他肩头叫道。

他们旁边的建筑正在坍塌。科尔手忙脚乱地爬出弹坑。就在这时，整面墙壁掉了下来，扬起一大团炽热的尘土，掩埋了科尔刚才所在的地方。他呛咳着，用几乎半瞎的眼睛环顾四周。前方，鲁思、诺克斯先生和罗格王相互搀扶着站了起来，但是除此之外，马路上空荡荡的。刚刚还在一旁的消防员已经不见了踪影。

科尔惊恐地默默摇头。罗丝怎么可能在这种情况下活下来？谁能在这种情况下活下来？他甚至不知道自己身处何处。他的耳朵里充斥着木头熊熊燃烧的呼呼声，飞机持续的轰鸣声，以及接连不断的爆炸声……守护者们朝他跑来，抓着他的手，把他拉到路上。

“就在那儿！”鲁思大叫道，“圣保罗大教堂！”

科尔抬起头。他透过浓烟的缝隙看见了高耸的穹顶。教堂一直在他们旁边，比他以为的要近得多。他振作精神，回到现实——他们必须继续前进。“彭德尔伯里，那边！过桥！”

她从他的肩膀上跳下来。不一会儿，他们又坐在了她的背上，奔向河岸。科尔亲眼看见火势蔓延了多远。整个泰晤士河的两岸都在燃烧，远处的起重机弯曲着坠入水中，顺流而下的船只也全都着了火。现在，最猛烈的大火已经在他们身后。可是即便在这里，在河的另一边，空袭的破坏力也清晰可见。他们匆匆路过一所完全起火的大医院，护士们带着上百名病人从里面冲出来，一小支担架队在街上穿梭。伦敦桥火车站也着火了，浓烟从屋顶上的洞口喷涌而出，消防员在周围跑来跑去。街上挤满了人，有些人不可置信地瞪大眼睛看着科尔和守护者们，试图理解他们看到的是什么。

科尔指着前方的马路:“快！这边！这条路直通赫恩希尔！”

他们远离人群，从阴影中匆匆穿过。他们经过倒塌的房屋、马路上的弹坑、吠叫的狗和遍地水管的街道。他们经过已经被洗劫一空的商店和房屋。他们经过一个熊熊燃烧的铺着柏油地面的游乐场，秋千和滑梯熔化在一片完美的方形大火中。科尔从没见过这样的景象。

“坚持住，罗丝。”他祈祷道，“请你一定要安然无恙。我来了。”

彭德尔伯里猛然刹住，差点儿把他们从背上甩下来。

“这条路被堵住了。”她叫道，“瞧！”

科尔抬起头，立刻知道他们身在何处。他们在布里克斯顿，离他家不到十分钟的地方。这条路被一大堆瓦砾堵住了，周围一片混乱。

彭德尔伯里在任何人有机会发现他们之前跳回阴影中。“我们必须走小路。”彭德尔伯里说道，“科尔，去赫恩希尔走哪条路？”

科尔没有回答。他看着人们在瓦砾堆旁跑来跑去，互相大声指挥着。他内心深知，这里一定发生了什么可怕的事情。他感觉到了，就像感觉到坏天气要来了一样。他从彭德尔伯里的背上跳下来，向最近的一名防空队员跑去。那名防空队员正将骑车的男孩们同时派往四个不同的方向。他不可置信地看着科尔。

“你到底在这儿做什么？快去找另一个避难所，现在就去！”

科尔抓着防空队员的袖子:“求求你，我在找我的姐姐！这是紧急情况！她是通信员而且——”

防空队员一把将他推开。

“现在全是紧急情况，伙计！我们人手不够，通讯也中断了，所以看在老天的分儿上，让我们帮帮他们！”

“发生了什么事？”科尔问道。

防空队员指着身后一大堆坍塌的砖石说:“那底下埋着一个公共避难所。它旁边的建筑被直接击中了。谁知道有多少人被困在里面。我们现在说话的时候，那里面可能已经充满了水或者毒气！好了，快离开这里，去找个安全的地方，现在就去！”

科尔惊恐地盯着避难所。这才是空袭中大多数人死亡的原因，不是被炸弹击中，而是被砖头压死，被尘土呛死，被爆裂的水管喷出的水淹死，或是被泄漏的天然气毒死。几十个人爬上瓦砾堆，试图尽快清理出一条通往避难所门口的道路。可是一根巨大的钢梁倒在了入口处，把入口封死了。他们在跟时间赛跑。或许有一家人全都被困在了里面，等待着被从黑暗中解救出来。如果罗丝就在里面，正在努力脱困呢？

“科尔！快点儿！”鲁思把他从混乱中拉了出来，拉回路边的阴影中。

“科尔少爷，我能闻到罗丝！”诺克斯先生激动地说道，“她在这个方向！”

他指着他们旁边的道路，那是通往赫恩希尔的路。罗丝一定还在家里。

“我们得走了！”彭德尔伯里说道，“快没时间了！”

科尔没有回答。他凝视着瓦砾堆，心怦怦直跳。他想着所有被困在里面的人。他想着鲁思和她的父母，艾达和她的儿子，以及他一路上遇见的所有人。他想着所有那些明早醒来发现自己失去了所爱之人的人。此刻，他真的要对他们置之不理吗？

爸爸会怎么做呢？

“不。”他摇了摇头，“我们不能丢下他们。我们必须要救这些人！”

罗格王一脸惊恐：“但是我的王，罗丝还在等着呢！”

“不。”科尔转过身来，“我们不能只救罗丝。她说得没错，这个城市里有数百万人需要帮助。他们全部都很重要。如果我们能帮，就必须帮。这是罗丝会做的事，也是爸爸所希望的。”

彭德尔伯里摇了摇头：“科尔，那里人太多了，如果有人看见我们……”

她瞥见科尔的脸，叹了口气。

“听你的吧。”她转向诺克斯先生，“那里面有人吗？”

诺克斯先生嗅了嗅空气：“五十个，至少，但是有毒气进去了。我们的时间不多了。”

科尔不需要更多的支持证据了。他从人群中挤了过去，回到在瓦砾堆旁指挥的防空队员身边。那人一看见科尔，脸就垮了下来。

“退后。”科尔平静地说道，“我无法解释接下来将要发生的事情。但是如果你想救这些人——”

防空队员失去了耐心：“孩子，回家去，趁着……”

他的声音弱了下去。鲁思走了过来，站在他们身边，诺克斯先生和罗格王也走上前来。防空队员的眼睛瞪得大大的。

“这……这是一只穿着马甲的獾吗？”

彭德尔伯里从黑暗中站起来，挺立在他们身后，火光在她眼中闪烁着。

“照他说的做。”她怒吼道。

防空队员惊讶得说不出话来，一步步向后退去。科尔看见人群中的一些人停下手中的活儿，扔掉铲子，不敢相信自己的眼睛。他们必须快速行动。

“彭德尔伯里，门口！快！”

鲁思开始将人群往后推，给彭德尔伯里让出一条路。老虎拨开瓦砾，跳到避难所门口。那里仍然被倒塌的钢梁挡住，被数十吨的砖头和砂浆堵塞。彭德尔伯里把肩膀挤到钢梁下面，准备好之后就开始变大。

她的整个身躯都因用力而颤抖。她的爪子在砖块上摩擦、打滑，她的脊背竭力拱起。终于，门口的钢梁被抬了起来，大量的瓦砾从两侧落下。人们看得目瞪口呆，不敢相信眼前发生的一切。有些人能看到老虎在他们面前变大。但是大多数人看见的是一栋坍塌的建筑自己从地面上升起。无论如何，这都是一个奇迹。

“闪开！”

罗格王放低剑，冲了上去。他迅速挥出一击，门开了。诺克斯先生赶忙跑进去嗅了嗅空气。

“他们都没事，我们来得很及时！这边！”

他和罗格王消失在避难所里，而彭德尔伯里继续扛着钢梁……终于，几十个人涌了出来。男人和女人，小孩和婴儿，全都呛得喘不过气来。他们满身尘土，看上去仿佛石像一般。惊魂未定的人群终于恢复了理性，开始飞快地忙活起来——清洗眼睛，护理伤口。科尔震惊地看着这一切。再晚几分钟，他们就来不及了。紧急服务部门绝对不可能及时把他们弄出来。

“科尔！”

他猛然惊醒。鲁思正摇晃着他。

“接下来的事交给我们就行了！看在老天的分儿上，回家去找你的姐姐吧！”

科尔不需要再提醒了。他转身就跑，跟一波波奔向避难所的救护人员和救护车背道而驰。飞机在头顶发出无休止的轰鸣声，科尔踩着融化的鞋子不停奔跑。他沿着曾经十分熟悉却再也认不出的道路，跟着人行道上画下的白线，奔向那唯一的地点。

家。

“请一定要平安。”他祈求道，“请一定要在家。请别让我去得太迟……”

他终于到了他家所在街道的拐角处。他拐过街角，心跳到了嗓子眼儿，他家的房子就在那里。一缕细针般的光线从两片遮光窗帘里溜了出来。罗丝在家，她在里面，她还活着，她很安全。科尔高兴得快要尖叫起来。他飞快地向前门跑去，迈出通往他家大门的最后一步。

接着，它来了。飞机俯冲时发出的轰鸣声，扔下炸弹时发出的啸叫声。他脚下的大地咚咚作响，如同怪物的脚步声。

哐！哐！

科尔转向道路尽头的黑暗。一连串的爆炸一个接一个地朝他飞来，直奔他家的房子。

“不！”

轰隆！

那声音巨大且难以想象。那道闪光比科尔见过的任何东西都更加明亮刺眼。他被抛到一团炽热的空气中。他感觉自己被抬离了地面，越来越高，越来越高……

而后，世界一片黑暗。

最后一战

科尔站在黑暗中。

他孤身一人。到处都是瓦砾、灰尘和寂静。这是一个阳光照不到的世界，天空永远是黑色的，一切都死气沉沉。

“你在这里。”

科尔转过身。他立刻就知道了马路尽头的那个身影是谁。即便在黑暗中，他也很显眼。他长袍的边缘如烟雾般卷曲、飘动。

“我想我可能会在这里找到你。”隆冬之王说道。

他向科尔走去，他的双脚没有在尘埃上留下任何痕迹。科尔感觉到他在逐步靠近，就像一阵冷风袭来。

“你给我带来了许多麻烦。”隆冬之王说道，“为了追上你，我苦苦奋战，损失惨重。”

科尔咽了口唾沫，试图掩饰他的恐惧：“你，你是怎么找到我的？”

“我在你的记忆里见过这个地方。”

科尔环顾四周，心里一沉。他终于意识到他站在什么地方了。这是他家所在的街道。这里什么都没剩下，无论是他家的房子，还是这条街上的其他房子，一点儿都没剩下。他所在的荒凉之地是伦敦。整个城市都消失了。

隆冬之王抬起胳膊："你太迟了，科尔。幻象里的空袭已经发生了。你的城市被摧毁了。你的姐姐死了。"

痛苦如波涛般在科尔体内涌起，将他吞没。"不，不！"

他跪倒在尘埃里，脸埋在手中。他失败了。他拼了命来救罗丝，差一点儿就成功了……然而一切都白费了。他人生中第一次感到了真正的孤独。

"是的，科尔。"隆冬之王越过他们之间的最后一段距离，说道，"你试图插手那些你无法理解的事情，而且这还不够。现在她死了。我很快就会获得最强大的力量。跟我的新力量相比，绿人的回归根本算不了什么。我会把他彻底消灭，幻灵世界将永远属于我。"

科尔痛苦地号叫起来。一切都失去了。两个世界的命运注定永永远远属于黑暗。他想哭出声，想消失，想躺下再也不起来，想任由黑暗为所欲为。没有了罗丝，一切又有什么要紧呢？有什么事是要紧的吗？没有什么值得为之抗争了。

隆冬之王站在他面前。

"现在，让我们结束这一切吧。把你的守护者交出来。"

科尔乞求道："不，求你了，不要连他们也……"

"是的，科尔。你再也无法保护他们了。告诉我他们藏在哪里。"

科尔突然灵光一闪。

“你不知道他们在哪儿。”

隆冬之王仍然看不见他们。这就意味着他们仍然被保护着，这就意味着无论发生了什么，无论这座城市被摧毁成什么样子，鲁思还活着。如果她还活着，那么其他人可能也还活着。

这只是一个小幸运，但却足以为之抗争。科尔从尘埃中站起身来，他深深地吸了一口气，挺直身子对抗那个赫然耸立的黑影。

“不，我不会把他们交给你的。”

隆冬之王的眼中冒出怒火：“别傻了，小子。我可以轻而易举地进入你的大脑，找出他们的下落。”

科尔倒抽了一口气。他感到一根冰冷的卷须伸进他的身体，蜿蜒地穿过他的五脏六腑，爬向他的大脑。他试图反击，却做不到。隆冬之王的力量太强大了。它从科尔的防御裂缝中溜了进去，在他的恐惧留下的缝隙间游走，最后钻进他的思想里。科尔感觉到它触碰到了他的大脑，来自噩梦的极度恐惧迅速遍及他的全身。科尔已经完全处于隆冬之王的掌控之中，在他的黑暗面前毫无抵御力。

“你只要把他们的下落告诉我，事情就容易多了。”

科尔咬紧牙关。他不能把守护者们交出来，他必须为他们而战。只要他不显露自己把他们留在哪里，他们就仍是安全的。他或许救不了他们，但他可以帮他们争取时间。他奋力地把脑中的卷须推出去，并惊讶地发现他居然能做到。虽然很难——他紧张地踮起脚尖——但却是可以做到的。

“不，不。”他再次说道，他的声音不停颤抖，“我不会让你抓到他们的。”

有那么一会儿，隆冬之王显得很惊讶。接着，他勃然大怒。

“把他们交给我，小子。”

科尔放声大笑：“你不习惯，对吗？你不习惯有人反击。你习惯了人们把你想要的一切全都双手奉上。”

他们之间出现了片刻沉默。科尔能感觉到隆冬之王身上散发出寒冷的愤怒，就像一股穿堂风，让他寒毛直竖。他意识到有事要发生了——一场意志之战，一场拉锯战。他惊恐万分，但是他必须坚强。他必须为了鲁思和守护者们而战。他必须保护他们。他下定决心。

“如果你想要他们，”科尔说道，“就从阴影里出来，把他们带走。”

隆冬之王以他自己的方式笑了。

“如你所愿。”

他用力将卷须快速地伸进科尔的大脑。科尔叫喊起来。隆冬之王从科尔的脑袋里钻进他的记忆中。他把科尔的记忆一个一个地扯出来，并当着科尔的面将它们沾污。科尔看见暗井角的小屋淹没在一片黑暗中；阿比盖尔的地堡被炸弹炸得粉碎；圣所的石头碎成了瓦砾；石圈中间的大地上撒了盐，自此寸草不生；绿人被撕成碎片，散落在四处。

“告诉我他们在哪儿，”隆冬之王说道，“我就停下来。”

科尔尖叫着设法抵抗，但这就像在抵抗一股激流。当旅途中的每一个阶段都飞到他面前时，他意识到这一切根本毫无意义。他失败了，所有的痛苦，所有的奋战都是徒劳。空袭终究还是发生了，绿人在劫难逃，幻灵世界也陷落了。无论他遭受了多大的痛苦，他的守护者们都将被彻底消灭。既然一切都已失去，保护他们还有什么意义？这种痛苦和悲伤让科尔无法承受。他张开嘴正要说……

然而另一段回忆却闪现在他眼前——狗群包围着他们的时候，山坡上的彭德尔伯里。

把火架高。把火烧旺。别让他们赢。

科尔咬紧牙关。他必须继续战斗。为了彭德尔伯里——他的朋友。他用尽全身力气把卷须从脑袋里扯出来，压下去。他仍然能感觉到卷须蜷伏在他的肚子里，蓄势待发。

“不，不！”科尔叫道，汗水从他的脸上淌下来，“我已经告诉过你了，你得不到他们的！”

隆冬之王惊愕不已。他的眼中闪耀着怒火。

“别傻了。我是黑暗之神。而你们只是一个男孩和他幻想的朋友。”

科尔再次放声大笑：“这就是你讨厌我的原因，不是吗？你只会毁灭。无论你怎么伤害我，你永远也不会知道爱的意义！”

隆冬之王的眼中闪着亮光。

“我不需要伤害你，科尔。你已经伤害了你自己。你停下来救了几个可怜的陌生人，正因如此，你的姐姐死了，你再也见不到她了。”

隆冬之王的话深深地刺痛了科尔，让他的力量减弱了片刻，但这已足够。隆冬之王将卷须伸回他的大脑，这次不是一根，而是几十根。这感觉就像有一千根针在往他体内注入不同的毒药。科尔痛苦地号叫起来。他害怕的一切突然都朝他飞来，灼瞎了他的眼睛，扼住了他的咽喉。炸弹、黑暗、大火、冰、浓烟、酸、血。隆冬之王使出浑身解数来打击科尔，找寻他需要的记忆。

“她死了，这都是你的错。”

科尔的大脑一片混乱，他整个人都充满了恐惧。但是他必须继续战斗：“你，你错了！罗丝会为我所做的事感到骄傲的。爸爸也会。你理解不了。你只知道黑暗和痛苦！”

隆冬之王大笑起来：“看看周围，告诉我你还看见了什么。”

科尔看见了被摧毁的城市，他的思想再次分了神。卷须更深、更猛烈地进入他的大脑，像滚滚而来的棘刺一样压碎他的每一个思想和感受，像冬日的寒冷一样钻进他的骨头。他一路上犯的错误反复从他眼前掠过，烧毁了他曾经拥有的每一段幸福回忆……

接着，他看见了守护者们，看见了圣诞节那天他们一起挤在毯子下面。

把火架高。把火烧旺。别让他们赢。

这已足够。有了温暖、友谊、光明和爱就已足够。科尔在内心深处找到了他的爱，并把它像盾牌一样举了起来。罗丝的信。罗格王握着他的手。彭德尔伯里的笑话。诺克斯先生摩挲着他的头。鲁思在圣所的欢笑。爸爸，爸爸，爸爸，爸爸，爸爸，爸爸。他竭尽全力，奋力反击。这让人痛苦、疲惫、难以忍受，这是没有希望的，这是不可能的，任何人都无法承受。然而，他仍在继续战斗。

“你这个傻小子。”隆冬之王说道，“你都已经输了，却还在抵抗。你的家人死了，你的城市也毁了。”

“我什么也没输。”科尔咬牙切齿地说道，“他们都还在这里，在我身体里。我绝不会让你得到他们的！”

“把他们交给我！”隆冬之王咆哮道。

科尔坚守阵地：“这就是你的手段，不是吗？你的力量全是谎言。你只会吓唬我，让我把你想要的一切都给你，但其实……”

仿佛一根火柴被划亮了。

科尔凝视着被摧毁的城市——整个伦敦城在他周围变成一片荒漠。他将卷须从大脑里推开，仿佛它们是许多根绳子。

“这不是真的。”他说道。

隆冬之王被推得失去了平衡。

科尔伸出手臂：“这全是谎言。这只是你放在我脑袋里的东西。这是你制造的另一个噩梦，为了骗我放弃，为了骗我把守护者们交给你。”

隆冬之王讥笑道：“你愿意怎么想就怎么想，小子。”

科尔摇了摇头：“不，我现在看穿你了。你在撒谎。”

然后，就像他说的那样，幻象开始闪烁着褪去了，仿佛一层面纱被拉开，他们周围的城市又活了过来。他家所在的街道仍在原地：毁坏了，着了火，却依然挺立。虽然奄奄一息，但是希望尚存。科尔面对着隆冬之王。

“空袭还没有结束。它本该给你力量，可是却没有。你仍然很虚弱，而且你越来越虚弱了。你输了。”

隆冬之王愤怒地发出咆哮，他施加双倍力量，卷须拼命地扭动摇摆，想要进入科尔的大脑。

“把他们交出来！”

可现在科尔的心是炽热的熔炉，是燃烧的亮光。他拼尽一切来抵抗黑暗。

“不。你没有力量控制我。”

“把他们交出来！”

“我不怕你。”

“把他们交出来！！！”

不知怎的，隆冬之王似乎变大了，他像一座黑色的大山一样压着科尔，让他无力反抗。科尔的力量又减弱了片刻，他害怕地向后退……

突然，他感到有一双手按住了他的肩膀，令他感到了前所未有的安全感。他使出一百个人的力气把卷须甩了出去。隆冬之王摔倒在地。

“我跟你说了。你得不到他们的。”

隆冬之王抬起头，面目狰狞。他内心的某些东西终于破裂了。他双眼通红，发出的声音犹如动物的尖叫。

“如果我得不到他们，那我就把你带走！”

隆冬之王将手伸进长袍，一把乌黑的金属柄露了出来。

“我要让你从这个世界上彻底消失。你甚至不能再和你死去的父亲在一起。”

他拔出金属柄。科尔这才看见一直隐藏在他长袍的黑暗中的是什么。那是一把剑，比隆冬之王的身体还要长，剑尖锋利无比，几乎看不见。科尔不由得心如死灰。他知道这是什么。他明白了守护者们所说的比死亡更可怕是什么意思。它惨无人道、卑劣无比，而且超乎想象。空气中，剑就像冰一样贴着他的皮肤。他试图后退，却做不到。隆冬之王已将他锁在原地。他只能眼睁睁看着隆冬之王如海啸般向他袭来。他的剑高高举过头顶，他大张的嘴是混乱的深渊……

接着，光亮了起来。

隆冬之王踉跄后退。光来自路的尽头，起初很微弱，但是每一秒都变得愈加明亮。隆冬之王扔掉剑，跪倒在地。光像酸一样灼烧着他，让他化成了烟雾和蒸汽。他的脸和手燃烧、变形，他的层层黑暗沸腾着消失在人行道上。

“不！不，不，不！这正是我的时节……”

“曾经是。”科尔说道。

隆冬之王在他面前逐渐萎缩，直到地上只剩下一个凄惨的小东西在放声尖叫。他没有死，没有完全死掉。但是他剩下的部分伤痕累累、可怜至极，就连科尔都几乎为此感到难过。

一双手捏了捏他的肩膀。

“你做得很好。”一个声音在他身后响起，“我知道你会做得很好。我真为你感到骄傲。”

科尔的心揪了起来。他认得这个声音，无论在哪儿他都认得。这个声音让他从头到脚都暖和起来。直到这一刻，他才意识到自己有多冷。

他转过身，爸爸站在他身后的大街上。他稀疏的头发，他的胡子，他疲惫而温柔的眼睛。他仍是科尔记忆中的模样。

但是他的肤色……

“你回来了。”科尔低声说道。

爸爸只是笑了笑，并开始将他推向光亮处。

“不。”科尔说道，“我想跟你走。”

“还不是时候，科尔。”爸爸和蔼地说道。

“为什么？”

但爸爸没有回答。他只是继续推着科尔，直到科尔只能看见马路尽头越来越亮的光。

那是橙色和紫色的光，来自曾经染着彩虹的地方。

罗丝

科尔躺在地上，仰望夜空。透过云层的缝隙，他勉强能看到星星。

“科尔？科尔！科尔，你在哪里？”

周围到处都是声音：警笛声、叫喊声、脚步声，还有木头燃烧的噼啪声。他知道这些声音一定离他很近，但感觉却似乎来自遥远的地方。有人在呼唤他的名字。

“科尔！”

“等等，我们又找到了一个……”

几只手将他扶了起来。科尔环顾四周。他不在他家门口了，他躺在马路对面某户人家的花园里。许多人注视着他。

“天哪！他还活着！”

“什么?!”

“他身上几乎一点儿伤都没有！”

“能听见我说话吗，孩子？你叫什么名字？”

“科尔！”

叫喊声从马路上传来，从黑暗中浮现出的橙色和紫色的光里传来。科尔看着那道光一个急转弯，哗啦倒在地上。原来是自行车的车灯。骑车的人正扯掉头盔，挤过人群，向他奔来。她的脸黑乎乎的满是烟灰，她的头发比他上次看见她时要短。但这些都不重要，因为科尔清楚地知道她是谁。

“嘿！”一个男人朝她喊道，“你是通信员，对吗？快去总部，告诉他们这里发生了事故……”

“不是事故，”罗丝说道，“是我的弟弟。”

她就在那里。她扑向他，紧紧地抱住他。终于，他唯一的家人就在他所在的地方。科尔能听见人们在他周围说话，能听见防空队员在呼叫救护车和消防车。但是这些声音似乎比之前更加遥远了。

“噢，科尔，你在这儿做什么？我还以为你死了！我还以为……”

“我刚才跟隆冬之王战斗了。”科尔说道。

她困惑地注视着他：“什么？”

“守护者们带我来的。”科尔迷迷糊糊地说道，“因为那个幻象。我还遇见了一只夜魔，但他戴了顶圣诞帽。”

这时，有两个人抬着担架来了：“他怎么样，小姐？”

罗丝摇了摇头：“我，我不知道。我觉得他撞到头了，他有点儿神志不清。”

科尔被抬上担架，抬进了救护车里。那并不是一辆真正的救护车，而是一辆运送果蔬的小货车，后车厢里放着架子床。罗丝爬上车坐在他身旁，车子碾着瓦砾和水管，隆隆驶过路面。

夜里充满了哀号的警笛声、喊叫声、沉重脚步声以及噼啪作响的火苗声，但仅此而已。不再有飞机，也不再有爆炸了。

“空袭呢？”科尔问道。

罗丝捏了捏他的手：“轰炸半小时前就停止了。我们现在去医院，然后一切都会好起来的。”

“那就好。”科尔说道。

“不，一点儿都不好！”罗丝突然暴跳如雷，她呵斥道，“噢，科尔，你怎么能这么做？我都快疯了！听克莱尔姑妈说你失踪了，然后又接到一个从荒郊野外的医院打来的电话，接着发现你又从那儿逃跑了……你怎么能这么对我？在发生了这么多事以后！你怎么能这样？”

她一边打他一边拥抱他，眼中噙满泪水。突然，科尔再也控制不住了。他把憋了好几天、好几周、好几个月的话全都一股脑儿说了出来。

“你承诺过我们会在一起的。你总是说只会有我们三个人，结果你却把我送走了。我太想你了。”

罗丝的脸皱成了一张纸。她肆无忌惮地大哭了起来：

“噢，科尔……你难道不明白吗？那栋房子，我离不开它。那是他留给我的唯一一样东西了。那是能让我感到亲近爸爸的唯一一个地方。我必须留下来，确保我们有家可归。”

“我可以帮你的。”科尔说道，“我们可以一起做的。”

“但我必须把你送走！”罗丝说道，泪水滑过她脸上的烟灰，留下一道道泪痕，“我不能连你也失去！我不能，我不能，我不能！”

科尔终于明白这是怎么一回事。罗丝设法保护所有人。她试图背负一切，但这却让她无力承受。

“当我收到克莱尔姑妈的信，知道你失踪了的时候……噢，科尔！我这几天就像行尸走肉一般。我甚至没有离开过家。我告诉自己，如果你回来了，我就会在这儿等着你……但是刚才突然来了一名通信员，说布里克斯顿的一处避难所发生了事故，他们需要帮助，然后我感觉到了什么——好像有一只手搭在我肩膀上，什么东西迫使我离开了。”她颤抖起来，“如果我没走，那么炸弹击中房子的时候，我就会在里面。你是怎么幸存下来的，科尔……”

科尔皱起了眉头。世界再次从他的意识中渐渐消失。“事故？避难所？”

“布里克斯顿的一个公共避难所被埋了。”罗丝解释道，“幸好所有人都安全地跑出来了。不过也是在最后一分钟——那里面发生了煤气泄漏。要是再耽误几分钟，他们全都会死。孩童、婴儿，他们每一个人。”她笑了起来，“你不会相信那里有人说了什么，他们说是一头老虎、一只獾和一个骑士救了他们！你能信吗？就像你的守护者一样！他们一定是被煤气弄得神志不清了……”

科尔任凭罗丝滔滔不绝地说着话。他不再害怕了。一百架飞机可以投下一千枚炸弹，而无论发生什么事，他都在他该在的地方。

他陷入黑暗，沉沉睡去，大火在他周围熊熊燃烧。

第二次伦敦大火

警报解除信号在午夜响起。这是闪电战期间最严重的一次空袭。短短三个小时，几平方英里的范围内就落下了一万枚炸弹。火势在风中迅速蔓延，而轰炸又恰好发生在退潮时，消防车根本来不及从河里汲水。死了两百个人，许多都是试图阻止大火蔓延的消防员。数百座建筑被毁，两千万册图书也惨遭焚毁。

情况本来会更加严重。另一队轰炸机本该在第一波空袭之后飞来这座城市，将燃烧的建筑物残骸炸得粉碎，并进一步扩大火势。有人认为他们甚至打算在新年入侵。然而，一场出乎意料的风暴突然席卷了英吉利海峡，第二波轰炸被迫取消。谁都没有预见到这场风暴，仿佛某些事情在半夜起了变化。

大火烧了整整两天，伦敦城被层层剥去。屹立百年的教堂被夷为平地，教堂的钟从燃烧的房椽上垂直落下，在石头上撞出最后一声。风琴管吸入炽热的空气，演奏出怪异的最后一曲，却无人听见。埋藏在地下几个世纪的罗马神庙又显露出来。神庙保存完好，似乎等待着被再次发现。

第二天黎明时分，一名报刊摄影师站在屋顶上，看到圣保罗大教堂在浓烟中若隐若现。尽管周围的所有建筑都被摧毁了，但它还是设法幸存了下来。摄影师为它拍了一张照片，报纸当天就刊登了出来。就连《每日电讯报》都交付印刷了，哪怕他们的办公室起了火。

这场空袭登上了报纸头版，一连占据了好几版。原先的头版报道——北安普顿一家废弃的酒馆被掀离地面，前一晚整个乡间都有震感，有人声称他们亲眼看见一个在乡间散步的巨人造成了此次地震——全都被移到了第二版，后来又往后移了几版，直到最终被完全遗忘，不再被人提起。

1940年12月30日

罗斯福向美国民众发出号召

在伦敦遭遇了迄今为止最严重的空袭之后，罗斯福总统向他的美国同胞发出号召，号召他们向英国民众提供一切帮助。

罗斯福总统用充满激情的声音宣称：

“欧洲的纳粹主宰者已经明确表示，他们打算奴役整个欧洲，然后利用欧洲的资源来支配世界的其他地区。这些粉碎、破坏并腐蚀了许多其他国家的邪恶势力，已经迈进了我们自家大门。

“如果英国输掉了这场战争，那么美国将会在枪口下生活。”

罗斯福总统的广播立即得到了美国各地的热烈响应。总统的私人秘书说，罗斯福总统的此次讲话引起了前所未有的巨大反响。

英国采购委员会主席阿瑟·珀维斯表示：“罗斯福总统向英国租借战争物资的计划，为我们国家开启了新的篇章。”

余波

科尔醒了。

他立刻就知道自己在医院里。他知道是因为他到处都疼，而且床单也很不舒服。

“啊，你总算醒了！我们还以为你要睡到新年前夜呢。”

他抬起头，一名护士站在他床尾。她瞥了眼他的病历，摇了摇头。

“太神奇了。”她说道，“你被炸飞到马路对面，居然一点儿伤都没有！你肯定有一位守护天使。”

科尔呻吟了一声：“罗丝呢？”

“你姐姐？她刚出去了。不过别担心，你的表妹刚刚也到了。”

“表妹？”科尔说道。

一个女孩走进病房。

科尔目瞪口呆：“鲁思！你——”

“你好啊，表哥！”他还没来得及说完，她就大步上前拥抱了他，“你看起来气色很不错！”

护士离开了，她显然相当满意。

科尔震惊地坐起身来：“你在这里做什么？”

“等着见你啊！”鲁思说道，“罗丝陪了你一整夜。她去帮助一些新来的病人了。来吧！她很快就会回来了。我们必须快一点儿。”她将一双鞋底熔化了的鞋子扔给他，“快穿上吧。”

科尔本想问他们要去哪里，但决定还是不问了。他觉得自己已经知道了：“你是怎么找到我的？”

“很简单。”鲁思说道，“我跑遍了每一家医院，询问他们有没有看见一个穿得像只葬礼上的猴子的男孩。”

外面温暖如春，空气中弥漫着木材烧焦的气味和炸药的臭味。大楼之间烟雾蒙蒙，每条街上都传来铲子的刮擦声。人们仿佛昨夜无事发生一样，照常去上班。甚至没人注意到两个从头到脚沾满烟灰的小孩在走来走去。毕竟，每个人看上去都是这副模样。

“一切都还在。”科尔惊奇地说道。

伦敦依然挺立，空袭没有将它摧毁。这还不是全部。科尔能感觉到空气中的变化，仿佛有些东西已经悄然改变了。

“轰炸结束得比任何人预计的都要早。”鲁思说道，“我甚至找到了布卢姆斯伯里之家！谢天谢地，它没有被击中。但是它关门了，新年后才开。”她咬着嘴唇，“我必须等到它开门以后，才能打听到爸爸妈妈的下落。”

科尔皱了皱眉头。他终于问出那个问题：“那，守护者们呢？”

她微笑着拉起他的手："来吧。我带你去看。"

他们乘上一辆公交车，一路穿过伦敦。路上花了比平常更久的时间。未爆弹卡在了大楼里；自来水管爆裂了，水喷到路上，在雕像上形成冰柱。他们路过了一间失去了所有橱窗的商店，雪堆般的碎玻璃铺满了人行道。店里的店员裹着大大的外套，身旁的标识牌写着：比平日更开放。

这就像是一个梦幻般的伦敦，这里的一切都不合情理。特拉法加广场的喷泉关闭了，广场上也没有鸽子。剧院和电影院像罐头一样被掀开了，从大街上就能看见舞台，红色的幕布在微风中飘动。马路上有破碎的墓碑，它们都是被从城市另一边的教堂墓地里炸出来的。科尔看见一个邮递员从邮筒里掏出一把燃烧着的信件。他不知道自己睡了多久，现在已经没有一个能显示正确时间的公共钟表了。

他们终于来到市中心，消防员仍在那里灭火。伫立了几个世纪的建筑如今都烧成了参差不齐的骨架，它们的柱子只能用来支撑天空。大街上到处都是无事可做的商人。他们挠着头站在那里，衬衫下摆露在外面。孩子们将废墟变成了游乐场。曾经是银行的地方，现在成了个巨大的水坑。两队五岁左右的孩子乘着木门漂在水坑中央，互相扔着木棍。

"这边！"鲁思说道。

他们下了公交车，沿一条小巷走去。一个小小的石头教堂坐落在小巷的尽头。教堂的窗户已经被炸掉了，门口拴着一根绳子，阻止人进去。鲁思一步不停地跨了过去。

“我们花了很长时间才找到这个地方。”她解释道，“守护者们想来找你，但那时天又亮了。我们觉得这里是个很好的藏身之处——一个已经被炸毁的地方是不会有人想进来的，不是吗？”

教堂里空荡荡的。长椅全都被清理或烧毁了。一堆瓦砾中央有一个小讲坛。阳光从天花板上的一个洞里倾泻下来，照亮了讲坛。

三个身影坐在瓦砾上。他们已经等待了一段时间。

“科尔少爷！”

守护者们跳了起来。他们在这里，他最早的朋友和保护者。他们皮毛焦黑，浑身青肿，筋疲力尽。但他们还在，还活着。看到他们，科尔开心得难以言喻。他冲上瓦砾，将他们紧紧地抱住。他们做到了——他们历经千辛万苦，以寡敌众，搏上一切，还差点儿丢了性命，但他们的冒险终于结束了。

不过，守护者们变得有些不同了。科尔说不出到底是哪里不同。他太兴奋了，没有细想。他有好多话要跟他们说。

“你们不会相信发生了什么——我找到罗丝了！她还活着！我们家的房子被炸弹击中了，然后我跟隆冬之王打了起来……”

诺克斯先生轻声笑道：“我们知道，科尔少爷，所有人都知道。幻灵世界都只谈论着这一件事情！”

彭德尔伯里的眼里闪着骄傲的光芒：“隆冬之王试图使出他最后的力量来对付你，科尔。他终于被囚禁了，平衡也恢复了。这全是你的功劳。”

科尔一言不发。他亲眼看见隆冬之王在他面前萎缩，但他还是难以相信在他的帮助下，幻灵世界打赢了这场战争。

“他的军队呢？”他问道，“所有那些效忠于他的邪恶幻灵呢？犬魔和他的狗……”

“他们最后全都倒戈了。”罗格王说道，“他把他们带来这里，削弱了他们的力量，一点儿用都没有！”

“犬魔也帮了大忙。”彭德尔伯里说道，“她背叛了隆冬之王，重新打开了关卡，绿人因此才得以再次进入幻灵世界。这让形势在最后一刻发生了逆转。她非常勇敢。如果这次空袭按计划进行，隆冬之王返回了王座，那么她将受到的惩罚简直不可想象。”

科尔摇了摇头：“那……她不会因为自己的所作所为受到惩罚吧？隆冬之王的所有追随者都不会吧？”

彭德尔伯里摇了摇头：“幻灵世界的战争已经结束了，科尔。我们必须把已经发生的事放在一边，想办法确保这种事不会再次发生。”

“但这种事不可能再次发生。”科尔说道，“隆冬之王已经被打败了。”

“目前暂时是这样，科尔。”诺克斯先生说道，“但明年他还会回来。还有后年，以及大后年。他这样的存在是生命的一部分。你不能摧毁他们。没有黑暗，就没有光明。”

“那是他最大的错误。”彭德尔伯说道，“他试图摧毁无法被摧毁的东西。我们必须确保他再也不会变得如此强大。他的剑已经被拿走了，藏在一个石头圣所里。他再也不能彻底消灭任何人了。”

科尔笑逐颜开：“这是不是意味着你们就安全了？明年隆冬之王回来时，他不会伺机报仇吧？”

彭德尔伯里摇了摇头：“如果他这么做的话，那么整个幻灵世界都会奋起反抗。我们已经向彼此表明，只要团结一心，我们就能做到。”

科尔心里深感宽慰，几天来一直伴随着他的愧疚感像阳光下的雾一样消散了。“太棒了！”

随即，他们陷入了沉默。他们之间有些说不出口的事情，有些他们都不想说的事情。只不过这一次，科尔知道是什么事。

“这是不是意味着你们要回去了？”他小声说道。

彭德尔伯里微微一笑：“我们已经没什么可做的了，科尔。罗丝很安全，不是吗？”

“剩下的就靠你了。”罗格王捏了捏他的肩膀，说道，“最困难的是继续坚持下去。对抗黑暗并不容易，但是坚持与黑暗保持距离就更难了。”

“这件事我们帮不了你，科尔少爷。”诺克斯先生悲伤地说道，“再也帮不了了。”

科尔注视着守护者们，如鲠在喉。他意识到他们哪里变得不同了：他们的颜色越来越淡。他们在他眼前渐渐消散。

“等等，现在？”他说道。

彭德尔伯里点点头：“恐怕是的，科尔。”

守护者们已经一半在这个世界里，一半在这个世界外了。现在科尔可以透过他们的身体看到后面的瓦砾。

“但，但是我还没准备好。”科尔说道，“我不想让你们走！”

彭德尔伯里笑了笑：“我们离得比你想象的要近，科尔。我们只在毫发之外。我们会一直倾听。”

“没错。”诺克斯先生说道，“无论你什么时候想起我们，孩子，我们都会听见。一如往常。”

“永远也不会变。”罗格王小声说道。

科尔倒抽了一口气。守护者们仍在逐渐消失……他现在可以看到他们并不孤单。两个世界之间的关卡在他面前打开，他看见整个幻灵世界在前方展开。一个光明的世界，里面有数千个幻灵在等着欢迎守护者们归来。有魔法树、仙子、夜魔、妖精、家务精灵，还有十来个巨人。有莱昂纳德和阿比盖尔，歌革和卡冈图雅，犬魔和黑狗军团，以及许许多多科尔没见过也不明白的东西。一百万年的魔法、历史和传说，汇聚在同一个地方，向他的守护者们致敬。

“科尔少爷。”

“我的王。”

“科尔。”

他最后一次面对他的守护者们。有罗格王——如此勇敢、如此无畏，他的善良在他的盔甲下隐约可见。还有诺克斯先生——如此忠诚、可靠，他的爪子插在马甲口袋里。然后是彭德尔伯里——一个由星星和午夜缔造而成的幻灵，最勇敢、最强壮、最聪明的守护者。他们给了他那么多，却一无所求。

“等等！”科尔忽然说道，“在你们走之前，我……我必须……”

他一把抓住彭德尔伯里的爪子。他有那么多的话要讲，那么多的事情要感谢，却不知从何说起。但是有一件事凌驾于一切之上。一个迫切的问题位于一切的核心。

“我跟隆冬之王对战的时候，我不是一个人。有个人一直在我身边。直到我最需要他的时候，我才意识到他的存在。”他咽了口唾沫，“是，是爸爸，对不对？他在最后一刻回来帮我了。”

彭德尔伯里的眼中闪烁着泪光，即使泪光正在渐渐消失。

“噢，科尔。”她说道，“他一直跟我们在一起。”

科尔感到一只手搭在他的肩膀上——就在那里，站在他旁边的人，是爸爸。科尔现在明白了：他们旅途中的每一步，都有爸爸的陪伴。正是他在最后一刻将罗丝赶出房子，挽救了她的生命；正是他给了科尔对抗隆冬之王的力量；正是他在最后一秒保护科尔免遭提灯人的伤害；正是他把科尔从噩梦中唤醒；正是他在一开始帮助守护者们闯过了关卡。他回来保护他的孩子，正如他一生所做的那样：默默无闻，不被看见，也不被注意到。

“爸爸。”科尔喊道。

爸爸揉了揉他的头发，就像以前一样。科尔非常非常想念这种感觉。

“我已经尽我所能。”他温柔地说道，“剩下的就靠你了。

照顾好你自己，照顾好罗丝，还有克莱尔姑妈。你们都需要照顾。”

科尔心痛不已——但这是好的疼痛，是正确的疼痛。“我答应你。”

“真是我的好孩子。”爸爸说道，“我爱你，科尔。”

“我也爱你，爸爸。”

守护者们和爸爸并肩站着，挥了挥手。然后，他们就这样消失了，如同一阵微风从一个房间吹进了另一个房间。教堂空荡荡的。

科尔又站了一会儿，注视着父亲方才所在的地方。他知道自己再也见不到他了——至少有生之年见不到了。他也不会再见到他的守护者们了。但他们没有消失，没有真正消失。他们都只在毫发之外，在他们自己的世界里，在他看不见的地方。

“科尔？你还好吗？”

他感到另一只手搭在他的肩膀上。鲁思一直陪在他身边——鲁思，他的朋友。科尔笑了，眼泪也掉了下来。

“嗯。我很好。”

他是说真的。

休战

他们及时赶回了医院。护士忙得不可开交，似乎根本不知道科尔离开过。罗丝回来的时候，穿着和昨晚一样的衣服。她累坏了，以至于看到鲁思的时候，她眼睛都没眨一下。她只是亲吻了科尔的额头，然后抱住他。她的怀抱就像一件旧外套一样温暖而熟悉。

“来吧。”她说道，“我们走吧。”

科尔皱了皱眉头：“去哪里儿？”

“家呀，傻瓜。”

他们三个向赫恩希尔走去。布里克斯顿正慢慢地从轰炸中恢复过来。他们经过了一些修葺过的房屋，窗户是纸板，门是防水油布。还有一些房子没有屋顶也没有窗户，仍在燃烧。它们烧着烧着，就坍塌了。一栋房子门外，十个没碰过的牛奶瓶排成一排，颜色由白到黄。大街上，一间高高在上的浴室朝着大路敞开，仿佛舞台布景一般。那里有一个浴缸，一条挂在钩子上的蓝色毛巾，还有一个提醒你洗手的十字绣。一个小女孩在瓦砾下翻找，搜集玩具，她的脸上沾着玻璃碴儿。

科尔家的房子变成了冒烟的废墟。前门的合页被炸开了，门飞到了马路对面。百叶窗的碎片散落在草坪上。科尔看见地毯的一角拍打着碎裂的楼梯扶手，餐椅腿像断掉的骨头一样从瓦砾里戳了出来。

“我们仔细瞧瞧，收集一些能找到的东西。”罗丝擦过他的肩膀说道。

科尔摇了摇头。这片残骸简直难以形容。好几个月来，他一直渴望着回家，而现在他却无家可回。

“但……房子没了。你说这是唯一能让你感到亲近爸爸的地方，可现在什么都没有了……”

罗丝拉住他，把他转了过来：“科尔，看着我。”

科尔沉默了。罗丝给了他“那个眼神”。科尔从没接收过“那个眼神”。罗丝似乎长大了十倍，却没有人知道她是怎么做到的。

“我才不在乎那个破房子。我以为我失去你了。我以为你死了。我可以余生都吃水沟里的荨麻，但我每一天都会感谢我的幸运星，因为我还有你。”她气呼呼地将他抱紧，“从现在开始，所有的事我们都按之前说过的方式去做。无论发生什么，都要在一起。明白吗？”

科尔笑了：“但是我们要住在哪儿呢？”

罗丝叹了口气：“唉，好吧，我正在努力解决这件事……”

“科尔！”

科尔转过身去，随即瞪大了眼睛。一个他意料之外的人站在马路尽头。

“克莱尔姑妈？”

她的模样难以名状。哪怕她在路的尽头，科尔都能看见她的脸正在愤怒地颤抖。她就像一辆横冲直撞的坦克，大步朝他走来。科尔皱起脸，准备好接受夹耳朵的惩罚……然而，克莱尔姑妈却跪下来拥抱了他。

“噢，你没事！噢，科尔，科尔，科尔，我都担心死了！我彻夜不眠，茶饭不思……你怎么能这样对我，科尔？我答应过你的父亲我会好好照顾你，我答应过他！噢，如果你出了什么事，如果我让他失望了……噢，科尔！”

她抱着他哭了起来。科尔哑口无言。过去几天发生了许多出人意料的事情，而这件事无疑是最奇怪的。所以说，克莱尔姑妈真的很像罗格王，在那一身“盔甲”之下，她比任何人都更加脆弱。科尔也拥抱了她。爸爸说得没错，她也需要有人照顾。每个人都需要。

“我真的很抱歉，克莱尔姑妈。我不是故意要让你难过的。这是……这是我必须要做的事。”

克莱尔姑妈抹了抹眼睛：“是的！而且这件事愚蠢又自私！”她叹了口气，“但我也很愚蠢。我本该明白你们俩在一起有多么重要。我本该帮忙的。我只想保证你的安全，科尔，但我完全弄错了。我很抱歉。”她擤了擤鼻涕，“从现在开始，我要成为更好的监护人，你们俩的监护人。”

她清了清嗓子，站起来面对着罗丝。克莱尔姑妈下定决心。

“我也欠你一个道歉，罗丝。如果你愿意接受的话。”

罗丝摇了摇头：“不，是我欠你一个道歉。爸爸去世后，我对你不是很好，我很抱歉。”

克莱尔姑妈很震惊，她显然没有料到罗丝会跟她道歉。“没关系，罗丝。我能理解。”她摸了摸她的脸，“噢，我可怜的姑娘。”

科尔拉起克莱尔姑妈的另一只手，他们三个一起站在那儿，注视着房子的残骸。这是一种好的沉默，一种美好的沉默。

“马上就要灯火管制了。”克莱尔姑妈紧张地说道，“噢，天哪，我才刚到，今天已经没有火车了，我也没有钱住旅馆……”

“咳咳。”

他们转过身去。鲁思一直在人行道上耐心地等待着，她翻阅着一本烧焦了部分的《海角一乐园》，那是她从一棵树的树枝里找到的。

“我知道有一个地方我们可以去。”

早在上午十点左右，在灯火管制远没有开始之前，人们就开始排队进地铁站了。昨晚之后，没人敢再冒险了。人们带着毛毯、羽绒被、帆布躺椅和热水瓶，科尔站在他们身后。一名略显疲惫的站务人员试图把他们轰走，却以失败告终。

“不行！这里有规定，不能在地铁站里避难！仅限旅客！”

“我们就是旅客啊！”

“带着枕头？别骗人了，伙计。”

但这没有用。人群从他身边挤了过去，走进黑暗中，科尔一行人也跟了上去。售票处和台阶上早已挤满了准备过夜的人。克莱尔姑妈走上站台，皱起了鼻子："哦，天哪……"

站台的每一寸都人满为患。空气中散发着湿衣服和热油脂的臭味。有些人在煤气炉上做饭，老人在打牌，母亲们在帆布躺椅上编织，婴儿躺在旅行箱里，流浪汉裹着报纸做的暖脚套呼呼大睡，年老的贵妇人紧紧地攥着装满珠宝的手提包，孩子们播放着留声机，所有人都在同时叫着，笑着，哭着，吵着。最奇怪的是，列车仍在运行，旅客们得跨过每一个人才能出去。

科尔看到了一名站务人员，便走过去拍了拍他的肩膀。"打扰一下，先生，能占用您一秒钟时间吗？我们在找地方，而且……"

"一秒钟到了，哈哈哈哈哈！"

科尔眨了眨眼睛。

站务人员抹去一滴眼泪，叹了口气："不妨笑一笑，嗯？"他指了指身后，"去图书馆那边找找看。"

那个所谓的"图书馆"不过是站台尽头的一摞书。旁边是一张海报，宣传南行线晚上八点的剧本朗诵，以及要求车站的室内合唱团增加更多女高音。科尔、克莱尔姑妈、罗丝和鲁思侧身挤进那个狭小的空间，经过旁边一个一脸暴躁的男人时，他瞪了她们一眼。

"小心点儿！别想耍花招，我知道我的东西都在哪儿！"

克莱尔姑妈看起来很震惊："真没礼貌！"

他们另一边的一个男人哈哈大笑起来："别理伯纳德，女士，他就是个讨厌的老家伙！没有什么能让他高兴！"

伯纳德对他怒目而视："有什么可高兴的？食品配给量史上最低，轰炸越来越猛……"

"但是看看今天的新闻！"那个男人举起报纸，拍了一下，就像在拍一条获奖的大鱼。头版是一张照片——圣保罗大教堂在一团黑烟中若隐若现。"看来昨晚的空袭终于改变了罗斯福的想法，他说要向英国提供援助！谁知道呢，美国人可能很快就会加入战争。想想看！有了他们在我们这边，我们也许有一半的机会取胜！"

伯纳德嘟囔道："真是胡说八道。我们才不需要美国佬告诉我们该怎么做。"

"噢，是的，伯纳德，我们好极了，好到我们全都睡在地铁站里。"

在他们的争吵声中，一趟列车进站了。这趟车和其他列车截然不同：它所有的车厢上都标记着T.R.[①]，里面坐满了拿着托盘的女士，托盘上是蛋糕和茶。

"列车茶点！来得正是时候！"他们旁边的男人拍手说道。

女士们开始在站台上走来走去，贩卖茶水、热可可和圆蛋糕。克莱尔姑妈立刻振作起来，她给他们每个人买了一块蛋糕和一杯热可可，甚至还请伯纳德吃了茶点。伯纳德勉强嘟哝了

---

① T.R. 是 Train Refreshment 的缩写，意思是列车茶点。

一声“谢谢”，便转身离去。

科尔惊奇地环顾四周。这里不舒服，不干净，十分不稳定，绝对乱作一团，但也是一个奇迹。不管人们怎么说，独自经历空袭才是最糟糕的。

“我能适应的。”科尔说着，嘴里塞满了蛋糕。

克莱尔姑妈叹了口气：“好吧，我可不行。原谅我，但我对幸福的理解不是在售票处旁边上茅坑。”她咳了几声，“其实，我对我们接下来要做的事有一些想法。我知道这听起来可能很可笑，但我在想——”

一个声音突然盖过了地铁站里的喧嚣。一个男人站在站台另一头的木箱上，对着人群吟唱。

鲁思倒抽了口气：“瞧，他正在为光明节点亮下一根蜡烛！今晚是第七个夜晚！”

科尔转向克莱尔姑妈：“我们能去看看吗？”

克莱尔姑妈点点头，科尔和鲁思一跃而起。他们跑过的时候，伯纳德愤怒地瞪了他们一眼：

“哈！当然。我早该知道的。”

科尔停下脚步：“知道什么？”

伯纳德朝九枝灯台周围的人群点了点头。

“你们跟他们是一伙儿的，不是吗？说得通，你们这帮人总是抢占避难所里最好的位置。听你们在这儿做仪式就已经够糟糕了。如果你们全都这么迫不及待的话，你们可以去上面的大街上！”

克莱尔姑妈一脸厌恶地盯着伯纳德:“完全没有这个必要。这里有足够的空间，可以容纳所有人。”

伯纳德指着拥挤的站台:“你管这叫有空间?我们连自己人都照顾不了，更别说去帮助其他国家来的伸手党了。要我说，希特勒的想法是正确的，应该一开始就把他们撵走!”

科尔不可置信地看着伯纳德。哪怕在这里，躲开了敌人，他心中依然有恨。科尔想朝他大喊，想告诉他他刚才所说的一切是多么的恶毒。但科尔只需要看一眼他的脸就知道，他永远都不会听的。他听不见。你可以给予他世界上全部的奇迹，向他展示世界上所有耀眼的真相，但是他仍会选择继续生活在黑暗中。事实就是这样。有些人能看见魔法，有些人不能。

鲁思鄙夷地瞪了他一眼，然后挽起科尔的胳膊。“来吧。”她一边说，一边带他离开，“我们去看看光明。”

他们穿过站台。一群人看着男人点燃九枝灯台上的下一根蜡烛，照亮整个站台。人们躲在伦敦的地下隧道里，一起对抗黑暗，等着夜晚过去。烛光在他们脸庞上闪烁。

1940年12月31日

在新英国禁止所有偷工减料的建筑

政府于今日宣布了被摧毁城镇的重建计划。

重建之后的城镇将不会再有“带有贫民窟、黑雾、肮脏的火车站和铁路机车车辆、垃圾堆、丑陋的公路，以及许多其他只能带来精神绝望的有害之物”。

他们说，新的英国将是一个美丽的英国。

回家的新路

“准备好了吗？”

“好了！”

在房屋的瓦砾中搜寻并没有花多长时间——余下的东西已经所剩无几。他们找到了一些照片和爸爸最喜欢的书，而这就是他们需要的全部。

现在他们站在人行道上，注视着他们家的残骸。夜里不知什么时候下了场雪，给一切都裹上了一层银装。在经历了记忆中最严酷的暴风雪之后，再次想起冬天可以有多美，真好。从没有人见过这样的冬天。

“记住我告诉你们的话。”克莱尔姑妈把手搭在他们的肩膀上，说道，“这里永远是你们的家。总有一天，我们会回来重建家园。现在，我觉得应该开始我们的新计划了。”

科尔笑着转向姐姐：“你怎么说，罗丝？你准备好去暗井角生活了吗？”

罗丝微微一笑：“科尔，我想不出更好的地方了。”

“离开家你不会难过吗？”他问道。

“我就在家啊。”罗丝捏了捏他的手说道。

科尔笑了。罗丝已经开始谈论将小屋改造成一个小型的收容所，一个迷你版的黑文克罗夫特，附近城镇的居民都可以来休养。几秒之内，她和克莱姑妈已经开始就此事争论了起来。

“我们要做的事已经够多了！”克莱尔姑妈说道，“小屋需要好好打扫一下。说实话，阁楼上的垃圾多得令人难以置信。祖母的动物瓷器，你们父亲又脏又旧的玩具獾……不过我记得我以前画的一幅骑士的画还挂在那儿，我好像记得它真的很不错……”

科尔转向鲁思。她一整天都跟他们在一起，帮他们清理瓦砾。一天慢慢过去，她变得越来越安静。现在，她独自站在大街上，摆弄着裙子上的口袋。

“好了，”她说，“我想这就是告别了。我得留在伦敦等布卢姆斯伯里之家开门。也许我会给你写信，告诉你我是否找到……”

“咳咳。”

克莱尔姑妈走上前去。她看上去显然很不自在。科尔开始意识到，这就是克莱尔姑妈要做好事时的模样。

“鲁思，关于你的……呃……情况，我想了很多。说实话，阁楼将会很拥挤，我不确定我们能否负担得起，我也不能完全让你……”

她的声音弱了下去，她叹了口气，再次尝试：

“听着，我想邀请你跟我们一起去暗井角。我知道那里离伦敦很远，但我们会帮你找到你父母的下落。我会帮你写信，我们还能帮你找一部你可以使用的电话。而且只要你需要，我就带你来伦敦。把你带走之前，我真的应该征求某人的同意，但是……唉，我该去问谁呢？我肯定不能让你一个人待在这里。”她看着鲁思，“我想说的是，我欠你的怎么都报答不完。我不知道你是怎么做到的，但是你让我的侄子平安无恙。我很乐意成为你的监护人。”

科尔高兴地喘着气。克莱尔姑妈越来越让他感到惊喜。如果你肯给他人机会，他们就会带来许多惊喜，这真是令人惊奇。“你愿意吗，鲁思？你愿意跟我们一起生活吗？”

鲁思立即点了点头：“我愿意，谢谢您。我非常高兴。”

科尔把她扛在肩上，转起圈来，欢呼雀跃。

罗丝把手搭在克莱尔姑妈的肩膀上：“你真的很好心，克莱尔。谢谢你。”

克莱尔姑妈涨红了脸，她摆摆手，打断了罗丝：“不！不要谢我。没有意义，真的。现在我们真的要走了。今天只有一趟开往巴克斯顿的火车，而且要花很长时间才能去到那里。”

罗丝还没来得及继续称赞她，她就匆匆走开了。

这段路途比平常更费时。街道上挤满了喝醉的士兵，英国人、加拿大人，还有爱尔兰人。他们早早就开始庆祝新年前夜了。空袭引发的大火正在逐一熄灭，城市已经从毁灭中走了出来。被摧毁的商店挂着临时标牌，宣传新的店址。瓦砾上被人们插满了小小的米字旗。野花已经开始在砖石中生长：柳兰、醉鱼草、茅草、黑莓灌木。一个无家可归的女人蜷缩在曾经是电影院的地方，收集雪来泡茶。伦敦桥尽管冒着火，上面的火车却仍在运行。

科尔默默地看着这一切从公交车的车窗前一闪而过。在幻象里，他只看到了城市在燃烧，他没能看到任何一个试图相互帮助的人。也许正是这一点改变了一切。

“看看这一切。”他小声说道，“总有一天，没有人会相信空袭真的发生过。所有人都会忘记。这件事将会成为某种传说，不再具有任何意义。”

鲁思耸耸肩：“也许吧。但你永远也不会忘记你的守护者们，不是吗？”

科尔皱起了眉头：“什么意思？”

鲁思叹了口气：“说实话，我不知道。我一整晚都睡在一张小木床上，旁边是一个可怕的老头。再之前，我有七天都奔波于乡间，好几次差点儿死掉。而现在我毫无头绪。但是我想我的意思是，没有什么会真的消失。哪怕在一切都似乎失去的时候，答案仍在原处，在一个不容易被找到的地方。它一直都在那里。”

他们终于抵达了尤斯顿火车站，在站台上等待返回北方的火车。站台上挤满了背着包的士兵和假期结束后再次被撤离的儿童。孩子们抱着父母痛哭流涕。科尔他们挤上火车，并奇迹般地找到了一个空的隔间。随着一声哨响，火车开动了。一排排家长站在窗外，努力不让自己哭出来。火车渐渐驶离伦敦，科尔和罗丝手拉手坐在一起。

科尔看着建筑消失，看着过去几周他赖以生存的树木、田野、河流、溪谷和小山从眼前溜走。在经历了几天早春的天气后，冬天似乎又回来了。科尔知道这是为什么。世界先是倒向黑暗，然后再艰难地回到光明。绿人正在设法保证世界恢复到它原本的样子：光明和黑暗的混合体。两者缺一不可。科尔想起了守护者们，他知道这意味着他们也在想着他。

乡间依旧被水淹没，火车不得不在北上的途中频频停下。几小时过去了。不久，太阳落山了。火车的灯火管制灯泡亮了起来，微弱的蓝光充满了整个车厢。车窗上贴着一层蕾丝。科尔透过蕾丝上的小洞向外张望。月亮回来了，一弯蛾眉月揽着上方的星星，比以往都更加明亮。“这就是黑暗的好处。”科尔心想，“能让你看见星星。”

“天哪！还有一分钟就是午夜了。”克莱尔姑妈咂咂嘴，“等我们到暗井角的时候就已经是 1941 年了……”

鲁思眼睛亮了起来：“正好！现在还是光明节的最后一晚。可以吗？”

她拿出九枝灯台，逐一点亮每一根蜡烛，直到烛台装满了蜡烛，隔间里充满了光明。人群聚集在隔间外，一边指指点点，一边看着鲁思最后一次唱起祷歌。一名列车员敲着隔间的窗户，试图闯进来，却失败了。

“喂！你们知道自己在干什么吗？全部熄灭！现在是灯火管制时间！”

他们没有理他。有人发现现在是午夜时分，于是整个车厢都高声唱起了《友谊地久天长》。列车员试图让他们停下来，但却最终放弃并加入了大合唱。火车慢悠悠地带着他们穿过黑夜，向暗井角驶去，科尔紧紧地抱着他的家人，他被保护在爱的口袋中。

他们谁也不知道前方将会面临什么挑战。或许会有更多的空袭，更多的破坏、黑暗和死亡。距离战争最终结束可能还有好几年，情况在好转之前会变得更糟。但是在那一刻，他们带着蜡烛走向尚不明确、仍待书写的未来，他们知道无论发生什么事，至少他们会一起面对。在某种程度上，这是他们的唯一希望。

但有时，这是你唯一需要的希望。

历史背景

每当我需要写书的新点子时（或每当我逃避工作时），我都会在伦敦四处转悠。七十五年后，这座城市仍然保留着第二次世界大战的痕迹。一排排连栋房屋之间的缺口，是炸弹曾经落下的地方。维多利亚和艾伯特博物馆的墙壁上有弹片残留的伤痕。布里克斯顿和佩卡姆的住宅区周围的栅栏都是用空袭时期的旧金属担架制成的。在麦塞特农场里，过去用来储藏高射炮的混凝土砌块现在用来圈养猪和羊。这些事情不仅仅是故事，而是真真切切地发生了，想一想真是不可思议。

当我开始写《隐形守护者》的时候，我想让科尔的故事尽可能还原战争时期的真实情况。每一章开头的报纸文章，虽然看似荒诞不经，但其实全都基于当时真实的报刊文章和政府宣传手册。书中所描述的空袭也全都是真的。我需要编造一些细节让这个故事顺理成章。比如，1940 年的冬天并没有可怕的暴风雪。但其他的一切大都基于历史事实。

关于仙子的那部分，的确是我编的。

闪电战和灯火管制

1940 年 9 月至 1941 年 5 月，在工厂、码头以及伦敦、利物浦、曼彻斯特和考文垂等城市的夜袭中，约有四万三千人死亡，另有十三万九千人受伤。袭击蔓延到全国各地，而且几乎每个晚上都会发生。伦敦被连续轰炸了六十七晚。八个月后，他们终于停止了轰炸。然而 1944 年，纳粹发明了 V 系列武器——一种无需飞行员就能从基地发射的飞弹，猛烈的轰炸又开始了。

在夜袭期间，把城镇隐藏起来不让敌机发现至关重要。因此，太阳落山后，所有的街灯都必须熄灭，所有的门窗都要用遮光窗帘盖住，不让一丝光线漏出来。他们甚至在多佛白崖的白垩人行道上喷洒墨水，这样晚上就不会被发现。当人们试图穿过漆黑的街道时，意外事故数见不鲜：灯火管制时，五个人中就有一个人因意外事故受伤。

撤离行动

1939 年英国宣战时，为了保证数百万名英国儿童的安全，他们被从城市撤离，疏散到乡村。这些儿童要么去和亲戚生活，要么和自愿收留他们的陌生人住在一起。有时兄弟姐妹毫无征兆地被分开；有时整个家庭，包括父母，都被一并接收。甚至还有整个学校被撤离的情况，包括老师和其他所有人！尽管许多孩子在他们的新家都有美好的经历，但是也有一些孩子过得很糟糕。在几乎整整六年的战争期间，有一些小孩完全没见过他们的父母。

12月29日的空袭

在本书的高潮部分，科尔亲历的那场空袭源于真实事件。1940年12月29日，伦敦经历了开战以来最严重的一次空袭。然而，更糟糕的事情还在后面。在闪电战的最后一天，即1941年5月10日，纳粹飞机投下了最后一批炸弹，造成一千三百六十四人死亡，这是空袭中死亡人数最多的一个夜晚。

科尔居住的街道——赫恩希尔的赫恩普莱斯街（如果你想知道的话）——是真实存在的，并在12月29日晚上被一连串炸弹完全摧毁。我以前住在布里克斯顿，那条街离我曾经的住所只隔了一个街角。现在那里有一所学校，还有许多高层公寓。空袭之后，伦敦地区整个重建了。

然而同样需要记住的是，在这一切发生的同时，英国的飞机也在轰炸德国的城市。战争期间，有几十万德国平民死于轰炸。

从牙买加到印度……从肯尼亚到南非，世界各国都卷入了这场战争，而且许多国家都蒙受了巨大的损失。

鲁思和儿童转移计划

1938年11月21日，在德国纳粹党发动了一系列针对德国犹太人的可怕袭击的十二天后，英国议会同意犹太儿童可以为了自身安全前往英国，无需护照或文件。

在接下来的九个月时间里，一万名犹太儿童从德国、奥地利、波兰和捷克等国撤离，这就是现在所说的“儿童转移计划”。许多不同的组织联合起来做了大量工作，尽可能将更多的孩子转移过来。有些孩子和亲戚一起生活，还有些孩子和完全陌生的人一起生活。许多孩子不会说英语，他们的父母也不被允许和他们一起过来。甚至有成年志愿者护送儿童来到英国后，又返回了自己的国家，尽管他们知道回国将十分危险。如果没有这项了不起的工作，谁知道那些孩子会遭遇什么呢？许多孩子再也没见过自己的家人。

在整个战争期间，纳粹持续攻击、监禁和屠杀犹太人。1941年至1945年期间，有约六百万犹太人被杀害，这就是现在所说的“犹太人大屠杀”。但犹太人不是唯一的目标，受害者还有其他群体。持不同政治信仰的人以及那些公开反对纳粹党行为的人也被关进了监狱。

了解这些事实可能会让人深感不安，但是事实给我们力量。即使这些事情发生在很久以前，但是我们仍在谈论它们，这一点至关重要。与你的老师谈谈，问问你的家人和图书管理员，可以得到更多信息。这些不仅仅是故事，这些都是真实发生过的事，我们绝不能允许这种事再次发生。我们必须认识各种形式的黑暗，以便与之对抗。拿起你的蜡烛，将它高高举起。

致谢

“我知道了！”我说道，“我要写一个发生在二战期间的故事！这听起来很有趣。”

的确如此！但是如果我说写这本书真的一点儿都不困难，我也不需要几百个人的大力相助，那我就是在睁眼说瞎话。

首先，感谢我杰出的经纪人——克莱尔·威尔逊。在这个故事还只是个插着木板翅膀的纸箱时，她就坚信它能够飞翔。还要感谢我非凡的编辑们——安娜莉·格兰杰、梅甘·米德尔顿和丹尼丝·约翰斯通－伯特，感谢她们在我摸索着完成这本书时，给我的所有时间和耐心。人们说编辑帮你写出你认为已经写完的故事，这对这本书来说再正确不过了。谢谢你们。

我还想感谢我的祖母多琳·蒙哥马利，她总是给我讲战争的故事。比如她的父亲在一次空袭中离开了防空洞，被炸飞到邻居家的花园里。还有约翰·穆克利，感谢他向我讲述了闪电战期间他在东伦敦的童年。他们的故事为科尔的冒险之旅播下了种子。感谢帝国战争博物馆的恩盖尔·布谢尔，感谢他帮我联系上了艾伦·布谢尔和姬蒂·巴克斯特。这两位出色的志愿者牺牲了他们的空闲时间，来向小学生们讲述他们在战争期间被撤离的经历。他们的知识、故事和建议（还有坦率的批评！）帮助我走上了正确的道路。非常感谢利萨·埃文斯在新冠疫情大暴发时期热心帮我核查事实。

这本书还献给伊芙·威廉姆斯、薇拉·肖菲德和艾尔莎·沙玛什——三位儿童转移计划中最早被撤离的孩子。他们非常友好地让我去到他们家，与我分享他们的故事。我仍然不敢相信我的工作会让我遇见他们这样的人，让我坐在他们的客厅问问题，而他们还会给我饼干吃。我尤其感激犹太难民协会，特别是卡罗尔·哈特，感谢她最初让我与他们取得联系，以及她为我写鲁思的故事时提供的所有支持。我还要感谢托尼·格伦维尔对事实核查提供的宝贵帮助。非常感谢詹姆斯·因格拉姆，感谢他在我创作鲁思的时候，为我提供了所有的早期校对、建议和更正（即使你不喜欢小说！）。还要感谢安妮－玛丽和芭芭拉·格林兰，感谢他们帮我塑造鲁思的声音，并提供了一些奇妙的德国习语——ich grinse wie ein Honigkuchenpferd（笑得龇牙咧嘴）！

感谢杰姆·罗伯茨，感谢他友好地回答了我所有关于英国民间传说的问题——这个人不知道的沼泽龙的事情就不值得知道！

感谢所有耐心的朋友、听众和支持者。我要感谢的人太多了，但是这里只提及几位：我的妈妈、莲、朱利安·戈弗雷、乔治·默里、大卫·艾萨克斯、海伦、海伦、海伦、海伦、海伦、海伦、海伦，以及海伦。

最后，感谢我在过去几年里认识的所有儿童文学作者、图书管理员、出版商、书商和热情的老师们：你们的友谊和支持让我的工作变得更加容易。老实说，我觉得我们的工作比以往任何时候都更重要：给孩子们讲述他们有一天会继承的世界的故事感觉更加重要。有太多太多的人，我无法一一提及他们的名字，如果你读到这篇文章并认为，“他说这话的时候最好说的是我”，那么我说的就是你。